Aufregung in Saltwater Bay

Pittsburgh

Dies ist ein belletristisches Werk. Alle in diesem Buch erwähnten Namen, Charaktere, Orte, Marken, Organisationen, Medien und Ereignisse entstammen entweder der Fantasie der Autorin oder werden fiktiv verwendet. Jegliche Ähnlichkeit mit lebenden oder toten Personen, Unternehmen, Ereignissen oder Örtlichkeiten ist rein zufällig.

Die Originalausgabe des Romans erschien im December 2020 unter den Titel „SALTWATER CROSSING" bei ANJ Press, Pittsburgh

Copyright © der Originalausgabe 2020 by Amelia Addler

Copyright © der deutschsprachigen Übersetzung 2022 by Amelia Addler

Übersetzung: Babette Schröder, Hamburg

Lektorat & Korrektorat: Rita Kloosterziel, Remscheid

Umschlaggestaltung: Croco Designs, CrocoDesigns.com

Kartenzeichnungen: Nate Taylor, IllustratorNate.com

Deutsche Erstveröffentlichung

Alle Rechte vorbehalten.

Diese Publikation, einschließlich ihrer Teile, ist urheberrechtlich geschützt. Sie darf ohne vorherige ausdrückliche Genehmigung der Autorin weder auszugsweise noch in Gänze in irgendeiner Form oder auf irgendeine Weise reproduziert, vervielfältigt, kopiert, aufgenommen oder in einem Datenabrufsystem gespeichert oder übertragen werden. Dies gilt insbesondere für die elektronische oder sonstige Vervielfältigung, Übersetzung, Verbreitung und öffentliche Zugänglichmachung.

Die Verwendung verschiedener geschützter Markennamen in diesem Buch wurde nicht von den Markeninhabern autorisiert oder gesponsert.

Für die Momente, die uns innehalten und den Kurs ändern lassen

Vorwort

Rückblick und Einführung in Aufregung in Saltwater Bay

Willkommen zum vierten Buch der Serie „Inselglück und Liebe"! Im ersten Buch zieht unsere Heldin Margie Clifton nach ihrer Scheidung nach San Juan Island, um in Saltwater Cove eine Eventagentur zu eröffnen. Außerdem hofft sie, dort ein zweites Zuhause für ihre drei Kinder Tiffany, Jade und Connor zu schaffen.

Margies Leben wurde auf den Kopf gestellt, als sie herausfand, dass ihr Ex-Mann Jeff ein weiteres Kind hat. Seine Tochter Morgan Allen ist das Ergebnis einer Affäre mit der verstorbenen Kelly Allen, deren Existenz er ihr jahrzehntelang verheimlicht hat. Mit Hilfe von Chief Hank gelingt es Margie, ihr Leben in den Griff zu bekommen und ihre Familie wieder zu vereinen – auch Morgan wird als neues Familienmitglied willkommen geheißen.

Im zweiten Buch der Serie zieht Morgan nach San Juan Island und verliebt sich in Luke Pierce, einen charmanten Briten. Dessen Onkel ist zufällig Brock Hunter, der verdächtigt wird, in den Unfalltod von Morgans Mutter Kelly verwickelt zu sein. Mit Lukes Hilfe findet Morgan heraus, dass Brocks Freundin Andrea am Steuer der 1963er Corvette Stingray saß, mit der ihre Mutter angefahren wurde, und Fahrerflucht beging.

Im dritten Buch wird Andrea verhaftet und wartet auf ihren Prozess, während Jade nach der Scheidung von ihrem Mann Brandon einen Neuanfang auf San Juan Island wagt. Sie engagiert sich im Bezirksrat, der über die Nutzung eines Grundstücks entscheidet, das der Bewohner Colby Smith dem Bezirk hinterlassen hat. Einigen Inselbewohnern ist Jades Engagement allerdings ein Dorn im Auge, und in einer Racheaktion wird ihr Haus niedergebrannt. Glücklicherweise ist Matthew zur Stelle, um sie zu retten, und schließlich kann Jade dem ihr feindlich gesinnten Stadtrat Jared Knape nachweisen, dass er für den Anschlag auf ihr Leben verantwortlich war.

Im vierten Buch leitet Jade den Ausschuss, der den Bau des geplanten Parks auf dem ehemaligen Colby-Grundstück überwachen soll. Sie freut sich, dabei mit Eric und Sidney Burke zusammenzuarbeiten, die einst ihre Konkurrenten waren. Währenddessen ist Morgan mit Andreas Prozess beschäftigt, in dem die Fahrerflucht beim Unfalltod ihrer Mutter verhandelt wird. Tiffany, deren Welt durch den Krebstod ihres Freundes Malcolm erschüttert wurde, kündigt ihren gutbezahlten Finanzjob in Chicago und zieht bei Jade ein, um sie beim Bau des neuen Parks zu unterstützen. Doch die eigentliche Herausforderung für Tiffany besteht nicht in Genehmigungen oder dem Bezirksrat, sondern in einem Paar dunkelbrauner Augen, die dem stets grimmigen Sidney Burke gehören …

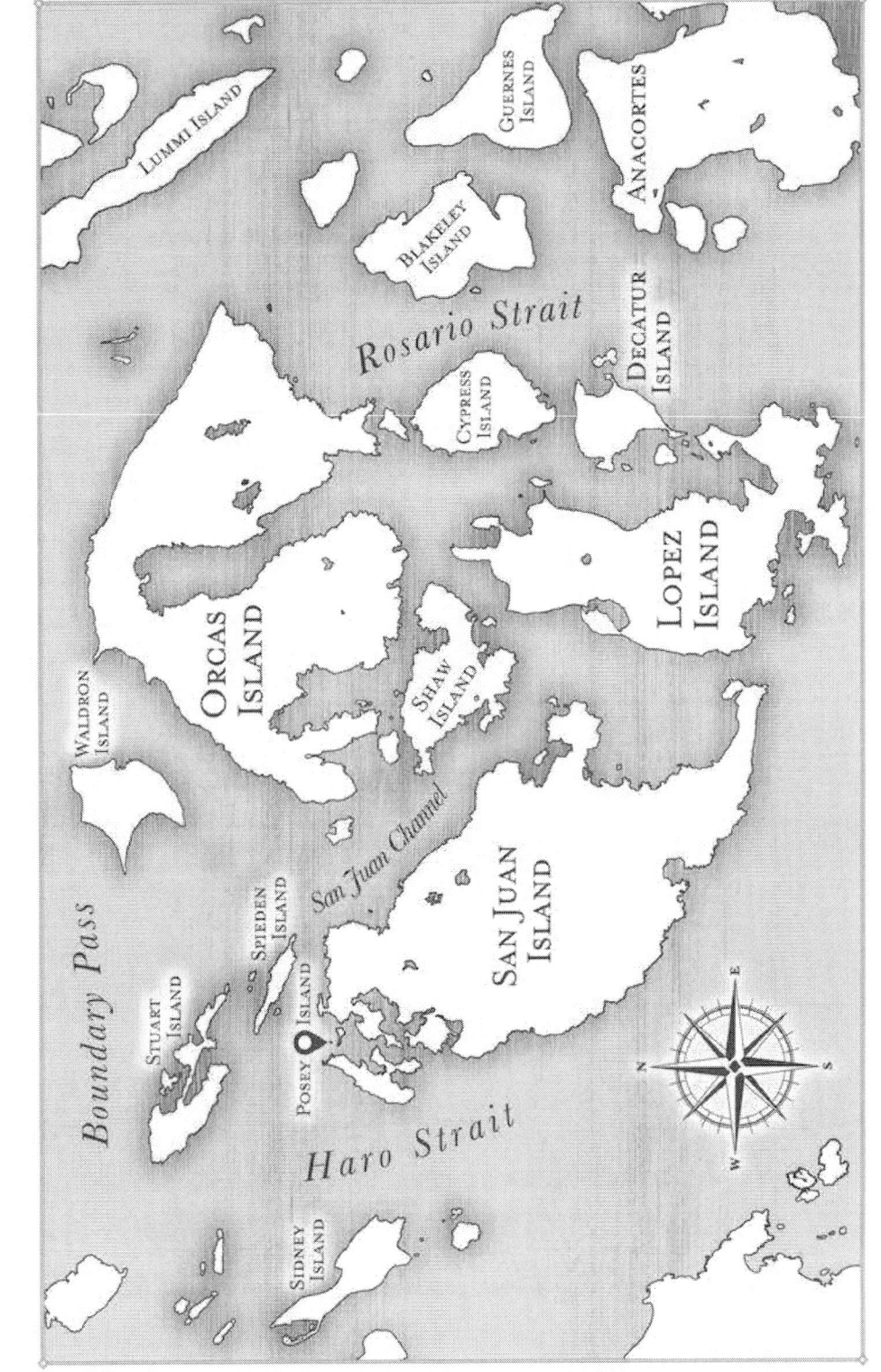

POSEY ISLAND
Haro Strait
San Juan Channel
Westcott Bay
Saltwater Bay
SAN JUAN ISLAND
Friday Harbor
Lime Kiln
Cattle Point
N
W
E
S

Kapitel 1

Aus der Ferne sah es in dem Ballsaal fast so aus wie früher bei Events ihrer reichen Kunden aus der Finanzwelt. Tiffany lächelte. Es schien, als hätten die Leute das „Smoking erwünscht" auf der Einladung ernst genommen. Die Frauen trugen entweder Cocktail- oder bodenlange Abendkleider, und die meisten Männer tatsächlich Smoking.

Wer hätte gedacht, dass die Milky Way Star Awards **das** gesellschaftliche Ereignis der Saison werden würden?

„Oh, da ist einer", flüsterte Tiffany.

Jade sah sie an. „Was meinst du?"

Tiffany wies unauffällig auf einen Mann auf der anderen Seite des Raumes. „Ein Typ in Khakis."

Jade lachte. „Warum ist das so bemerkenswert?"

Kapitel 1

„Das ist immerhin besser, als ich erwartet hatte", sagte Tiffany, trank ihren Champagner aus und stellte das Glas auf einem Tisch in der Nähe ab. „Ich dachte, dass die Hälfte der Leute hier wie Crocodile Dundee gekleidet sein würde."

„Was hast du gegen Crocodile Dundee?"

Tiffany machte eine wegwerfende Handbewegung. „Gar nichts, ich hätte nur nicht gedacht, dass Ranger und Holzfäller sich so … herausputzen würden."

„Ah, verstehe", sagte Jade. „Aber ich glaube nicht, dass hier jemand Holzfäller ist."

„Du weißt schon, was ich meine."

Jade lächelte. „Komm schon Tiffany! Das ist eine **nationale** Preisverleihung! Das ist eine große Sache. Es sind **Experten** für Natur- und Freizeitparks aus dem ganzen Land gekommen, um zu feiern und -"

Kapitel 1

Tiffany unterbrach sie lachend. „Schon gut, schon gut! Ich bin nur überrascht, dass diese **Experten** nicht ihre üblichen khakifarbenen Outfits und Rangerhüte tragen. Um ehrlich zu sein, bin ich vielleicht sogar ein bisschen enttäuscht."

„Ich habe überlegt, mir einen Rangerhut zuzulegen …", sagte Jade verträumt.

„Kann ich mir vorstellen. Würde dir stehen."

„Ach du meine Güte!" Jade senkte ihre Stimme zu einem Flüstern. „Das ist die Direktorin der Oregon State Parks. Meinst du, ich könnte sie ansprechen? Sie sieht aus, als wäre sie beschäftigt."

Tiffany sah hinüber. „Sie sieht überhaupt nicht beschäftigt aus. Mach nur. Ich bleibe hier und bewache die Ecke."

Kapitel 1

Sie beobachtete, wie ihre Schwester sich langsam und vorsichtig auf die kleine Gruppe von „Experten" zubewegte. Nachdem sie zufrieden festgestellt hatte, dass Jade dort freundlich aufgenommen worden war, warf Tiffany einen Blick zur Bar. Es schien, als müsste man dort ewig in der Schlange warten. Vielleicht würde ihr ja jemand etwas zu trinken bringen, wenn sie lange genug herumstand.

Sie hörte, wie ihr Telefon klingelte, und holte es aus der Handtasche - es war ihre ehemalige Nachbarin, die ihr zum Geburtstag gratulierte.

Sie schrieb ein Dankeschön zurück und steckte das Handy weg, schaltete es aber vorher auf lautlos. So hatte sie sich ihren dreißigsten Geburtstag sicher nicht vorgestellt - aber schließlich hatte sie auch nicht erwartet, dass sie mit dreißig so leben würde.

Kapitel 1

Sie war arbeitslos, musste auf ihre Ersparnissen zurückgreifen und teilte sich ein Mietshaus mit ihren Schwestern Jade und Morgan. Und alles, was sie bis jetzt erreicht hatte - ihr Top-Collegeabschluss, die Zusatzkurse, die ganzen Scheine für den MBA – bedeutete nichts.

Sie hatte alles richtig gemacht. Warum fühlte sie sich trotzdem so verloren?

Ein Mann, der sich angeregt mit jemandem unterhielt, rempelte sie an.

„Oh, bitte entschuldigen Sie, Ma'am", sagte er, bevor er wegging.

Ma'am!

Das reichte. Es war ihr egal, wie lange sie sich anstellen musste - sie würde nicht wie eine alte Jungfer hier herumstehen und sich mit **Ma'am** ansprechen lassen!

Kapitel 1

Tiffany ging zur Bar und stellte sich ans Ende der Schlange. Alle um sie herum waren in angenehme Gespräche vertieft. Sie biss sich auf die Lippe - vielleicht sollte sie versuchen, sich mit jemandem zu unterhalten? Aber worüber?

Sie war es nicht gewohnt, auf derartigen Veranstaltungen niemanden zu kennen, und sie war es definitiv nicht gewohnt, sich unsicher zu fühlen. In ihrem alten Job musste sie nicht erst überlegen, was sie zu tun hatte. Sie kannte die Leute – sie wusste, wem sie Honig um den Bart schmieren musste, wem sie zuhören und wen sie meiden sollte.

Damals war ihr klar gewesen, was sie wollte. Oder zumindest hatte sie das gedacht.

Ein paar Minuten lang beobachtete Tiffany die Leute um sich herum, bis sie die Idee aufgab, Bekanntschaften zu schließen, und ihr Handy zückte – besser, man wirkte irgendwie beschäftigt.

Kapitel 1

Eigentlich hatte sie sich vorgenommen, nicht mehr so oft auf ihr Telefon zu schauen. In einem der vielen Ratgeberbücher, die sie gelesen hatte, wurde empfohlen, das Handy täglich für einige Stunden auszuschalten.

So weit war sie noch nicht – vor allem nicht in einer so unangenehmen Situation wie dieser. In dem Buch stand, dass sie, wenn sie das Telefon zur Hand nahm, weil sie sich unwohl fühlte, ihren Gefühlen aus dem Weg ging, denen sie sich irgendwann würde stellen müssen.

Das Buch übertrieb ihrer Meinung nach etwas.

Was, wenn jemand sie erreichen wollte? Nicht, dass sie wüsste, wer - sie war die meiste Zeit zu Hause und niemand brauchte sie mehr für irgendetwas. Selbst ihre alten Kollegen schienen vergessen zu haben, dass sie existierte.

Kapitel 1

Klar, einige ihrer Freunde hatten den Kontakt gehalten. Aber nachdem sie ihren Job gekündigt hatte, einen Job, der fast ihre gesamte Zeit in Anspruch genommen hatte, wurde ihr klar, wie leer ihr Leben war. Und dieses Gefühl, diese Erkenntnis, ließ sie nur noch öfter zum Telefon greifen.

Mit gesenktem Kopf scrollte sie durch Instagram-Posts von glücklich aussehenden Menschen, bis in ihrer Nähe der Name „San Juan Island" fiel und sie aufhorchen ließ.

Sie versuchte herauszufinden, wer da gesprochen hatte. Es dauerte nicht lange, bis sie Klarheit hatte - etwa drei Meter vor ihr in der Schlange standen zwei Personen, die sie tatsächlich kannte - Eric und Sidney Burke.

Tiffany konnte sich ganz gut hinter der Gruppe vor sich verstecken und die beiden beobachten. In ihren maßgeschneiderten Smokings waren sie tadellos gekleidet.

Kapitel 1

Das war nicht weiter überraschend. Sie stammten aus einer wohlhabenden Familie, und insbesondere Eric wirkte, als sei er mit dem sprichwörtlichen Silberlöffel im Mund auf die Welt gekommen.

Nicht, dass Tiffany ihn nicht mochte; er war ihr nur in den letzten Wochen aufgefallen. Allerdings hätte man ihn kaum übersehen können, so sehr hatte er sich um Jades Aufmerksamkeit und das Wohlwollen des Ausschusses bemüht, der den Auftrag für die Errichtung des Parks auf Cobys Land vergab.

Tiffany fand Eric interessant. Obwohl er mit seinem Projekt für die Bebauung des Grundstücks gegen Jade verloren hatte, wollte er unbedingt weiterhin daran beteiligt bleiben. Er schien richtiggehend begeistert zu sein. Und auch Jade war Feuer und Flamme, und so tauschten die beiden täglich ihre Ideen aus.

Kapitel 1

Tiffany war nicht **so** begeistert von dem Projekt - ihr ging es eher darum, Jade zu unterstützen. Aber es war seltsam zu beobachten, wie Jade und Eric sich mit ihrer Leidenschaft gegenseitig ansteckten. Eric wusste es noch nicht, aber sein Unternehmen hatte gute Chancen, den Zuschlag für den Bau des Parks zu erhalten.

Im Grunde kam kein anderer in Frage. Eric hatte unaufgefordert 3D-Modelle und virtuelle Rundgänge von seinen Plänen für den Park anfertigen lassen und legte dem Ausschuss Materialproben vor. Kein anderes Unternehmen zeigte auch nur annähernd so viel Engagement und Sorgfalt bei der Ausarbeitung der Pläne.

Tiffany überlegte, wie viel ihn das wohl kostete, aber das konnte sie ihn nicht fragen.

Noch nicht.

Kapitel 1

Jade war von allen Ideen angetan, und wenn sie etwas hinterfragte, zeigte sich Eric flexibel und passte die Modelle an ihre Vorschläge an. Der Ausschuss war ganz begeistert von Burke Development.

Es schien tatsächlich eine sichere Sache zu sein. Tiffany war es egal, solange das Budget reichte. Sie waren eigentlich bei den Milky Way Awards, weil Jade Fördergelder für die Umwandlung von Colbys Grundstück in einen Washington State Park entgegennehmen sollte.

Den Förderantrag hatte sie fast allein verfasst – wobei ihr Eric auch dabei ein wenig geholfen hatte. Wenigstens schien der Mann zu wissen, was er wollte.

Kapitel 1

Aber warum war er so versessen darauf, auf San Juan Island zu bauen? Tiffany hatte keine Ahnung. Sie stand in der Schlange und hatte nicht die Absicht zu lauschen, konnte es jedoch kaum vermeiden. Es sei denn, sie ginge weg, aber sie durfte ihren Platz in der Schlange auf keinen Fall aufgeben - nicht jetzt, wo sie so kurz vorm Ziel war.

„Oh, das **musst** du sehen, es ist einfach ein wunderschöner Ort", sagte Eric.

Tiffany beugte sich leicht vor und versuchte, so zu tun, als konzentriere sie sich auf ihr Telefon, während sie angestrengt zuhörte.

„Ja … klingt cool", sagte eine Stimme, die sie nicht kannte.

Kapitel 1

Tiffany linste verstohlen nach oben und sah, dass offenbar eine junge Frau gesprochen hatte. Sie trug ein hautenges Cocktailkleid, das ihren Rücken fast vollständig frei ließ. Tiffany war überrascht, dass sie ihr nicht schon vorher aufgefallen war, als sie sich die Kleider der anderen Gäste angesehen hatte - es war das gewagteste Outfit im ganzen Ballsaal. Der Stoff wirkte fast, als sei er auf ihren Körper gemalt.

Sie sah nicht aus, als gehörte sie zu den Parkrangern – ganz sicher war sie die Begleitung von jemandem. Entweder hatte derjenige, der sie mitgebracht hatte, sie nicht auf den Dresscode für die Veranstaltung hingewiesen, oder sie war zu jung, um es besser zu wissen.

Kapitel 1

Denn sie sah ziemlich jung aus, kaum älter als zwanzig. Tiffany wusste, dass Eric verheiratet war. Seine Frau war sogar einmal nach San Juan Island mitgekommen, um alle kennenzulernen und sich das Gelände anzusehen. Vielleicht war das Mädchen also Sidneys Date?

„Widerlich", murmelte Tiffany vor sich hin.

An Sidney hatte sie gar nicht mehr gedacht, er ließ sich nicht annähernd so oft blicken wie Eric. Anscheinend war er damit beschäftigt, auf dem College-Campus nach Mädchen Ausschau zu halten, die halb so alt waren wie er und sich von seinen teuren Anzügen und seiner selbstgefälligen Art beeindrucken ließen.

„Na, wir werden sehen", sagte Sidney und stieß einen Seufzer aus.

„Ach, komm schon", antwortete Eric und lächelte breit. „Du druckst schon seit Wochen so herum. Was willst du über den Park sagen? Na los, ich verkrafte das schon."

Kapitel 1

Sidney schüttelte den Kopf. „Nein, ich druckse nicht herum. Es gibt nichts zu sagen, bis wir wissen, ob wir den Zuschlag erhalten."

„Komm schon, Sid, wo bleibt dein Unternehmungsgeist? Ich habe fast täglich mit Jade daran gearbeitet. Sie steckt voller Ideen und ist einfach eine liebenswerte charmante Person."

Tiffany musste unwillkürlich lächeln. Eric hatte recht - Jade **war** ein liebenswerter Mensch. Jeder, der gut zu Jade war, war in ihren Augen ebenfalls gut. Seine welpenhafte Begeisterung weckte ihre Sympathie.

„Du kannst nicht ewig auf den Auftrag warten, nur weil sie nett ist."

„Ich weiß, aber sie ist die Leiterin des Ausschusses", antwortete Eric. „Und ihr gefallen unsere Ideen."

Kapitel 1

„Wegen des Ausschusses mache ich mir keine Sorgen", sagte Sidney. „Der scheint nicht allzu viel Macht zu haben. Es ist ihr Leibwächter, der mir Angst macht."

Okay, jetzt wusste Tiffany, dass sie wirklich nicht zuhören sollte, aber sie konnte nicht anders. Sie wandte ihnen den Rücken zu, damit sie sie nicht sahen, lauschte jedoch weiterhin aufmerksam.

„Sie hat einen Leibwächter?", fragte das Mädchen, dessen Interesse endlich geweckt war.

„Meinst du ihren Freund, den Polizisten?", fragte Eric. „Der ist harmlos. Matthew ist ein netter Kerl."

„Nein, nicht der." Sidney bestellte ein Mineralwasser. „Ihre Schwester. Die mit dem versteinerten Gesicht."

Eric lachte. „Wie meinst du das?"

Kapitel 1

„Ich kenne solche Frauen. Es ist ganz egal, wie nett Jade ist. Ständig ist ihre Schwester in ihrem Power Suit zur Stelle und meint, sie sei schlauer als alle anderen. Um sie solltest du dir Sorgen machen."

Tiffany hob den Blick von ihrem Telefon, wandte sich langsam um und starrte ihn wütend an.

Keiner von ihnen bemerkte sie. Alle waren damit beschäftigt, ihre Drinks vom Barkeeper entgegenzunehmen. Als sie an ihr vorbeigingen, starrte sie Sidney an, doch die drei setzten ihr Gespräch fort und beachteten sie nicht. Es war, als sei sie unsichtbar.

Nun denn.

Die Dreißig schien sich nicht gut anzulassen.

Tiffany steckte ihr Handy zurück in die Tasche, als Jade hinter ihr auftauchte.

Kapitel 1

„Hey, da bist du ja! Tut mir leid, dass es so lange gedauert hat - wir haben ein ziemlich interessantes Gespräch über Kalksteinschotter für Wanderwege geführt."

„Ach, schon okay", sagte Tiffany, die noch mit dem beschäftigt war, was sie gerade gehört hatte.

Jade runzelte die Stirn. „Es tut mir **wirklich** leid! Sei nicht böse - ich lass dich nicht noch mal allein."

Tiffany schüttelte den Kopf und zwang sich zu einem Lächeln. „Nein, wirklich, es ist alles in Ordnung! Ich bin froh, dass du mit jemandem über Kalksteinschotter und Wanderwege reden konntest. Ich stehe nur schon eine ganze Weile in dieser Schlange."

„Ah, okay. Nun, ich denke, wir sollten uns etwas zu trinken besorgen und dann zu unseren Plätzen gehen. Wir wollen doch den Hauptredner nicht verpassen."

Kapitel 1

Tiffany musste sich beherrschen, Jade nicht zu necken. Sie erwähnte jetzt schon zum dritten Mal, dass sie diesen Redner nicht verpassen sollten. „Klar. Guter Plan."

„Okay. Warte - ich glaube, ich habe gerade Eric gesehen! Er ist einer der Sponsoren – auf einem Tisch stand ein Schild von Burke Development. Wir sollten Hallo sagen, bevor wir uns setzen."

Tiffany lächelte. Das konnte ja lustig werden. „Tolle Idee."

Kapitel 2

Sie bahnten sich einen Weg durch die Menge zurück zu ihrem Sponsorentisch. Sidney trank gerade einen Schluck von seinem Mineralwasser, als Eric über eine lose Teppichfliese stolperte, und streckte den Arm aus, um ihn aufzufangen.

Gut, dass Sidney heute Abend fahren würde.

„Ich hoffe, wir haben niemanden verpasst, während wir weg waren", sagte Eric, nachdem er sich wieder gefangen hatte.

„Darüber würde ich mir keine Sorgen machen", antwortete Sidney.

Kaum jemand hatte mit ihnen sprechen wollen, und sie hatten schon fast zwei Stunden an diesem Tisch gestanden. Vielleicht würden später noch Leute vorbeikommen? Aber das schien unwahrscheinlich.

Kapitel 2

„Wann können wir uns endlich hinsetzen?", fragte Rachel. „Meine Schuhe bringen mich um."

„Ja, gleich! Wir wollen doch keine potenziellen Kunden verpassen", sagte Eric und lächelte breit. „Es ist wichtig, dass das neue Projekt möglichst viel Publicity bekommt. Ich möchte unbedingt mehr Parks bauen – und dies ist der perfekte Ort, um Kontakte zu knüpfen."

Rachel verschränkte die Arme und schwieg.

Sidney runzelte die Stirn. Er hatte begonnen, sie öfter zu geschäftlichen Veranstaltungen und Meetings mitzunehmen, um sie mit der realen Welt - und dem Familienunternehmen - vertraut zu machen.

Kapitel 2

Bislang hatte nichts ihr Interesse geweckt. Sie sah gelangweilt aus, stellte keine Fragen und folgte keiner Unterhaltung. Schlimmer noch, sie hatte kaum ihr Telefon aus der Hand gelegt, als einer der Partner letzte Woche mit ihr gesprochen hatte. Er fand das unglaublich unhöflich und hatte deswegen ein ernstes Wort mit ihr geredet.

Und jetzt hing sie am Tisch und schmollte. Eigentlich war es ihre Idee gewesen, ihn zu dieser Veranstaltung zu begleiten. Was passte ihr nicht? Er freute sich, dass sie etwas Initiative gezeigt hatte. Vielleicht war es am Ende weniger glamourös, als sie erwartet hatte?

„Hallo, hallo!", sagte eine vertraute Stimme.

Sidney blickte auf und sah Jade und ihre Schwester.

„Genau die Person, die ich zu sehen gehofft hatte", sagte Eric und ging um den Tisch herum, um sie zu umarmen.

Kapitel 2

Sidney konnte mit dieser Umarmerei nichts anfangen. Sie war ihm unheimlich. Was, wenn jemand die Geste falsch verstand? Umarmungen waren nicht sein Ding. Zum Glück schienen die Leute gern Eric zu umarmen und ließen ihn in Ruhe.

Sidney reichte den beiden die Hand.

„Ich finde es toll, was Sie hier aufgebaut haben", sagte Jade und studierte die Modelle und Tafeln.

„Danke! Es ist das erste Mal, dass ich alles zusammengestellt habe. Natürlich mit Sidneys Hilfe."

Sidney nickte.

„Das sieht gut aus", sagte die Schwester.

„Bitte entschuldigen Sie – erinnern Sie sich an meinen Cousin Sidney?" Eric wies auf seine linke Seite. „Und das ist seine Schwester, Rachel."

Rachel lächelte und winkte.

Kapitel 2

„Freut mich, dich kennenzulernen, Rachel. Ich bin Jade und das ist **meine** Schwester Tiffany."

„Steigst du etwa ins Familiengeschäft ein, Rachel?", fragte Tiffany.

Rachel zuckte mit den Schultern. „Ich glaub schon."

„Ich bin mir sicher, dass Rachel ihre Nische finden wird - wenn es das ist, was sie machen will! Ich habe allerdings auch fast zehn Jahre gebraucht, um meinen Bereich zu finden", sagte Eric lachend. „Wer hätte gedacht, dass es Natur- und Freizeitparks sein würden!"

Sidney verkniff sich eine Bemerkung. Ja, Erics Vater ließ zum ersten Mal zu, dass sich Burke Development auf ein so ungewöhnliches Gebiet vorwagte – aber Eric war schon mit einigen Ideen gescheitert.

Kapitel 2

Wenn das hier allerdings nicht funktionieren sollte, wäre das sein bisher größter Misserfolg. Und Sidney musste unbedingt verhindern, dass das passierte.

„Ich weiß nicht, wie es Ihnen geht, aber ich finde diese Veranstaltung toll", fuhr Jade fort. „Haben Sie sich das Programm angeschaut? Es gibt alle möglichen Preise – für herausragende Leistungen als Ranger, innovative Wanderwege, besondere Verdienste um die Umwelt …"

„Und die sehr beeindruckende Fördersumme für Sie", fügte Eric hinzu.

„Ja." Jade lächelte. „Die werde ich wohl kaum vergessen. Also, wir gehen zu unseren Plätzen. Aber vielleicht können wir ja später noch etwas reden?"

„Das wäre schön", sagte Eric. „Viel Spaß!"

Kapitel 2

Eric strahlte immer noch, als eine andere Gruppe an den Tisch kam. Sidney entschuldigte sich für einen Moment - er würde wieder zu ihnen stoßen, sobald die Preisverleihung begann. Er musste ein paar geschäftliche Telefonate führen, die er aufgeschoben hatte.

Sidney suchte sich einen bequemen Platz, an dem er in Ruhe telefonieren konnte, und beging den Fehler, seine E-Mails zu öffnen – auf einige musste er sofort reagieren. Er beantwortete sie, schließlich dauerten auch die Telefonate länger; am Ende verpasste er die erste Stunde der Reden und der Preisverleihung.

Nachdem er sich im Dunkeln zu seinem Sitzplatz vorgearbeitet hatte, freute er sich, dass er es zumindest noch rechtzeitig geschafft hatte, um zu sehen, wie Jade ihren Preis entgegennahm. Vielleicht konnte sie nach der offiziellen Übergabe endlich entscheiden, wer den Auftrag für den Park auf San Juan Island bekommen sollte.

Kapitel 2

Eric verfügte über unendlich viel Energie und Ideen für dieses Projekt, doch Sidney hielt es für unklug, weiterhin Zeit und Geld in etwas zu investieren, das keine garantierte Rendite brachte. Sein Onkel hatte deutlich gemacht, dass Eric nur ein Jahr Zeit hatte, um seine Idee zu verwirklichen, sonst würde er diesen Unternehmenszweig wieder aufgeben.

Er beauftragte Sidney damit, Eric zu „helfen" - im Grunde ein Babysitter-Job. Und Eric hatte bereits einige Monate auf dieses Projekt verwendet, weil er dachte, es würde der Star in seinem Portfolio werden.

Sidney beobachtete Eric von der Seite. Voller Freude verfolgte er die Preisverleihung. Es würde schwer werden, ihn zur Aufgabe des Projekts zu bewegen, wenn es sich nicht bezahlt machte.

Nach ein paar Minuten bemerkte Sidney, dass Rachel nicht da war.

Er lehnte sich zu Eric hinüber und flüsterte: „Wo ist Rachel?"

Kapitel 2

„Ich glaube, sie ist auf die Toilette gegangen", antwortete Eric, den Blick unverwandt auf die Bühne gerichtet.

Sidney studierte das Programm. Es sah so aus, als würde die Verleihung bald zu Ende sein, und Rachel war nirgends zu sehen.

Ihn beschlich das ungute Gefühl, dass etwas nicht stimmte. Er holte sein Handy heraus und öffnete eine App, die alle Telefone trackte, die über seinen Vertrag liefen.

Darunter auch Rachels Handy. Rachels Mutter, Sidneys Stiefmutter, hatte sich an einen Lebensstandard gewöhnt, der sich mit dem zunehmenden Alkoholismus seines Vaters kaum noch halten ließ. So war sein Vater weder willens noch in der Lage, Rachel Geld zu geben, und Sidney war ihre einzige Option.

Die App wurde geladen, und er beobachtete, wie sich das kleine Symbol für Rachel auf dem Freeway Richtung Seattle entfernte.

Kapitel 2

Er stupste Eric an und zeigte ihm das Display. „Sieht aus, als hätten wir Rachel verloren."

„Tut mir leid", flüsterte er. „Ich war so abgelenkt - ich habe nicht damit gerechnet, dass sie verschwinden würde."

„Schon okay. Sobald das hier erledigt ist, können wir gehen und herausfinden, was sie vorhat."

Sidney spürte, wie sich seine Kehle zuschnürte. Was **hatte** sie vor? Es schien, als hätte sie bewusst gewartet, bis Sidney nicht mehr aufpasste.

Aber was, wenn ihr etwas zugestoßen war? Rachel war erst achtzehn – ein Alter, in dem sie über genügend Energie verfügte, all ihre Ideen in die Tat umzusetzen, aber nicht über die nötige Erfahrung, um zu erkennen, welche davon unklug waren.

Kapitel 2

Was hatte sie sich nur in den Kopf gesetzt? Hinter ihr lag bereits ein schwieriges Jahr in der Schule; sie hatte Ärger bekommen, weil sie den Unterricht geschwänzt und mit ihren Freundinnen eine gefährliche Autofahrt unternommen hatte.

An einem Stoppschild hatte sie einen Auffahrunfall verursacht - die Polizei sagte ihm, sie habe eine SMS geschrieben! Daraufhin beschloss Sidney, ihr das Auto wegzunehmen.

Das brachte ihm bei ihr nicht gerade viele Pluspunkte ein, aber das war ihm egal. Sie musste lernen, Verantwortung zu übernehmen, und außer ihm kümmerte sich niemand darum, ihr das beizubringen. Außerdem hatte er ihr das Auto gekauft - und die Versicherung bezahlt. Er durfte sich von ihr nicht auf der Nase herumtanzen lassen.

Kapitel 2

Zum Glück endete die Verleihung und alle standen auf und begannen, sich zu unterhalten. Sidney war auf halbem Weg zur Tür, als er sich umdrehte und feststellte, dass Eric nicht weit gekommen war - er unterhielt sich mit Tiffany und Jade.

Sidney seufzte. Es würde schwer werden, ihn dort loszueisen - oder sollte er ihn vielleicht einfach zurücklassen?

Nein – vier Augen sahen mehr als zwei. Er schaute auf sein Handy und stellte fest, dass Rachel sich nicht mehr bewegt hatte. Er googelte die Adresse, sie gehörte zu einem Nachtclub namens Heaven.

Na, toll.

„Hey Eric, wir müssen los", sagte er. „Es sei denn, du willst bleiben -"

„Nein, ich glaube, du brauchst Verstärkung."

Jades Blick sprang vom einen zum anderen. „Ist alles in Ordnung?"

Kapitel 2

„Wie es aussieht, hat meine kleine Cousine uns reingelegt", sagte Eric lachend. „In ihrem Alter kommt man schon mal auf dumme Gedanken."

Bei Eric klang es nach einem harmlosen Spaß - aber das war es nicht. Sie konnte sich in ernste Schwierigkeiten bringen, und sie waren für sie verantwortlich. Wie hatten sie nur zulassen können, dass sie einfach so verschwand?

Sidney räusperte sich. „Sieht aus, als wäre sie in einen Nachtclub gefahren. Ich habe keine Ahnung wie - sie ist erst achtzehn. Sie durfte eigentlich gar nicht eingelassen werden, oder?"

Eric zuckte mit den Schultern. „Wer weiß. Aber ich helfe dir, sie zu finden - und zur Strafe lassen wir sie den Tisch einpacken."

Kapitel 2

Tiffany und Jade lachten. Sidney fehlte jedoch die Geduld, mit ihnen zu plaudern. Die Luft im Raum kam ihm unerträglich heiß vor. Seine Fliege schnürte ihm die Luft ab. Er musste so schnell wie möglich zu Rachel, und je länger es dauerte, desto unbehaglicher war ihm zumute.

„Es war nett, Sie zu sehen, ich wünsche Ihnen noch einen schönen Abend."

Eric stöhnte. „Oh, warte – das hab ich ganz vergessen. Ich habe den Wagen vom Parkservice abstellen lassen, weil ich dachte, wir würden mit als Letzte gehen."

Sidney ballte die Hände an den Seiten zu Fäusten und zwang sich, sie wieder zu lösen. Sein Herz raste - obwohl ihm klar war, dass Rachel sehr wahrscheinlich mit ein paar Freunden unterwegs war, konnte sie auch mit Fremden weggefahren sein. Und es gab eine Menge Leute, die ein hübsches, naives, achtzehnjähriges Mädchen ausnutzen wollten.

Kapitel 2

Ihm schoss ein Gedanke durch den Kopf - was, wenn sie **entführt** worden war? Es war zwar unwahrscheinlich, aber wer wusste das schon?

Nein. Da sprach die Panik aus ihm. Entführer würden sie kaum irgendwohin bringen, wo sie **hinwollte**, wie in einen Nachtclub ...

„Ich kann Sie mitnehmen!", sagte Jade. „Wir wollten sowieso gerade gehen."

Die Warterei machte ihn fertig. Sidney wollte keine weitere Minute verlieren. „Das wäre wirklich nett - wenn es Ihnen nichts ausmacht."

Jade schüttelte den Kopf. „Ganz und gar nicht."

Auf dem Weg zum Auto setzten Eric und Jade ihre angeregte Unterhaltung fort. Sie hatte an der Straße geparkt - ganz schön schlau. So hatte sie keine Probleme, wegzukommen, während sich der Verkehr im Parkhaus staute.

Kapitel 2

Sidney beugte sich von der Rückbank nach vorn und beschrieb ihr den Weg, bevor er sich neben Tiffany sinken ließ.

„Haben Sie außer Rachel noch andere Geschwister?", fragte Tiffany.

„Ja."

Nach einem Moment räusperte sich Tiffany. „Ich habe auch einen kleinen Bruder, Connor. Und Morgan. Sie ist meine Halbschwester. Aber zum Glück bin ich immer noch die Älteste."

Sidney sah sie an. Sie wollte freundlich sein, das war nett, aber er war mit seinen Gedanken ganz woanders. Rachel reagierte nicht auf seine Anrufe, und er machte sich Sorgen, dass sie ihr Telefon ganz abschalten könnte.

Aber Tiffany saß mit ihm auf dem Rücksitz, und er sollte zumindest **versuchen**, höflich zu sein, wenn Jade sie schon mitnahm.

Kapitel 2

„Ich bin auch der Älteste. Und ich habe auch noch einen Bruder", sagte er, ohne den Blick von seinem Handy zu lösen. Rachel hatte sich schon eine Weile nicht mehr bewegt. Das war doch wohl ein gutes Zeichen. „Er ist zwei Jahre jünger als ich. Rachel ist halb so alt wie ich - und sie ist auch meine Halbschwester."

„Wow, das ist ein ziemlicher Altersunterschied."

Er nickte. „Stimmt."

Zum Glück stellte Tiffany keine weiteren Fragen, und sie gerieten in keinen Stau, sodass sie ihr Ziel schnell erreichten. Jade hielt vor dem Nachtclub.

„Ich versuche, einen Parkplatz zu finden", sagte sie.

„Wenn wir keinen finden, fahren wir vielleicht einfach um den Block - also ruf mich an", sagte Eric zu Sidney. „Ich bleibe hier."

Kapitel 2

Sidney nickte und stieg aus dem Auto. Er war überrascht, als er sah, dass Tiffany ihm folgte.

„Oh, Sie brauchen nicht mitzukommen - ich laufe einfach eben rein und schnappe sie mir."

Tiffany schloss die Autotür und trat auf den Bürgersteig. Das Auto hinter Jade hupte, und Jades Wagen machte einen kleinen Satz nach vorn und fuhr los.

„Nichts für ungut, aber Sie werden es schwer haben, da reinzukommen. Sehen Sie die Schlange?"

Sidney blickte von seinem Telefon auf - seine ganze Aufmerksamkeit galt dem blinkenden Punkt auf seinem Display, der anzeigte, dass sich Rachel nicht von der Stelle gerührt hatte. Eine Schlange zog sich den ganzen Bürgersteig entlang und um die Ecke - so weit das Auge reichte. Ab und zu wurde die Tür des Clubs geöffnet, und laute Musik übertönte die Stimmen der Wartenden.

Kapitel 2

„Die habe ich gar nicht bemerkt. Ich will ja aber gar nicht bleiben - ich muss nur nachsehen, ob sie da ist."

Sie zuckte die Achseln. „Wie Sie wollen."

Er ging um die Schlange herum zur Eingangstür, wo ihn zwei große Türsteher mit verschränkten Armen empfingen.

„Entschuldigen Sie … ich glaube, dass –"

„Hinten anstellen, Freundchen."

Sidney seufzte. In dieser Szene kannte er sich nicht aus – als er jünger war, war er nie in Clubs gegangen. Einmal hatte er einen Freund begleitet - nein, das war Eric gewesen. Wo war Eric, wenn er ihn brauchte?

„Ich glaube, dass meine kleine Schwester da drin ist. Sie ist minderjährig. Ich muss nur –"

„Ich werde dich nicht noch einmal bitten. Komm uns nicht so nah, Freundchen. Geh zur Seite."

Kapitel 2

Sidney gehorchte. Ein paar Leute, die in der Schlange standen, verhöhnten ihn und riefen: „Vordrängler".

Er drehte sich zu Tiffany um, vielleicht hatte sie eine Idee? Sie stand ein Stück von ihm entfernt und telefonierte.

„Okay - ja. Sag ihnen, dass ich jetzt hier bin. Rotes Kleid - ja."

Nachdem sie aufgelegt hatte, ging er einen Schritt auf sie zu. „Sie lassen mich nicht rein."

„Keine Sorge. Eine meiner Freundinnen vom College ist die Club-Managerin. Ich habe sie angerufen - sie bringt mich rein."

„Das ist ja großartig!"

Sie verschränkte die Arme. „Leider kann ich Sie nicht mitnehmen. Aber keine Sorge - ich finde Rachel."

Der Türsteher, der Sidney abgewiesen hatte, winkte nun Tiffany zu sich heran. Sie drehte sich um, ging auf ihn zu und umarmte ihn.

Kapitel 2

Wieder diese Umarmerei. Musste man das tun, um in den Club zu kommen? Hätte er bloß den Türsteher umarmen müssen? Irgendwie glaubte er nicht, dass das bei ihm funktioniert hätte.

Er sah Tiffany im Club verschwinden.

Was, wenn Tiffany Rachel nicht fand? Oder was, wenn Rachel tatsächlich entführt worden war und sich die ganze Sache wie in einem Actionfilm entwickeln würde?

Er zückte sein Handy und sah, dass Rachel sich bewegte - anscheinend in seine Richtung.

Er wartete an der Tür – weit genug weg, dass die Türsteher ihn nicht anpöbelten, aber nahe genug, dass er sah, wer kam und ging.

Kurz darauf trat Tiffany mit Rachel an ihrer Seite aus dem Club.

Die Erleichterung schwappte über ihn wie ein Schwung kühles Wasser.

Gefolgt von Wut.

Kapitel 2

„Was fällt dir ein, einfach so zu verschwinden?", fragte Sidney, als Rachel nahe genug war, um ihn zu hören. „Du kannst doch nicht einfach in ein fremdes Auto springen, du hättest -"

Sie verschränkte die Arme. „Ja, ich hätte **tatsächlich** einmal Spaß haben können."

„Rachel, das war unmöglich, du –"

Sie schnaubte, ging an ihm vorbei, stellte sich ein Stück entfernt auf den Bürgersteig und schrieb wütend eine SMS.

Sie schrieb ständig SMS. Das machte ihn wahnsinnig. Sidney rieb sich die Stirn und wandte sich an Tiffany. „Vielen Dank. Sie ist manchmal ganz schön schwierig. Sie meint es nicht böse, aber … sie braucht etwas Führung. Wie haben Sie sie so schnell gefunden?"

„Nun", Tiffany senkte ihre Stimme. „Wenn jemand auf der Bar tanzt, ist er leicht zu entdecken."

Auf der Bar? „Na, toll."

Kapitel 2

„Oh, da kommt Jade." Tiffany winkte, und das Auto wurde langsamer.

„Nochmals vielen Dank. Ich weiß das wirklich zu schätzen."

Tiffany lächelte. „Und ich brauchte noch nicht einmal meinen Power Suit."

Noch bevor er den Mund aufmachen konnte, drehte sich Tiffany auf dem Absatz um und ging zum Auto.

Sidney fühlte sich, als sei er gegen eine Mauer gelaufen. Hatte sie seine Bemerkung über den Power Suit etwa gehört? Nein - das konnte nicht sein. Oder doch …

Tiffany blieb stehen und drehte sich zu Rachel um. „Hör zu, Rachel - wenn du freiwillig mitkommst, gebe ich dir meine Nummer, und sobald du einundzwanzig bist, lässt dich meine Manager-Freundin in jeden Club, den du dir nur vorstellen kannst."

„Wirklich?" Rachel horchte auf.

„Ja, ich stehe zu meinem Wort."

Kapitel 2

Erstaunlicherweise folgte Rachel ihr, und sie stiegen ins Auto.

Sidney stand wie betäubt auf dem Bürgersteig. Allmählich beruhigte er sich und sein Adrenalinpegel sank, aber jetzt hatte er ein neues Problem.

Ganz neu war es nicht - aber jetzt wurde es ihm bewusst. Sidney hatte nicht viele Angewohnheiten von seinem Vater übernommen. Er mied gewissenhaft Alkohol, und auch wenn ihm die Leichtigkeit und der Charme seines Vaters fehlten, machte er das durch harte Arbeit wett.

Jetzt wurde Sidney jedoch klar, dass er in einer Hinsicht doch nach seinem Vater kam – denn nun war nicht mehr zu leugnen, dass er überhaupt nicht mit Frauen umgehen konnte.

Seufzend kehrte er zum Auto zurück.

Kapitel 3

Der Erdbeer-Zitronen-Schichtkuchen war ihr dieses Jahr **perfekt** gelungen. Es war Tiffanys Lieblingskuchen, und Margie backte ihn nur zu ihrem Geburtstag.

Margie trat einen Schritt zurück und bewunderte ihr Werk. Es war ein Prachtexemplar, über dreißig Zentimeter hoch, mit Schichten aus Vanillekuchen, Zitronenkäsekuchen, Glasur und Erdbeermarmelade. Sie hatte sogar frische Erdbeeren und Marmelade von einem Bauernhof in der Nähe besorgen können und war sicher, dass man das deutlich herausschmecken würde.

Kapitel 3

Dies war das erste Mal seit langer Zeit, dass Margie Tiffany den Kuchen persönlich überreichen konnte - normalerweise musste sie eine Miniaturausgabe anfertigen und sorgsam verpackt nach Chicago schicken. Für etwas so Lächerliches wie ihren eigenen Geburtstag nahm Tiffany sich nicht frei, also hatte Margie andere Wege finden müssen, den Tag zu ehren.

Aber wenn sich ihr Geburtstag in diesem Jahr als positive Erfahrung erwies, würde Tiffany ihn in Zukunft vielleicht nicht mehr so sehr meiden.

Es war einen Versuch wert!

Sie erwarteten heute viele Gäste zum Sonntagsessen, und Tiffany hatte darauf bestanden, dass ihr Geburtstag dabei nur eine untergeordnete Rolle spielen sollte. Margie hatte – wenn auch widerwillig – zugestimmt. Sie bestand jedoch ihrerseits darauf, dass Tiffany das Menü auswählte und dass sie zumindest Happy Birthday sangen.

Kapitel 3

„Ich würde lieber nicht das Menü auswählen und stattdessen so tun, als wäre es ein ganz normaler Tag", hatte Tiffany gesagt.

„Unsinn! Wir müssen dich feiern - und feiern, dass du hier bist. Ich verspreche dir, keinen zu großen Aufwand zu betreiben."

Tiffany hatte gelächelt. „In Ordnung, Mom. Abgemacht."

Also kaufte Margie keine Dekoration, keine Tröten und keine Luftballons. Das Einzige, was sie sich gönnte, war ein schöner Blumenstrauß, den sie am Vortag auf dem Bauernmarkt gesehen hatte.

Tiffany machte ein paar Vorschläge für das Abendessen, bestand aber darauf, dass es nichts gab, was schwierig zuzubereiten war. Margie hatte jedoch nichts gegen eine Herausforderung und entschied sich für ein paar alte Favoriten: Lachs aus der Pfanne mit gebratenem Spargel, Baby-Kartoffeln mit Knoblauch und Parmesan und ein köstliches Pilz-Risotto.

Kapitel 3

Das Risotto war Margies Idee - Tiffany liebte es, und Margie hatte es eine ganze Weile nicht gekocht, lange genug, um zu vergessen, wie aufwändig die Zubereitung war.

Am Ende lief jedoch alles glatt. Hank half, den Tisch mit den neuen roten Servietten und Tischsets zu decken, die Margie letzte Woche besorgt hatte.

Rot war Tiffanys Lieblingsfarbe, also konnte sie anstelle von Geburtstagsdekoration wenigstens den Tisch ein wenig nach ihrem Geschmack gestalten.

Die ersten Gäste, die eintrafen, waren Jade und Matthew. Jade sah wie immer hübsch aus. Seit sie mit Matthew zusammen war, zog sie sich etwas schicker an. Oder vielleicht auch, seit Tiffany bei ihr wohnte?

Margie war sich nicht sicher – doch sie vermutete, dass Tiffany zumindest bei einigen Veränderungen ihre Hand im Spiel hatte.

Kapitel 3

„Hallo ihr zwei! Wie schön, euch zu sehen." Margie gab den beiden einen flüchtigen Kuss auf die Wange.

„Ich freu mich auch", sagte Matthew. „Und hier riecht es so toll!"

Margie lächelte ihn an. Er machte ihr immer Komplimente, aber es klang aufrichtig. Er war eben einfach nur ... liebenswert.
Endlich der Typ Mann, den Jade verdiente.

Hank kam herein, umarmte Jade und schüttelte Matthew die Hand. „Du kommst gerade recht."

Jade hob eine Augenbraue. „Oh?"

Matthew lachte. „Das klingt verdächtig."

„Keine Angst, Matthew", sagte Hank. „Nichts Großes. Der Fernseher, den ich bestellt habe, ist endlich da, und ich brauche noch zwei Hände, um ihn aufzuhängen."

„Ach, das ist ja leicht", sagte Matthew. „Kein Problem."

Kapitel 3

Zu Margie gewandt sagte Hank: „Das heißt, selbstverständlich nur, wenn wir vor dem Abendessen noch genug Zeit haben, Liebes?"

Margie winkte ab. „Ach, natürlich. Das ist eine große Hilfe, Matthew, dann muss ich mich nicht abmühen, das Ding über meinen Kopf zu heben."

Hank küsste sie auf die Wange. „So etwas würde ich meiner hübschen Frau doch nie zumuten. Das ist definitiv ein Job für Matthew."

„Vielen Dank, Chef", sagte Matthew lachend.

„Ich kann euch helfen", fügte Jade hinzu.

„Das wäre toll – du kannst uns dirigieren."

Kapitel 3

Margie hatte gerade genug Zeit, in der Küche alles fertig zu machen, solange sie beschäftigt waren. Es wäre schön, wenn das erledigt wäre - Hank hatte schon seit Monaten von diesem riesigen Fernseher gesprochen.

Erst hatte er ihr alles über die unterschiedlichen Optionen erzählt - die verschiedenen Bildschirme, 3D-Effekte, Krümmungen und dunkle (oder tiefe?) Schwarzwerte in jedem Pixel. Margie war erleichtert, als er schließlich ein Gerät bestellte, sodass sie sich nicht mehr mit den Details beschäftigen musste. Und jetzt, wenn es aufgehängt war, konnte sie sich davorsetzen und es wie vorgesehen genießen.

Hoffentlich würde der Fernseher Hank wenigstens ein paar Wochen lang ablenken, bevor er über andere Verbesserungen im Haus nachdachte.

Kapitel 3

Margie schmunzelte - das war allerdings unwahrscheinlich. Der Mann steckte voller Ideen.

Luke, Morgan und das Geburtstagskind trafen etwa zwanzig Minuten später ein. Margie war gerade dabei, alles auf den Tisch zu stellen, als sie sie hereinkommen hörte.

„Hank!", rief sie. „Beeil dich mit dem Fernseher - sie sind da!"

„Verdammt", sagte Luke. „Schade, dass sie schon fertig sind, ich hätte helfen können."

Morgan lachte. „Ja, ich bin mir sicher, dass du deswegen ziemlich enttäuscht bist."

In diesem Moment kam Hank mit Matthew und Jade zurück. „Mach dir keine Sorgen, Luke", sagte er und klopfte ihm auf die Schulter. „Wir haben es nicht geschafft, das Ding aufzuhängen. Du kannst nach dem Essen mit anpacken."

Kapitel 3

Morgan lachte laut auf, und Luke drehte sich mit verschränkten Armen zu ihr um. „Okay, mein Versuch, mich zu drücken, hat nicht funktioniert, aber du könntest wenigstens so tun, als würdest du dich nicht so darüber freuen."

„Tut mir leid, Luke", sagte Tiffany. „Das war etwas zu offensichtlich. Vielleicht klappt's ja beim nächsten Mal."

Alle setzten sich ohne großes Zureden auf ihre Plätze; es half, dass das Essen bereits auf dem Tisch stand. Sie reichten die Teller herum und unterhielten sich dabei – alle, außer Tiffany.

Margie runzelte die Stirn. Vielleicht gefiel ihr das Menü nicht? Oder vielleicht hatte sie sich insgeheim doch eine große Geburtstagsparty gewünscht und war jetzt enttäuscht?

Nein - das war nicht Tiffanys Art. Sie war niemand, die mit ihrer Meinung hinterm Berg hielt.

Kapitel 3

„Was ist los, Süße? Bereust du das mit dem Lachs?"

„Oh nein!", beteuerte Tiffany und richtete sich in ihrem Stuhl auf. „Ganz und gar nicht. Das ist perfekt – es ist nur zu viel, Mom."

„Unsinn! Schließlich wird meine Tochter nicht jeden Tag dreißig!"

Sie verzog das Gesicht. „Erinnere mich nicht daran."

Morgan wandte sich ihr zu. „Sag nicht, dass du eine von diesen Frauen bist, die wegen ihres Alters schummeln. Wirst du ab jetzt an jedem Geburtstag dreißig?"

Tiffany lachte. „Nein - so ist es nicht."

„Ich für meinen Teil denke, dass es ein Erfolg ist", sagte Luke. „Jedes Jahr ist ein Erfolg. Und ältere Frauen sollten -"

Er unterbrach sich, wahrscheinlich weil Morgan ihm einen bösen Blick zugeworfen und ihm unter dem Tisch einen Tritt verpasst hatte.

Kapitel 3

Aber zu spät. Tiffany beugte sich mit einem fragenden Lächeln zu ihm vor. „Na los, Luke. Was wolltest du über ältere Frauen sagen?"

„Ich weiß nicht, was du meinst", sagte er und schaufelte ein paar Kartoffeln auf seinen Teller. „So etwas Dummes würde ich doch nie sagen."

Matthew lachte. „Wirklich? Denn eine Sekunde lang klang es wie -"

Hank unterbrach ihn. „Ich denke, nach dem Essen solltet ihr beide mit mir ein ernstes Gespräch über Sicherheit führen."

„Fühlst du dich … unsicher, Hank?", fragte Tiffany, lehnte sich zurück und verschränkte die Arme.

Er nickte und trank einen Schluck Wasser. „Mit diesen beiden Kerlen, die solche Themen anschneiden? Auf jeden Fall."

Kapitel 3

Alle lachten. Margie wusste, dass Tiffany nicht wütend war - nicht wirklich. Allerdings schien sie eine Art Quarterlife-Crisis durchzumachen, was Margie etwas überraschte.

Als Kind schien Tiffany immer zu wissen, was sie wollte. Mit zwölf hatte sie angefangen, auf andere Kinder in der Nachbarschaft aufzupassen - sogar auf einige, die fast so alt waren wie sie selbst. Einer der Jungen in ihrer Obhut war nur achtzehn Monate jünger als sie! Doch sie machte ihre Sache so gut, dass niemand - weder die Eltern noch die Kinder - an ihr zweifelte.

Sie war immer sehr reif für ihr Alter gewesen, und Margie lernte früh, dass man Tiffany am besten helfen konnte, indem man ihr Ratschläge gab und sie dann machen ließ. Tiffany war schon als kleines Mädchen eine Persönlichkeit gewesen.

Kapitel 3

In der Schule schnitt sie in allen Fächern hervorragend ab. Margie musste ihr nicht ein Mal bei den Hausaufgaben helfen - Tiffany suchte sich selbst Rat, wenn sie das Gefühl hatte, etwas nicht verstanden zu haben. Während des Studiums schaffte sie es, ganz ohne fremde Hilfe einen Praktikumsplatz in einer angesehenen Firma zu ergattern, absolvierte das Praktikum mit Erfolg und nahm anschließend einen gut bezahlten stressigen Job in der Finanzwelt von Chicago an, den sie anscheinend liebte.

Tiffany war immer stark, klug und zielstrebig gewesen. Das war auch jetzt nicht anders - doch es schien, als hätte sie ein wenig den Halt verloren.

„Ich halte das für eine gute Idee, Chief", sagte Morgan. „Ich weiß, dass Luke eine Menge Hilfe gebrauchen könnte."

Kapitel 3

Luke räusperte sich. „Einverstanden. Also gut, genug von mir, möchte noch jemand anders gratulieren? Morgan?"

„Ja", sagte sie, „aber bevor wir mit den Feierlichkeiten beginnen, muss ich etwas Wichtiges verkünden."

„Was ist los?", fragte Jade.

„Also, heute habe ich **endlich** erfahren, dass der Prozess wegen meiner Mutter beginnt. Die Auswahl der Geschworenen ist in einer Woche! Am Montag."

„Das sind ja wunderbare Neuigkeiten", sagte Margie. „Wie geht es dir damit?"

Morgan seufzte. „Ich weiß es nicht. Aufgeregt, nervös ... wütend?"

„Ich glaube, dass sie das alles auf einmal empfindet", sagte Luke sachlich. „Und ich unterstütze sie voll und ganz dabei."

Matthew lachte wieder und schüttelte den Kopf. Aber diesmal sagte er nichts.

„Nun, ich werde jeden Tag da sein", sagte Margie.

Kapitel 3

„Ich auch", sagte Tiffany. „Nicht, dass Luke keine tolle Unterstützung wäre, aber …"

Jade lachte. „Das ist er sicher, aber ich werde auch versuchen, mir bei der Arbeit freizunehmen."

Morgan schüttelte den Kopf. „Nein - bitte fühlt euch nicht verpflichtet. Aber ich freue mich über jeden Tag, den ihr zur Verhandlung kommt. Ich weiß nicht einmal, ob ich theoretisch bei der Auswahl der Geschworenen dabei sein darf, aber ich bleibe, bis sie mich rausschmeißen."

Margie hatte das Bedürfnis, vom Tisch aufzustehen und sie zu umarmen, aber sie wollte nicht, dass Morgan sich unwohl fühlte. Dieser Prozess hatte schon so lange auf sich warten lassen, und wenn Andrea einen Weg fand, ungeschoren davonzukommen …

Die Vorstellung war schrecklich. Margie legte ihre Gabel nieder. „Wir sind für dich da, und wir werden optimistisch sein."

Kapitel 3

Morgan lächelte. „Ich danke euch. Wie auch immer – reden wir wieder über Tiffany und das Älterwerden."

Alle lachten, auch Tiffany.

„Ha ha. Sehr witzig", sagte sie.

Margie fühlte sich für die Neckerei anlässlich des Geburtstags verantwortlich und nutzte die Gelegenheit, um das Thema zu wechseln. „Mädels, ich habe noch gar nichts gehört - wie waren die Milky Way Star Awards?"

„Oh Mom, es war unglaublich", sagte Jade, und ihr Gesicht strahlte. „Ich habe den Direktor des Great Sand Dunes National Park und ein paar Ranger von Rocky Mountain und Grand Teton kennengelernt."

„**Und** du hast eine große Fördersumme erhalten", fügte Tiffany hinzu.

Jade lächelte. „Ja. Das war ein weiteres Highlight. Ich hoffe, ich kann von jetzt an jedes Jahr hingehen."

Kapitel 3

„Wenn du Colbys Land in einen State Park umwandelst, sehe ich keinen Grund, warum du nicht jedes Jahr dabei sein solltest", sagte Margie.

Jade nickte, sie strahlte noch immer. „Und wir haben Eric dort getroffen! Ich hoffe, wir erfahren bald, wann die Förderung ausgezahlt wird, damit ich ihm endlich sagen kann, dass wir uns für Burke Development entschieden haben."

„Moment, wann hast du das entschieden?", fragte Tiffany.

Jade biss sich auf die Lippe. „Äh … letzte Woche, als ich mich mit dem Ausschuss getroffen habe. Wir haben abgestimmt. Und ich hatte gehofft, dass du eher bereit bist, mit seiner Firma zu arbeiten, wenn du dich auf der Preisverleihung mit ihm unterhalten hast."

Tiffany seufzte. „Ach komm schon, so schlimm bin ich doch gar nicht! Ich arbeite mit wem du willst."

Kapitel 3

„Du scheinst nicht gerade der größte Fan von Eric zu sein", bemerkte Morgan.

„Ich will nur das Beste für den Park." Tiffany zuckte mit den Schultern. „Und wenn du denkst, dass seine Firma die beste ist, dann machen wir es mit ihr."

Jade lächelte. „Im Ernst?"

„Natürlich."

„Es würde dir also nichts ausmachen, dich mit Sidney zu treffen, um ein paar Dinge zu besprechen?"

Tiffany stellte ihr Wasserglas ab und starrte Jade einen Moment lang an. „Ich kann nicht glauben, dass du mir das an meinem Geburtstag antust."

„Es tut mir leid! Ich habe nur –"

Tiffany lachte und hob eine Hand. „Das war nur ein Scherz. Natürlich. Allerdings würde ich lieber mit Eric arbeiten, wenn es möglich ist. Sidney ist so … arrogant."

Kapitel 3

„Ich bin überrascht, dass du überhaupt bereit bist, mit ihm zusammenzuarbeiten, nachdem was er über dich gesagt hat", bemerkte Morgan.

„Was hat er über dich gesagt?", wollte Margie wissen.

Tiffany winkte ab. „Ach, nur etwas, das zeigt, wie viel Angst er vor einer starken alten Frau hat - wie Luke mich nennen würde."

Luke räusperte sich und erhob sich von seinem Platz. „Also gut, Chief, ich glaube, es wird Zeit, deinen Fernseher aufzuhängen."

Margie lachte und forderte ihn auf, sich wieder hinzusetzen. „Ach, hör auf. Ich muss doch noch die Torte holen! Seid ihr bereit für ein Stück Torte?"

Einige sagten begeistert Ja, und während Hank den Tisch abräumte, schlich sich Margie davon, um den Kuchen aus dem Kühlschrank zu holen. Sie stellte eine einzelne rote Kerze darauf.

Kapitel 3

Das war Absicht - sie hatte nur eine gekauft. Für Morgan hätte sie wegen der komischen Wirkung sicher dreißig Kerzen aufgestellt.

Aber nicht für Tiffany. Eine einzige, große, einzigartige Kerze war alles, was sie brauchte. Stark und unabhängig, genau wie sie.

Als Margie mit der Torte in der Hand um die Ecke kam, begannen die anderen „Happy Birthday" zu singen. Tiffany fiel die Kinnlade herunter, als sie die Torte sah, und sie strahlte.

Vielleicht war dieser Geburtstag nicht leicht für sie, aber all die Liebe - und die Neckereien – nahmen ihm etwas von der Schwere.

Kapitel 4

Wie gewünscht hatte Tiffany für Dienstag ein Treffen mit Sidney vereinbart. Leider konnte sie ihm noch nicht sagen, dass sie sich offiziell für Burke Development entschieden hatten. Sie warteten immer noch auf das endgültige Schreiben mit den Einzelheiten zu der Förderung. Ursprünglich sollten sie es schon vor der Preisverleihung erhalten, aber aus irgendeinem Grund verzögerte es sich.

Kapitel 4

Jade wollte Eric nicht sagen, dass seine Firma den Zuschlag erhalten hatte, bevor das Geld nicht auf dem Konto war. Tiffany war allerdings der Meinung, dass sie nicht mehr länger warten sollten. Auch wenn Eric gerade erst in das Parkgeschäft eingestiegen war, wollten sie sich die Chance nicht entgehen lassen, mit ihm zusammenzuarbeiten. Oder noch schlimmer - Tiffany vermutete, dass Eric seine Meinung jederzeit ändern und sich etwas anderem zuwenden könnte, wenn sie ihm keinen Vertrag anboten.

Sidney schlug vor, dass sie sich in einem Café auf San Juan Island trafen. Einerseits wollte Tiffany nicht, dass er die Reise auf sich nahm**, nur** um sich mit ihr zu treffen. Andererseits gingen ihre Ersparnisse schnell zur Neige, und wenn er auf die Insel kam, brauchte sie kein Geld für eine Reise nach Seattle auszugeben.

Kapitel 4

Als sie sich anzog, achtete sie darauf, etwas zu wählen, das Sidney weniger einschüchtern würde. Statt eines „Power Suits" trug sie ein schlichtes schwarzes Kleid und nicht zu hohe Absätze.

Das war einer der Tipps, die sie von Vera, einer älteren ehemaligen Kollegin, erhalten hatte. Vera war fast dreißig Jahre älter als sie, und zu Beginn ihrer Karriere oft die einzige Frau im Team gewesen. Sie war scharfsinnig und taff, aber immer freundlich.

Tiffany hatte gern mit ihr zusammengearbeitet - sie war supercool und ließ sich von niemandem etwas gefallen. Und ihre Ratschläge waren erfrischend offen und direkt.

„Tiffany", sagte sie einmal, „du bist eine gut aussehende Frau."

Sie erinnerte sich, dass sie gelacht und geantwortet hatte: „Wenn du versuchst, mir zu schmeicheln, Vera: Es funktioniert."

Kapitel 4

Vera sprach unbeirrt weiter. „Das ist kein Vorteil, es wird dir oft mehr schaden als nutzen. Manche Leute halten schöne Frauen für dumm. Sie reden von oben herab mit dir und hören nicht auf deine Meinung. Andere denken vielleicht, dass du allein wegen deines Aussehens so weit gekommen bist. Manche Männer lassen sich nur mit dir ein, wenn sie glauben, dass du an ihnen interessiert bist, und das führt dazu, dass andere Frauen eifersüchtig werden."

„Wow, **so** gut sehe ich aber gar nicht aus", sagte Tiffany.

„Das spielt keine Rolle. Du darfst dich davon nicht unterkriegen lassen. Aber man darf es auch nicht ignorieren. Du musst doppelt so gut sein, um diesen Leuten zu beweisen, dass sie falschliegen, und darüber stehen. Hast du das verstanden?"

Kapitel 4

Tiffany seufzte. Veras Ratschläge hatten ihr viele Jahre lang gute Dienste geleistet, und bei diesem Treffen mit Sidney war es nicht anders. Sie flirtete nicht mit Sidney, und er hatte eindeutig eine schlechte Meinung von ihr. Vielleicht lag es nicht an ihrem Aussehen - obwohl er ihre Kleidung erwähnt hatte.

Es spielte keine Rolle, was sein Problem war. Sie würde ihr bestes professionelles Gesicht aufsetzen und ihn mit Freundlichkeit - und Geschick - fertigmachen.

Kapitel 4

Sie betrachtete sich im Spiegel und stellte fest, dass etwas fehlte - die Geburtstagskette von Morgan. Sie holte sie aus der Kommode und legte sie an. Die Kette hatte die perfekte Länge. Wenn sie wollte, konnte sie sie unter dem Kleid verbergen. Aber sie zeigte sie gerne - der Anhänger war ein wunderschön verzierter Kompass. Morgan hatte in die Geburtstagskarte geschrieben, dass Tiffany ganz sicher ihren Weg finden werde, aber etwas Hilfe hier und da könne nie schaden.

Tiffany war verlegen geworden, als sie es gelesen hatte. Ihr dreißigster Geburtstag war viel emotionaler gewesen als erwartet, aber ihre Mutter hatte recht - im Kreise der Familie hatte sie ihn wesentlich besser überstanden. Sogar erfreulich.

Sie wollten sich eigentlich um zwölf Uhr im Café treffen, aber Tiffany beschloss, zehn Minuten früher zu kommen, um einen guten Tisch zu ergattern.

Kapitel 4

Zu ihrer Überraschung war Sidney bereits da, als sie eintraf. Er saß an einem großen Laptop im hinteren Teil des Raumes, und auf dem Tisch um ihn herum lagen überall Papiere. Es sah aus, als sei er schon seit Stunden dort.

Es war ihr eigener Fehler, sie würde sich nicht noch einmal von ihm reinlegen lassen. Das nächste Mal würde sie eine Stunde früher da sein.

Als er sie auf sich zukommen sah, stand er auf. „Hey Tiffany, schön, Sie wiederzusehen."

Sie schüttelte seine Hand. „Freut mich auch."

„Bitte, nehmen Sie Platz", sagte er. „Ich versuche, die Barista herzurufen – entschuldigen Sie, ich wusste nicht, was ich für Sie bestellen sollte."

„Das ist schon okay." Sie beobachtete, wie er sich bemühte, die Aufmerksamkeit von Sam zu gewinnen, der Studentin, die Lukes Platz eingenommen hatte.

Kapitel 4

Nach einem Moment winkte Sam ihr zu und rief von der anderen Seite des Cafés herüber. „Das Übliche, Tiffany?"

„Bitte!"

Sie setzte sich.

Sidney räusperte sich und ordnete einige Papiere um sich herum. „Nochmals vielen Dank, dass Sie sich heute mit mir treffen."

„Danke, dass Sie **her**gekommen sind. Das weiß ich zu schätzen."

„Keine Ursache."

Sie legte ihre Tasche auf den Platz neben sich. Darin befand sich ihr Laptop, aber sie fand, dass es noch nicht an der Zeit war, ihn hervorzuholen. „Wie geht's Rachel?"

„Ganz gut, und nochmals vielen Dank für Ihre Hilfe."

Sie lächelte. „Jederzeit."

Kapitel 4

„Ich hatte bis vor Kurzem nicht viel mit ihrer Erziehung zu tun", sagte er. „Meine Stiefmutter - ihre Mutter – will sich von meinem Vater scheiden lassen. Und sie hat mich gebeten, ihr bei ein paar Sachen zu helfen."

Das klang nach einem interessanten Familiendrama. „Als Rachel etwas schwierig wurde?"

Er wandte sich wieder seinem Computer zu, und für einen kurzen Moment erschien ein kleines Lächeln auf seinem Gesicht. „Ich vermute, sie ist schon seit einiger Zeit schwierig, aber ja, das war der Grund."

Er reichte ihr eine Mappe, und sie öffnete sie und nahm einen dicken Stapel Papiere heraus. „Es ist nett von Ihnen, dass Sie sie unter Ihre Fittiche nehmen."

Er nickte, wollte das Thema hier aber offensichtlich beenden.

„Hier sind einige der aktualisierten Zahlen, von denen Eric letzte Woche gesprochen hat."

Kapitel 4

Tiffany begann, den Stapel durchzublättern, aber ihre Gedanken schweiften ab. Sie konnte sich nicht erinnern, viel über Sidneys Vater gehört zu haben - nur über Erics.

Erics Vater, Dan Burke, hatte Burke Industries gegründet, aber sie hatten nie auch nur einen Ton von ihm zu dem Colby-Projekt gehört. Es schien, dass der neue Zweig des Unternehmens, Burke Development, unter Erics Kontrolle stand – jedenfalls größtenteils. Sidney war immer in der Nähe, seine missbilligende Miene stets irgendwo im Hintergrund.

„Moment mal", sagte sie. „Was steht hier?"

Sidney lehnte sich über den Tisch. „Ich glaube, das stammt aus dem Umweltverträglichkeitsbericht?"

„Richtig, aber hier steht, dass keine kumulativen Auswirkungen auf gegenüber Lebensraumveränderungen empfindliche Arten am Entwicklungsstandort zu erwarten sind."

Kapitel 4

„Ich müsste den Bericht überprüfen, aber …"

Tiffany nickte. „Ja, überprüfen Sie das noch mal. Denn ich bin mir ziemlich sicher, dass das nicht stimmt. Ja - eigentlich bin ich mir ganz sicher. Es gibt eine Liste von sechs Baumarten, die wir pflanzen und erhalten sollten."

Sidney klickte auf seinem Computer herum und sagte nach einem Moment: „Ah, hier ist es. Sie haben recht."

Tiffany unterdrückte ein Lächeln. Sie hatte den Bericht mehrmals gelesen - sie könnte ihn wahrscheinlich auswendig aufsagen, wenn es sein musste. Sie liebte so etwas - sie liebte Details und scheinbare Nebensächlichkeiten, die andere Leute übersahen.

„Gibt es noch etwas, das Ihnen nicht richtig erscheint?"

„Noch nicht", sagte sie und las weiter.

Kapitel 4

„Ich gebe Ihnen meine Karte, dann können Sie mir eine E-Mail schicken, wenn Sie noch etwas entdecken", sagte er und griff in seine Tasche. „Einige Teile des Dokuments hat Eric zusammengestellt und … ich werde sie noch mal durchgehen."

Tiffany steckte seine Karte in ihre Handtasche. „Klingt gut."

„Ich nehme an, Sie haben noch nichts wegen der Förderung gehört?"

Sie schüttelte den Kopf. „Leider nein. Aber wir erwarten, in den nächsten Tagen Genaueres zu erfahren."

Er nickte, sagte aber nichts.

Tiffany stieß einen Seufzer aus und legte den Papierstapel beiseite. „Wir haben das Geld noch nicht, also darf ich Ihnen das eigentlich nicht sagen, aber Eric soll den Zuschlag erhalten. Jade findet seine Pläne wundervoll – ihr gefallen die Hütten, das Freizeitzentrum, der Campingbereich und das Hallenbad, das er entworfen hat."

„Das war eigentlich meine Idee", sagte er.

Kapitel 4

„Ah. Nun – die war gut. Und seine Entwürfe mit den gestaffelten Gebäuden und den deckenhohen Fenstern für den Blick aufs Meer - das ist alles wirklich unglaublich."

Sidney lächelte. „Eric hat tolle Ideen. Und natürlich ein wunderbares Designteam."

„Ja." Sie wollte gerade den Papierstapel wieder in die Hand nehmen, als sie erneut innehielt. „Also, Jade ist schon überzeugt. Und ich stimme zu, dass Eric aufregende Pläne hat - aber ich möchte von **Ihnen** hören, warum Sie meinen, dass wir mit Burke Development zusammenarbeiten sollten."

Sidney lehnte sich zurück und sah sie einen Moment lang an, bevor er antwortete. „Seien wir ehrlich - wir beide wissen, dass es keine anderen seriösen Vorschläge für die Gestaltung des Parks gibt. Wir sind also nicht Ihre **beste** Option - wir sind Ihre **einzige** Option."

Kapitel 4

Tiffany versuchte, ein Lächeln zu unterdrücken. Er war ja **lebendig**! Jetzt war sie neugierig …

Kapitel 5

„Ach ja?", fragte Tiffany völlig ungerührt. Sie hatte ein kaum wahrnehmbares belustigtes Lächeln auf dem Gesicht - nicht hämisch, sondern eher aufreizend.

Sidney lächelte. „Es tut mir leid, aber so ist es."

Tiffany lehnte sich zurück und verschränkte die Arme. „Sie müssen sich intensiv mit dem Thema beschäftigt haben."

„Ich recherchiere immer sehr umfassend", erwiderte er achselzuckend.

Kapitel 5

Sie nickte nachdenklich und trank einen Schluck von dem Kaffee, den die Barista gerade gebracht hatte. „Dann wissen Sie auch, dass es im Nordwesten **sieben** weitere große bekannte Outdoor-Entwickler gibt, und jedes Unternehmen hat nicht weniger als sechs Jahre Erfahrung - wobei drei dieser Unternehmen im letzten Jahr Arbeiten an Washington State Parks durchgeführt haben."

Sidney bewahrte eine neutrale Miene. Das war ihm bekannt – jedenfalls so ungefähr. Er hatte nur von fünf anderen Unternehmen gewusst.

Und er hatte nicht überprüft, wer in letzter Zeit an Parks gearbeitet hatte. Seine Bemerkung war als spielerischer Scherz gemeint gewesen - wobei er wusste, dass zumindest ein Körnchen Wahrheit darin steckte.

Offenbar forderte gerade das Spielerische Tiffany heraus.

Kapitel 5

„Ganz unabhängig davon, ob Sie unsere beste Option sind oder nicht", fuhr sie fort, „wenn wir wollten, gäbe es auch noch andere Optionen. Deshalb frage ich Sie noch einmal, Mr Burke, warum glauben Sie, dass Ihr Unternehmen die beste Wahl für unser Projekt wäre."

Er konnte nicht anders - er musste lachen. „Gutes Argument, Miss Clifton."

Er griff in seine Tasche und holte einen weiteren Papierstapel heraus - einen, von dem er eigentlich gedacht hatte, dass er nicht viel darüber reden müsste. Aber wie es schien, hatte er Tiffany unterschätzt. Er wusste allerdings überhaupt nichts über ihren Hintergrund und nahm sich vor, das später nachzuholen.

„Ich dachte mir schon, dass Sie so etwas fragen würden", sagte er. „Ich habe eine Erklärung vorbereitet, in der ich unser Team, unsere Finanzen und unsere Ziele darlege. Und ich bin gerne bereit, das alles mit Ihnen durchzugehen."

Kapitel 5

Sie nickte und ließ ihren Blick über die erste Seite gleiten.

„Ich fasse es mal so zusammen", sagte er. „Ich verstehe, dass dieses Projekt sehr wichtig für Ihre Schwester ist. Nun - und ich gehe hier gern alle Einzelheiten mit Ihnen durch und beantworte alle Ihre Fragen -, aber mein Hauptpunkt ist, dass dieses Projekt auch für meinen Cousin sehr wichtig ist. Sein Vater, mein Onkel Dan, lässt Eric seinen eigenen Zweig von Burke Industries leiten. Und während ich ihm dabei helfe –"

„Sie Glückspilz", sagte Tiffany und lächelte breit.

Sidney betrachtete sie einen Moment lang. Sie war auch viel schlagfertiger, als er ihr anfangs zugetraut hatte.

Er fuhr fort. „Eric ist in dieses Projekt verliebt. Und wir sind darauf angewiesen, dass es funktioniert. Wahrscheinlich sogar mehr als Sie und Jade. Wir brauchen es, um seinen Geschäftszweig richtig in Gang zu bringen."

Kapitel 5

Ihre Blicke trafen sich, und er hielt inne, um ihr Gelegenheit zu geben, etwas zu sagen, aber sie schwieg.

„Ich bin mir zwar bewusst, dass unsere Konkurrenten weitaus mehr Erfahrung mit dieser Art von Projekten haben. Ich glaube aber nicht, dass ein anderes Unternehmen mit so viel Leidenschaft bei der Sache ist oder dass für jemand anders so viel auf dem Spiel steht wie für uns."

Tiffany legte die Papiere weg. „Also, dann. Ich denke, damit können wir arbeiten."

Die Besprechung dauerte nicht viel länger, sie hatten nur etwa vierzig Minuten Zeit, bevor Sidney gehen musste. Er bedauerte jetzt, dass er den Termin mit den Klempnern so früh angesetzt hatte.

Kapitel 5

Er hätte sich lieber noch länger mit Tiffany unterhalten und mehr über ihre Motive erfahren. War es möglich, dass sie von diesen anderen Unternehmen wusste, weil sie mit ihnen ebenfalls Gespräche führte? Vielleicht nutzte sie Burke Development nur als Ideengeber …

Es war unmöglich zu sagen. Sie kannte sich nicht nur mit dem Bericht über die Umweltverträglichkeit aus, sondern auch mit einer ganzen Reihe von Vorschriften und Genehmigungsfragen, die im Zusammenhang mit dem Bau zu erwarten waren.

Sie hatten ein Gespräch geführt, von dem Sidney mit Eric nur träumen konnte. Erics Aufmerksamkeitsspanne umfasste bestenfalls zwanzig bis dreißig Minuten. Sidney musste alle Informationen vereinfachen und manchmal sogar Checklisten erstellen, um sicherzugehen, dass Eric verstand, wovon er sprach, und dass sie sich einig waren.

Kapitel 5

Aber mit Tiffany war es … als würde er mit einer Expertin sprechen. Klar, es gab ein paar Sachen, die sie nicht wusste, die sie unmöglich wissen konnte, wenn sie nicht seit Jahren im Baugeschäft tätig gewesen war. Aber ihre Aufmerksamkeit für jedes Detail und ihr Wissen über die Berichte und Pläne waren unglaublich.

Sidney erwog sogar, sein nächstes Treffen zu verschieben, damit sie sich weiter unterhalten konnten, aber er wusste, dass die Gruppe für den Rest der Woche in Oregon beschäftigt sein würde, und er wollte nicht extra dorthin fliegen. Stattdessen versprach er, ihr später am Abend eine E-Mail mit konkreten Zahlen zu schicken, nach denen sie gefragt hatte.

Als er im Flugzeug zurück nach Seattle saß, schwirrte ihm der Kopf. Wo um alles in der Welt kam Tiffany her? Man hätte sie für eine Anwältin oder Bauunternehmerin halten können, die San Juan County vertrat.

Kapitel 5

Er zückte sein Handy und suchte im Internet nach ihrem Namen. Sofort tauchte ihr Foto auf. Nein, sie war keine Expertin oder ein Spitzel der Bezirksverwaltung - sie hatte definitiv den gleichen Nachnamen wie Jade und gehörte zur Familie. Sie sahen auch aus wie Schwestern.

Sidney ging zu Tiffanys LinkedIn-Seite und sah sich ihren umfangreichen Lebenslauf an. Bei der Rubrik „Berufserfahrung" stutzte er - konnte das stimmen? Es sah so aus, als sei Tiffany seit ein paar Monaten arbeitslos.

Interessant.

Wurde sie entlassen? Hatte sie gekündigt? Hatte sie Urlaub genommen, um Jade bei dem Parkprojekt zu unterstützen?

Also, **da** opferte sich jemand für die Familie auf. Tiffany meinte, er würde viel für Eric tun, dabei war das nichts verglichen damit, dass sie ihre Karriere aufgegeben hatte, um ihrer Schwester zu helfen.

Kapitel 5

Er seufzte. Wenn jemand etwas von Aufopferung für die Familie verstand, dann er.

Er wusste nicht genau, wie er zu Erics rechter Hand geworden war, aber er war froh, helfen zu können. Eric **brauchte** seine Hilfe, und es war ganz natürlich, dass Sidney diesen Platz einnahm. Er hatte jahrelang unter Onkel Dan an einer Vielzahl von wenig glamourösen Projekten gearbeitet: Wohnhäuser, Geschäftskomplexe, Parkhäuser.

Es war nicht der Stoff, aus dem Hochglanzmagazine waren, aber es waren wichtige Projekte. Komplizierte Bauvorhaben mit Genehmigungen, Bauvorschriften und engen Zeitplänen.

Kapitel 5

Und nun begann Onkel Dan, der zwar eine Schwäche für sein einziges Kind hatte, die Geduld zu verlieren. Er hatte klargestellt, dass er bei der kleinsten Andeutung eines Misserfolgs die Mittel für Burke Development streichen würde. Und als sie beide allein gewesen waren, hatte Dan Sidney erklärt, dass dies auch auf seine Kappe ginge.

Es gab Tage, an denen Sidney sich wünschte, er könnte Eric in den Urlaub schicken, damit er mehr Kontrolle über das Projekt hätte. Eric setzte alles auf eine Karte und war überzeugt, dass sie diesen Park bauen **mussten**. Er sagte, damit würden sie bekannt werden.

„Komm schon, Sid! Um groß **zu sein**, muss man groß **denken**!", sagte er.

Sidney verstand, dass es aufregend und neu war. Aber war es wirklich der klügste Auftrag oder der beste für den Anfang?

Kapitel 5

Da war er sich nicht sicher, aber er war bereit, seinen Cousin zu unterstützen. Ergaben Erics Überschwang und seine eigene Erfahrung vielleicht eine perfekte Kombination?

Womöglich.

Abgesehen davon war Burke Development wichtig für Eric, und indem er ihm half, hatte Sidney die Möglichkeit, sich bei seinem Onkel für das zu revanchieren, was er im Laufe der Jahre für ihn getan hatte.

Sein Onkel hatte ihm nicht nur alles übers Baugeschäft beigebracht, sondern war auch in Sidneys Jugend für ihn da gewesen - vor allem, als er als launischer Teenager mit dem Alkoholismus seines Vaters gerungen hatte.

Kapitel 5

Onkel Dan verlor nie die Geduld mit den beiden, auch wenn Sidneys Vater immer wieder Höhen und Tiefen durchlebte. Sein Vater war ein guter Kerl, daran gab es keinen Zweifel, aber er hatte einen Dämon, den er einfach nicht abschütteln konnte. Die Höhen und Tiefen waren für alle hart, insbesondere aber für Sidneys Mutter, die die Familie verließ, als er noch klein war.

Jahrelang schaffte es sein Vater, hier und da einen Job zu behalten, was er meist Onkel Dan zu verdanken hatte. Aber jetzt schien die Alkoholsucht ganz die Oberhand gewonnen zu haben, und selbst Dan konnte sein labiles Verhalten nicht mehr tolerieren.

Als Sidneys Vater mit seinem Auto in das Innenstadtbüro von Burke Industries gerast war, war das Maß endgültig voll. Dan musste einsehen, dass man in seiner Nähe nicht mehr sicher war, und sagte ihm, er müsse gehen.

Kapitel 5

Diese Nachricht nahm sein Dad nicht gut auf und schwor, diesen „Verrat" werde er seinem Bruder nie verzeihen. Bis dahin hatte Sidney schon so viele dieser Wutausbrüche erlebt, dass ihn das nicht weiter beeindruckte.

Doch es schien ein Wendepunkt zu sein - seit seiner endgültigen Entlassung bei Burke Industries hatte sein Vater keinen guten Tag mehr gehabt. Er zahlte keine Raten mehr für Haus und Auto. Er kümmerte sich nicht mehr um sich selbst. Und daraufhin reichte Rachels Mutter die Scheidung ein.

Es ging bergab, und er verschwand. Sidney hatte seit über einem Jahr nicht mehr mit seinem Vater gesprochen.

Er schüttelte den Kopf. Er durfte nicht länger darüber nachdenken; es gab viele Leute, die auf ihn zählten: Onkel Dan, Eric - sogar Rachel, obwohl sie es nur ungern zugeben würde.

Kapitel 5

Vermutlich ging es Tiffany nicht viel anders als ihm. Er erledigte so schnell wie möglich, was noch zu tun war, und freute sich darauf, nach Hause zu kommen und ihr die Dokumente zu schicken. Doch als er sich gerade an den Computer gesetzt hatte, klingelte sein Telefon.

Eric!

„Hey, wie geht's?"

„Nicht gut, Mann", sagte Eric.

„Was gibts? Wenn du dir wegen meines Treffens mit Tiffany Sorgen machst - das brauchst du nicht. Ich glaube, es lief wirklich gut, wir sind ein gutes Team."

„Daran zweifle ich nicht", sagte Eric. „Aber Jade hat mich gerade angerufen - unter Tränen. Sie sagte - es ist einfach unglaublich -, das Washington State Parks Department habe soeben seine Zahlungsunfähigkeit bekannt gegeben."

Sidney erstarrte. „Was?"

Kapitel 5

„Ja. Das heißt, sie haben kein Geld, um die Fördergelder auszuzahlen."

Sidney schloss die Augen. „Okay."

„Was sollen wir tun? Ich fasse es einfach nicht! Ich dachte, dass -"

„Keine Panik", sagte Sidney. „Wir lassen uns etwas einfallen, okay?"

„Sag es nicht meinem Vater. Bitte. Noch nicht."

„Nein, keine Sorge. Wir müssen uns etwas überlegen. Lass mich nachdenken."

„In Ordnung. Danke, Sidney."

Er legte sein Telefon weg und blickte auf die E-Mail, die er an Tiffany zu schreiben begonnen hatte. Wenn es jemanden gab, der einen Plan B hatte, dann sie.

Er änderte die Betreffzeile in „Schlechte Nachrichten" und schrieb ihr.

Kapitel 6

Zunächst versetzte die Nachricht, dass die Förderung nicht fließen würde, Jade in einen Schockzustand. Dann durchlief sie rasch alle Phasen der Trauer – Leugnen, Wut, Akzeptanz und Loslassen.

Am Samstag jedoch hatte sie allerdings eine handfeste Depression. Sie hatte ein Dutzend anderer möglicher Zuschüsse und Fördermittel für den Park recherchiert, aber nichts passte. Entweder waren die Antragsfristen bereits abgelaufen, ihr Park war zu klein, um sich zu qualifizieren, die Anforderungen waren zu streng für ihre aktuellen Pläne, oder sie mussten einen umfangreichen Prozess durchlaufen, der ein Jahr oder länger dauern würde.

Im Grunde genommen mussten sie wieder bei Null anfangen.

Kapitel 6

Matthew hatte Dienst, aber er kam vor seiner Schicht vorbei und brachte ihr einen Blumenstrauß. Sie bot ihm einen Kaffee an, aber leider musste er zu einem Einsatz.

„Aber ich bestehe darauf, dass ich dich morgen zum Essen ausführe, damit du auf andere Gedanken kommst", sagte er.

Jade seufzte. „Das musst du nicht. Es reicht mir schon, Zeit mit dir zu verbringen."

Er schien einen Moment darüber nachzudenken. „Nein. Wir gehen irgendwohin, wo es schön ist. Du verdienst es immer, verwöhnt zu werden, aber jetzt ganz besonders. Überleg dir, wohin du gehen möchtest, okay?"

„Okay", antwortete sie lächelnd, bevor sie die Tür hinter ihm schloss.

Kapitel 6

Die Blumen waren wunderschön - seine Mutter hatte ihn gut erzogen. An den Strauß war eine Karte geheftet, auf der stand: „Meine Liebste - diese Blumen sind nur ein flüchtiger Eindruck der Schönheit, die du in diesen Park bringen wirst. Ich glaube an dich. Für immer dein, Matthew."

Jade las die Karte dreimal durch, bevor sie sie in ihre Tasche steckte. Sie hatte angefangen, ein Sammelalbum anzulegen und all diese kleinen Dinge aus ihrer Beziehung aufzubewahren: Karten, Abschnitte von Eintrittskarten, Bilder.

In dieser Hinsicht war sie sentimental und dachte, dass sie all diese hübschen Sammelalben eines Tages mit jemandem teilen könnte. Vielleicht … mit ihren Kindern?

Das erste Mal, als Matthew von Kindern gesprochen hatte, war Jade überrascht gewesen. Es klang beiläufig, als sei es ihm gerade so in den Sinn gekommen.

Kapitel 6

Er hatte gesagt: „Mir gefällt es, wo ich jetzt wohne, aber ich hoffe, dass ich sparen und mir in ein oder zwei Jahren ein Haus leisten kann. Du musst natürlich damit einverstanden sein. Und es muss einen großen Garten für die Kinder haben."

Er hätte einfach sagen können, dass er einen Garten brauchte, damit sein Hund Toast darin herumlaufen konnte, oder für Grillabende oder so etwas. Aber nein - er hatte gesagt, dass es ihr gefallen müsse **und** dass es für Kinder geeignet sein müsse.

Ihr Herz klopfte in diesen Momenten, aber sie wusste nicht immer, wie sie reagieren sollte. Matthew machte keinen Hehl aus seinen Gefühlen, aber Jade brauchte manchmal ein bisschen länger, um ihre Gedanken in Worte zu fassen. Zum Glück machte es Matthew nichts aus - wenn sie lächelte, schlang er einfach die Arme um sie und drückte sie an sich.

Kapitel 6

Sie stellte die Blumen in der Küche in eine Vase und steckte die Karte in ihr neuestes Sammelalbum.

„Oh la la! Sind die von Matthew?", fragte Tiffany.

Jade nickte. „Ja. Es tut ihm leid wegen der Sache mit der Förderung."

Tiffany seufzte. „Das geht uns wohl allen so. Er hatte nicht zufällig eine Idee?"

„Nein, leider nicht."

Jades Handy surrte in ihrer Tasche, und sie zog es heraus, um zu sehen, wer anrief.

Mist! Es war Dad.

Sie biss sich auf die Lippe - normalerweise würde sie rangehen, aber vor Tiffany wollte sie das nicht. Wenn sie sich jedoch nicht meldete, würde er vielleicht immer wieder anrufen und …

Sie stand wie erstarrt da.

„Willst du nicht rangehen?", fragte Tiffany.

Kapitel 6

Sie musste aufhören, sich verdächtig zu verhalten. Jade zog das Telefon aus der Tasche, nahm den Anruf entgegen und ging in ihr Zimmer.

„Hallo?"

„Hey Jade! Ich bin's."

„Hey Dad, wie geht es dir?"

„Gut, mir geht's gut. Ich habe gerade Tiffanys Geburtstagsgeschenk mit der Post zurückgeschickt bekommen - weißt du, ob sie umgezogen ist?"

„Oh … mir war nicht klar, dass du das nicht weißt … sie wohnt jetzt hier."

Einen Moment lang herrschte Schweigen. „Ah ja. Alles klar."

„Ja, tut mir leid, ich dachte nur, dass …"

„Nein, ich wusste es. Ich hatte es nur vergessen. Und sie hat nicht auf meine Anrufe reagiert."

Kapitel 6

Jade setzte sich auf ihr Bett. Wenn Tiffany wüsste, dass Jade immer noch mit ihrem Vater sprach … nun, sie wäre nicht sehr glücklich darüber. „Ja."

Er stieß einen Seufzer aus. „Hör zu, ich weiß, ich habe viele Fehler gemacht. Aber sie gibt mir nicht einmal die Chance, ihr etwas zu erklären."

„Um fair zu sein, Dad, bislang hast du noch nie **versucht,** irgendetwas zu erklären", sagte Jade so sanft wie möglich.

„Ich weiß, aber … jetzt ist das anders. **Ich** bin jetzt anders. Ich möchte es euch beweisen - ich glaube, ich kann euch helfen."

„Das ist wirklich okay, ich denke, dass -"

„Nein, wirklich. An dieser Bankrotterklärung ist etwas faul. Beim Washington State Park Department stimmt irgendetwas nicht."

Jetzt hatte er ihr Interesse geweckt. „Wie meinst du das?"

Kapitel 6

„Ich bin mein ganzes Leben lang Wirtschaftsprüfer gewesen, irgendetwas stimmt da einfach nicht. Und ich kann dir helfen. Bitte - wenn du mich lässt."

„Ich denke darüber nach", sagte sie. „Es tut mir leid - ich muss Schluss machen."

„In Ordnung, aber sag mir Bescheid. Und ich schicke Tiffanys Geschenk an deine Adresse."

„Okay."

Sie beendete den Anruf, öffnete ihre Zimmertür – und stand Tiffany gegenüber, die mit verschränkten Armen davor wartete.

„Hast du mit Dad gesprochen?"

Ertappt. „Ja, er hat mich nach deiner Adresse gefragt, weil das Geburtstagsgeschenk, das er dir geschickt hat, zurückgekommen ist."

Tiffany lachte. „Oh ja. Nun - Eilmeldung. Ich habe mein Leben auf den Kopf gestellt."

„Er sagte, dass du nicht auf seine Anrufe reagierst, darum dachte ich -"

Kapitel 6

„Natürlich reagiere ich nicht auf seine Anrufe! Ich kann nicht fassen, dass du es tust. Obwohl … eigentlich doch. Du glaubst, dass jeder gerettet werden kann, stimmt's, Jade?"

Jade zuckte mit den Schultern. „Das nicht. Aber wenn ich den Eindruck habe, dass er sich bemüht, werde ich ihn nicht abweisen. Er sagt, er habe sich geändert und er wolle erklären –"

Tiffany hob eine Hand. „Nein danke. Und was, wenn Morgan herausfindet, dass du mit ihm redest? Würde es ihr nicht das Herz brechen, nachdem er sie so schäbig behandelt hat? Und ihre Mutter?"

Um ehrlich zu sein, machte sich Jade darüber ziemlich viele Gedanken. „Ich weiß es nicht. Kann sein."

„Ich meine, mach, was du willst. Aber ich werde nicht mit dem Mann reden."

Kapitel 6

Jade nickte. Dass sie immer noch mit ihrem Vater sprach, hatte Tiffany besser aufgenommen, als sie erwartet hatte. Vielleicht interessierte es Tiffany, dass er helfen wollte? „Er hat mitbekommen, dass die Fördergelder nicht ausgezahlt werden sollen und glaubt, dass mit dem Konkurs etwas faul ist."

Tiffany verdrehte die Augen. „Ja, und wenn sich jemand mit unsauberen Geschäften auskennt, dann Dad."

„Ich glaube, seine Geschäfte liefen in letzter Zeit schlecht", sagte Jade. „Also, **richtig** schlecht."

„Trotzdem will er uns einen Rat geben?"

Jade schüttelte den Kopf. „Nein - er wollte uns nur helfen, der Sache auf den Grund zu gehen. Aber ich habe das Gefühl, dass du an seiner Hilfe nicht interessiert bist."

Kapitel 6

Tiffany lachte. „Tut mir leid, bin ich auch nicht." Sie hielt eine Sekunde inne. „Aber … so habe ich das noch gar nicht gesehen. Ich habe nur nach Alternativen gesucht, aber was ist, wenn da tatsächlich etwas faul ist? Um einen Gauner zu erkennen, muss man selber einer sein."

Jade runzelte die Stirn. „Ich glaube nicht, dass Dad ein Gauner ist."

Tiffany warf ihr einen bedeutungsvollen Blick zu. „Sagen wir einfach, dass sich seine ‚Geschäfte' immer in der Grauzone zwischen legal und illegal bewegt haben. Und eigentlich …"

„Was?"

„Erinnerst du dich an den Drohbrief, den wir bekommen haben? In dem stand, dass wir vorsichtig sein sollten?"

„Ja." Jade runzelte die Stirn. „Da stand ‚mit Jared ist es nicht vorbei' oder so. Aber was hat Jared mit dem State Park Department zu tun?"

Kapitel 6

„Das weiß ich nicht ... noch nicht." Tiffany zuckte mit den Schultern. „Aber Sidney hat mir eine E-Mail geschickt - er scheint nicht aufgeben zu wollen. Vielleicht kann ich ja noch mal mit ihm reden?"

Jade klatschte in die Hände. „Oh, wirklich? Aber halt - wenn er gemein zu dir ist, möchte ich nicht, dass du mit ihm arbeitest."

Tiffany schüttelte den Kopf. „Mach dir deshalb keine Sorgen. Er ist nicht gemein zu mir. Und ich habe keine Angst vor ihm. Vielmehr gefällt mir die Herausforderung."

Jade lächelte. Tiffany war von dem Treffen äußerst energiegeladen zurückgekommen. Vielleicht war Sidney ein guter Partner für ihre ... Stärke? „Also gut. Ich bin gespannt, was du erreichst!"

Kapitel 7

Da es Samstag war, war Tiffany nicht sicher, ob Sidney überhaupt auf ihre E-Mail antworten würde. Aber einen Versuch war es wert. Sie entschied, die Theorie ihres Vaters nicht zu erwähnen, und bot ihm an, über Video oder am Telefon mit ihm zu sprechen, damit er nicht wieder reisen musste.

Nach zwanzig Minuten hatte sie eine Antwort. Er schrieb, dass er gerne wieder in Friday Harbor vorbeischauen würde.

Beeindruckend!

Oder war er ein Workaholic? An einem Samstag in zwanzig Minuten eine E-Mail zu beantworten, das hätte Tiffany in ihrem alten Job auch getan.

Kapitel 7

Egal. Tiffany war es wichtig, dass alle Beteiligen ihre Arbeit an Jades Park ernst nahmen. Sidney deutete an, dass er an diesem Sonntag ohnehin nach San Juan müsse. Nun, offenbar gab er sich Mühe, nett zu sein.

Oder ... traute er ihr einfach nicht zu, dass sie etwas alleine regeln konnte? Das wäre möglich.

Um ehrlich zu sein, hatte sie noch nie außerhalb des Finanzsektors gearbeitet. Das war alles neu für sie, und wenn er sie für inkompetent hielt ... na ja! Alles, was sie tun konnte, war, weiterhin ihr Bestes zu geben. Bisher hatte sie sich nicht allzu schlecht geschlagen, und was er über sie dachte, ging sie nichts an.

Trotzdem ärgerte es sie, dass er sie beleidigt hatte. Sie hielt inne. War sie etwa in ihre alten Muster verfallen? Wollte sie ihm insgeheim das Gegenteil beweisen?

Kapitel 7

Ja, natürlich! Okay, vielleicht war es gar nicht **so** geheim. Vielleicht arbeitete sie doppelt so hart, damit er ihr keine Schwäche nachweisen konnte. Tiffany hatte aus solchen Situationen immer Kraft geschöpft - sie genoss die Herausforderung.

Sie musste sich jedoch darauf konzentrieren, dass dieses Projekt wirklich wichtig für Jade war. Ganz gleich, wie Tiffany darüber dachte oder was die Leute von ihr hielten, Jade verdiente ihre volle Aufmerksamkeit. Außerdem hatte Tiffany im Moment nichts anderes zu tun. Sie hatte keine Ausrede, schlechte Arbeit zu leisten.

In ihrem alten Job hatte sie ständig mit mehreren Projekten und Kunden jongliert. Was war schon **ein** kleines Parkprojekt? Obwohl dies eine völlig neue Art von „Job" war, fühlte sich Tiffany nicht fehl am Platz. Und sie würde sich von Sidney nicht irritieren lassen.

Kapitel 7

Am nächsten Tag beging Tiffany nicht noch mal den gleichen Fehler. Diesmal ging sie eine Stunde früher in das Café und war sehr froh, dass Sidney noch nicht da war. Sie bestellte sich etwas zu trinken und klappte ihren Laptop auf, um weiter über das Budget der Parkverwaltung zu recherchieren.

Überraschenderweise erschien Sidney diesmal nicht zu früh.

Fünf Minuten, bevor er eintreffen sollte, ging Tiffany das Risiko ein und bestellte ihm einen schwarzen Kaffee, damit er bei seiner Ankunft bereitstand. Das hatte sie im Laufe der Jahre im Umgang mit Kunden gelernt. Sie versuchte, sich alles zu merken - ihre Kaffeebestellung, die Namen ihrer Kinder, wo sie gerne Urlaub machten.

Kapitel 7

Es machte ihr Spaß, Menschen kennenzulernen, und es war wichtig, sich an Details zu erinnern. Allerdings wusste sie nichts über Sidney. Nicht wirklich. Sie wusste nur, dass er anscheinend gerne schwarzen Kaffee trank und jeden mit finsterem Blick ansah.

Er erschien pünktlich um zwei Uhr.

„Es tut mir leid, dass ich zu spät bin", sagte er, als er sich setzte.

„Sie sind eigentlich genau pünktlich."

„Nun, für mich bedeutet pünktlich normalerweise, dass ich fünfzehn Minuten zu früh da bin. Aber **tatsächlich** pünktlich zu sein …"

„Ah, natürlich. Sie scheinen sehr streng mit sich zu sein."

Er hielt inne. „Ach ja?"

„Machen Sie sich keine Gedanken", sagte sie mit einem Lächeln. „Das ist mir nicht fremd. Ich habe Ihnen einen Kaffee bestellt - schwarz. Ich hoffe, das ist in Ordnung?"

Kapitel 7

Er blickte nach unten, und auf seinem Gesicht erschien ein überraschter Ausdruck. „Oh ja, das ist perfekt. Danke."

Gut, sie war nicht nur früher als er im Café gewesen, sie hatte auch noch die richtige Bestellung aufgegeben. Das alles sollte ihr helfen, ihn von ihrer Theorie über die Parkverwaltung zu überzeugen. Das war keine leichte Aufgabe, insbesondere, weil sie keine echten Beweise für ihren Verdacht hatte.

„Haben Sie irgendeine Alternative zu der Förderung gefunden?", fragte er und trank einen Schluck Kaffee.

„Leider nein. Ebenso wenig wie Jade oder irgendjemand anderes im Ausschuss. Es war eine düstere Woche auf San Juan."

Er runzelte die Stirn. „Das tut mir leid. Wir haben auch nichts finden können."

„Ich habe nachgedacht ..." Sie schob ihm einen Stapel Papiere zu. „Wie kam es überhaupt zu diesem Konkurs?"

Kapitel 7

Er nahm die erste Seite zur Hand, und sie deutete auf ein paar markierte Punkte.

„Hier sind einige Sitzungsprotokolle aus dem letzten Jahr. Auf Seite achtzehn finden Sie eine Meldung von vor sechs Monaten. Ein Millionär hat dem Washington State Park Department die Hälfte seines Vermögens gespendet."

„Und wie viel war das?"

„Zweihundert **Millionen** Dollar", sagte Tiffany.

Sidney hob eine Augenbraue. „Das ist eine ganz hübsche Summe."

„Ja, das fand ich auch. Vor allem, weil damit das Parkbudget für ein ganzes Jahr abgedeckt ist - und die rund dreißig Millionen, die sie vom Steuerzahler erhalten, kommen noch oben drauf. Die Verwaltung hat also einen Haufen Geld bekommen, mit dem sie nicht gerechnet hat, und irgendwie ist das alles schon ausgegeben? Wie soll das gehen?"

Kapitel 7

Sidney blätterte weiter. „Ja - und es sieht so aus, als hätte sie letztes Jahr einhundertzwanzig Millionen Dollar Umsatz gemacht."

„Ganz genau! Sollen wir etwa glauben, dass sie einfach **vergessen** haben, die Gebühren für Campingplatz und Parkausweise für das gesamte letzte Jahr einzuziehen? Oder dass sie ein riesiges Loch in der Kasse hatten - etwas, das in keinem der Sitzungsprotokolle erwähnt wird?"

„Ich nehme an, Sie haben sie alle gelesen."

Sie nickte. „Ja. Und klar, es gibt hier und da Projektvorschläge, aber nichts, wofür das ganze Geld draufgehen würde! Es ist einfach sehr ... seltsam."

Sidney blätterte nun wesentlich schneller durch die Seiten. „Das ist genial - wirklich genial. Ich weiß noch nicht, was wir damit anfangen können, aber Sie haben recht. Irgendetwas stimmt da nicht."

Kapitel 7

Tiffany musste sich zwingen, ihn nicht wie ein eifriges Schulmädchen anzustrahlen. Er war nicht nur ihrer Meinung, sondern sogar begeistert! Dass Sidney Burke ihr so leidenschaftlich zustimmte, schien kein geringer Sieg zu sein.

„Was sollten wir Ihrer Meinung nach als Nächstes tun?", fragte er.

Tiffany seufzte. „Ich bin mir nicht sicher. Diese Woche werde ich wenig Zeit haben."

Er legte die Papiere weg und lehnte sich in seinem Stuhl zurück. „Ach? Führen Sie Gespräche mit anderen Firmen für den Park?"

Sie lachte. „Nein, aber wenn ich Ihnen sage, was ich tue, würden Sie es nicht glauben."

„Versuchen Sie es."

Musste er das wirklich wissen? Andererseits wollte sie nicht, dass er sie für unzuverlässig hielt. Sie räusperte sich. „Ich nehme an einem Mordprozess teil."

Kapitel 7

Ohne mit der Wimper zu zucken sagte er: „Oh. Wen haben Sie umgebracht?"

Jetzt konnte sie nicht mehr anders - sie brach in schallendes Gelächter aus.

Verdammt. Sie hatte gedacht, dass sie bei diesem Treffen die Oberhand behalten würde. Aber seltsamerweise hatte sie das Gefühl, dass Sidney sich nicht so leicht geschlagen gab.

Kapitel 8

Oh, gut. Das hatte ihr gefallen.

Er wusste nie, wie die Leute auf seinen Humor reagierten - manchmal merkten sie nicht, dass er scherzte, und dachten, er mache sich über sie lustig. Das war dann peinlich.

Seinen Sinn für Humor hatte Sidney von seiner Mutter. Sie war ziemlich witzig und verzog dabei keine Miene. Dank ihres Humors hatte sie viele schwierige Jahre mit seinem Vater überstanden.

„Sehr komisch", sagte Tiffany. „Aber nein, es ist … ich meine, ehrlich, das werden Sie nicht glauben."

„Vielleicht."

Kapitel 8

Nach einem Moment sagte sie: „Eine Frau steht vor Gericht, weil sie die Mutter meiner Halbschwester Morgan angefahren und dann Fahrerflucht begangen hat. Morgans Mutter ist infolge des Unfalls gestorben."

Er hob einen Finger. „Moment – nur dass ich das richtig verstehe. Die Mutter Ihrer Halbschwester?"

Tiffany nickte. „Ja, wir haben einen gemeinsamen Vater. Und zwar keinen guten."

Sidney überlegte, ob er etwas über seinen eigenen Vater sagen sollte - aber was? Er konnte seine Gedanken nicht schnell genug ordnen. „Das tut mir leid."

„Schon okay. Eigentlich – das ist so blöd." Sie lachte. „Ach, was soll's. Er war derjenige, der auf die Idee gekommen ist, dass mit dem Budget der Parkverwaltung etwas nicht stimmen kann. Ich habe das Gefühl, dass ich Ihnen das gestehen sollte."

Er setzte seine Kaffeetasse ab. „Wie meinen Sie das? Warum gestehen?"

Kapitel 8

Sie seufzte. „Er war fast sein ganzes Erwachsenenleben lang als Wirtschaftsprüfer selbstständig und anscheinend geht es mit der Firma gerade bergab. Ich kenne keine Details - ich will sie auch gar nicht kennen. Ich habe schon jahrelang in der Therapie genug über ihn geredet."

Sidney erstarrte - er wusste nicht, wie er reagieren sollte. Jetzt wäre der perfekte Zeitpunkt, seinen eigenen Vater zu erwähnen - aber er wusste nicht, wie.

„Es tut mir leid, das wollte ich gar nicht alles erzählen", sagte sie schnell.

„Nein, es ist nur … ich kann mir vorstellen, dass …" Er hielt inne. „Nun, ehrlich gesagt, kann ich mir nur schwer vorstellen, dass er schlimmer ist als mein eigener Vater. Also bitte, fahren Sie fort."

Kapitel 8

Sie lächelte und zu seiner Erleichterung redete sie weiter. „Ich weiß keine Details, aber er hat mich an meinem Geburtstag angerufen und gesagt, dass etwas nicht in Ordnung sei – vielmehr hat er meine Schwester angerufen."

„Ihre Halbschwester?"

Sie schüttelte den Kopf. „Nein, tut mir leid. Er hat Jade angerufen. Morgan kennen wir noch nicht lange - wir wussten nicht, dass er eine Affäre hatte, als wir alle noch klein waren."

Sidney nickte. „Ah, ich verstehe, was Sie mit der Therapie meinen."

„Ja. Wie auch immer, Sie können das wahrscheinlich alles in den Nachrichten lesen, aber Morgans Mutter wurde von - entschuldigen Sie, **angeblich** von - der Tochter eines bekannten Ölbarons getötet – Andrea Collins."

Als sie den Namen aussprach, verzog sie das Gesicht.

Kapitel 8

Sidney spiegelte ihren angewiderten Blick und sagte dann: „Igitt, Andrea."

„Oh, Mist", sagte sie erschrocken, „tut mir leid, kennen Sie sie?"

„Nein, ich glaube nicht. Und wenn ich eine Mörderin kennen würde, wäre ich hoffentlich nicht mit ihr befreundet."

„Das hoffe ich auch, Sidney." Sie verschränkte die Arme. „Würden Sie sagen, dass Sie ein guter Menschenkenner sind?"

„Ja", sagte er, bevor er begriff, dass sie vermutlich auf seine Bemerkung anspielte, die sie bei den Milky Way Awards gehört hatte. Er wollte noch etwas hinzufügen: „Ich meine -"

Doch sie winkte ab. „Nun, ich weiß nicht, warum sie so ein furchtbarer Mensch ist, aber das ist sie. Vielleicht liegt es daran, dass sie aus reichem Hause stammt oder schön ist oder dass ihr Vater sie einmal zu oft Prinzessin genannt hat."

„Hat Ihr Vater Sie nie Prinzessin genannt?", fragte er und versuchte, nicht zu lächeln.

Kapitel 8

„Sehe ich aus wie eine Frau, deren Vater sie Prinzessin genannt hat?"

Er lachte und schüttelte den Kopf. „Ich weiß es nicht, ich habe Angst, darauf zu antworten."

„Sie dürfen keine Angst vor mir haben, Sidney, wir sind ein Team! Aber um es kurz zu machen: Diese Woche stehe ich dem Team kaum zur Verfügung. Ich denke, ich werde viel Zeit im Gerichtssaal verbringen, um Morgan zu unterstützen."

„Ich bin gerne bereit, die Arbeit zu übernehmen. Ich habe eine Freundin, die forensische Rechnungsprüferin ist."

„Wirklich?" Sie beugte sich vor. „Das klingt ziemlich interessant."

„Scheint so, ja. Ich kann sie bitten, sich das für uns mal anzusehen – vielleicht fällt ihr etwas auf."

„Das wäre sehr hilfreich, danke, Sidney."

„Natürlich."

Kapitel 8

Sidney musste zu der feierlichen Eröffnung eines Gebäudes, das die Firma seines Onkels errichtet hatte, und war traurig, dass er das Gespräch abbrechen musste - obwohl er nicht wusste, wie viele Treffen dieser Art er brauchen würde, bevor er so offen über seinen Vater sprechen konnte wie Tiffany über ihren.

Wobei … nein. Ihre Geschäftsbeziehung war noch zu jung, als dass er über seinen Vater hätte sprechen können. Oder war es überhaupt jemals angebracht? Er konnte mit ihr nicht über seine familiären Probleme reden, das erschien ihm einfach falsch.

Es war so unangenehm, und wenn die Information erst einmal raus war, konnte er sie nicht mehr zurücknehmen. Was, wenn jemand diese gegen ihn verwendete? So offen Tiffany auch zu sein schien, spielte sie möglicherweise nur eine Rolle, die sie nach jahrelanger Berufserfahrung einfach perfekt beherrschte.

Kapitel 8

Vielleicht gehörte das alles zu ihrem Plan, ihn unter Kontrolle zu halten. Sidney war etwas unsicher, als er zu der Eröffnungsfeier ging. Es gab jetzt absolut keine Garantie mehr, dass das Projekt überhaupt weiterging. Warum steckte er immer noch Zeit, Geld und Mühe hinein?

Er wusste, dass er realistischerweise so aggressiv wie möglich nach anderen Möglichkeiten suchen sollte. Nur war das nicht das, was Eric wollte … und jetzt war es auch nicht mehr das, was er wollte. Er glaubte an Jade – so viel stand fest. Und jetzt begann er sogar, an Tiffany zu glauben.

War es das Risiko wert?

Kapitel 8

Er hatte keine Ahnung. Er hatte nicht viel Erfahrung mit riskanten Geschäften, das war eher Erics Sache. Sidney konnte sich den Luxus nicht leisten, Risiken einzugehen, denn er hatte keine reiche Familie im Rücken. Sidney hatte nie eigenes Geld gehabt - zumindest nicht bis vor Kurzem, bis er bei Burke Industries Erfolg zu haben begann.

Jahrelang war Sidney gerade so über die Runden gekommen. Er sparte fleißig und war in jeder Hinsicht bescheiden. Sein Auto war zwölf Jahre alt! Die meisten Arbeiten daran erledigte er selbst. Onkel Dan war es immer peinlich, wenn er mit diesem Auto zu Meetings fahren wollte, und bestand darauf, dass er stattdessen den Firmenwagen nahm.

Kapitel 8

Doch Sidney war das nicht peinlich, er war stolz darauf, wie weit er es in der Welt gebracht hatte. Er wollte Rachel etwas von diesem Stolz einflößen, aber alles, was er sagte, schien bei ihr auf taube Ohren zu stoßen. Er hatte keine Ahnung, wie er ihr Interesse wecken konnte. Allerdings wäre er auch schon froh, wenn er wüsste, wie er sie nicht mehr gegen sich aufbrachte.

Wie auch immer, seine Lage war jetzt etwas gefestigter. Es würde ihn nicht ruinieren, selbst wenn Burke Development sich in ein paar Wochen aus dem Projekt zurückziehen müsste. Er würde Eric irgendwie überzeugen, weiterzumachen. Und sie könnten woanders bauen.

Um ehrlich zu sein, gab Tiffany ihm Rätsel auf. Sie hatte diesen Mordprozess so beiläufig erwähnt, als sei es die normalste Sache der Welt. Vielleicht hatte die Therapie ihr geholfen, so offen zu sein?

Kapitel 8

Sidney hatte keine Ahnung, wo er mit der Geschichte seines eigenen Familiendramas anfangen sollte. Tiffany wäre entsetzt, wenn sie die Wahrheit wüsste. Während ihr Vater ein Betrüger sein mochte, war sein Vater … sehr speziell. Sidneys Beziehung zu seinem Vater und der Mann selbst waren viel zu kompliziert, als dass man es bei einem einfachen Gespräch bei einem Kaffee erklären könnte.

Seit er nicht mehr unter der Fuchtel seines Vaters stand, war er allerdings weit gekommen. Sidney konnte es sich leisten, bei Jade und ihrer undurchschaubaren Schwester ein Risiko einzugehen, zumindest für eine gewisse Zeit. Und vielleicht war es die clevere Tiffany ja wert?

Kapitel 9

Montag war der erste Verhandlungstag, und obwohl Morgan versucht hatte, sich die Woche von Arbeit frei zu halten, hatte sie noch einiges zu erledigen. Zum Glück war Luke bereit, das für sie zu übernehmen.

Ursprünglich wollte er alles absagen, um sie zu begleiten, doch die ersten ein oder zwei Prozesstage waren der Auswahl der Geschworenen vorbehalten. Wie kam es, dass sie diesen Teil nie im Fernsehen zeigten?

Kapitel 9

Aber egal, es fügte sich alles bestens. Ihr Vater kam erst am Dienstag, und Margie würde sich um ihn kümmern - wahrscheinlich, indem sie ihn mit Essen vollstopfte. Sie hatte natürlich darauf bestanden, dass er bei ihr übernachtete. Er hatte versucht, abzulehnen, aber Margie hatte gedroht, jede Reservierung, die er woanders vornahm, hinter seinem Rücken zu stornieren. Morgan erklärte ihm, dass es keinen Sinn habe, sich gegen ihre energische Gastfreundschaft zu wehren, und schließlich hatte er nachgegeben.

Hoffentlich konnten sie nach der Verhandlung etwas Zeit miteinander verbringen. Im Moment war es perfekt, dass Tiffany mit ihr zur Auswahl der Geschworenen ging. Morgan war sich nicht sicher, was auf sie zukam, und Tiffany sah immer so aus, als gehöre sie dazu, egal wo sie auftrat. Sie war eine großartige Partnerin.

Kapitel 9

Die Auswahl der Geschworenen begann früh, und Morgan war schon um sieben Uhr startklar. Es war ein bisschen übertrieben, so zeitig aufzustehen, aber sie hatte kaum schlafen können. Die ganze Nacht war sie immer wieder aufgewacht, weil sie Alpträume hatte und befürchtete, den Wecker nicht zu hören und zu verschlafen.

Die restliche Zeit wartete sie in der Küche auf Tiffany, die um 7:28 Uhr **endlich** aus dem Bad kam.

„Okay Tiffany! Machen wir uns auf den Weg."

„Tut mir leid, ich dachte, du hättest gesagt, wir würden um acht fahren?"

„Nein, die Auswahl der Geschworenen **beginnt** um acht. Und wir müssen früh da sein, um einen Platz ganz hinten zu bekommen, damit wir nicht auffallen."

Tiffany musterte sie von oben bis unten. „Trägst du deshalb Baseballkappe und Sonnenbrille? Oder wollen wir auf dem Weg dorthin eine Tankstelle überfallen?"

Kapitel 9

„Nein, ich habe gestern getankt, damit ich bereit bin", sagte Morgan.

Tiffany musste lächeln. „Ich wollte nicht -"

„Ach! Ich will nicht, dass sie mich sehen! Was, wenn sie mich rausschmeißen?"

„Keine Sorge", sagte Tiffany und legte ihr die Hände auf die Schultern. „Ich habe meinen Freund, den Anwalt, gefragt - er hat gesagt, es sei zwar etwas seltsam, aber theoretisch darfst du dabei sein. Okay?"

Morgan holte tief Luft. „Okay. Bist du bereit?"

„Natürlich! Gehen wir."

Sie fuhren zum Gerichtsgebäude und fanden problemlos einen Parkplatz. Morgan nahm weder Kappe noch Sonnenbrille ab, bis sie sicher auf ihren Plätzen saßen. Dann überzeugte Tiffany sie, dass es verdächtiger sei, sie aufzubehalten.

Kapitel 9

Es waren viele Leute im Raum, aber schon bald erkannte Morgan, dass die meisten von ihnen mögliche Geschworene waren - und keine Zuschauer wie sie.

Sie beugte sich vor und flüsterte Tiffany zu: „Okay, wen möchtest du für die Jury haben? Die Dame da drüben sieht nett aus."

Tiffany blinzelte. „Die jüngere oder die ältere?"

„Die ältere." Morgan hielt inne. Die Jüngere sah überhaupt nicht nett aus - sie hatte die Arme verschränkt und schürzte die Lippen, als würde sie an einem sauren Bonbon lutschen.

„Das verstehe ich." Tiffany nickte. „Die ältere Dame sieht aus wie eine Oma, die strickt und jede Menge Kekse backt."

Morgan nickte. „Ja! Das ist **genau** die Art von Geschworenen, die wir brauchen."

„Zuerst dachte ich, du meinst die andere - die mit dem miesepetrigen Gesicht."

Kapitel 9

Morgan lächelte – das war Tiffany also auch aufgefallen. „Nein. Sie könnte trotzdem nett sein. Vielleicht hat sie einfach so ein Gesicht."

„Gut möglich." Tiffany senkte die Stimme. „Jemand hat mir mal gesagt, dass **ich** ein miesepetriges Gesicht habe."

„Du hast kein miesepetriges Gesicht."

„Schon gut, ich weiß, dass es stimmt", sagte Tiffany leise. „Am schlimmsten ist es, wenn ich über etwas nachdenke."

„Dann hör auf, so viel zu denken. Problem gelöst."

Tiffany lächelte. „Und hör auf, den Leuten Angst zu machen?"

Morgan nickte. „Auf jeden Fall. Ich meine, du bist die Person in der Familie, die allen am meisten Angst macht."

Tiffany sah sie mit großen Augen an. „Nein! Mehr als Chief Hank?"

Kapitel 9

„Oh, auf jeden Fall! Ehrlich gesagt hast du mich mehr eingeschüchtert, als ich es bei ihm jemals war."

„Ist das dein Ernst?"

„Pst!" Morgan warf ihr einen Blick zu. „Sprich leise, du Gruselmonster! Sonst kriegen wir noch Ärger."

Tiffany zuckte schuldbewusst zusammen. „Tut mir leid!"

„Aber ja, so wirkst du eben."

Tiffany verschränkte die Arme und lehnte sich zurück. „Verdammt. Es gibt noch so vieles, woran ich arbeiten muss."

„Warum solltest du das ändern wollen? Ist es nicht cool, einschüchternd zu sein?"

„Nein!", flüsterte Tiffany. „Ich will keine sein, vor der alle Angst haben! Ich will die …"

„Sag schon."

Sie biss sich auf die Lippe. „Ich wollte ‚die Nette' sagen, aber das ist Jade. Ich weiß nicht, was ich sein will, aber nicht beängstigend."

Kapitel 9

„Du wirst es herausfinden."

Immer mehr Leute strömten in den Raum, und Morgan war nicht wohl dabei, einen Sitzplatz zu besetzen - sie sagte Tiffany, dass sie wahrscheinlich aufstehen und sich hinten hinstellen sollten. Sie wollte nicht für eine potenzielle Geschworene gehalten werden.

Tiffany bot freiwillig an, für beide Kaffee zu holen, und Morgan blieb zurück, um alle zu beobachten. Es passierte immer noch nichts, und die Leute begannen, sich zu unterhalten. Ein Typ prahlte lautstark damit, er werde alles sagen, was nötig sei, um nicht als Geschworener verpflichtet zu werden.

Kapitel 9

Morgan fiel es schwer, nicht etwas zu erwidern wie: „Es tut mir leid, dass der Mord an meiner Mutter Ihnen solche Unannehmlichkeiten bereitet." Aber sie wusste, dass das sofort für Aufruhr sorgen und sie aus dem Raum geworfen würde, also hielt sie den Mund.

Glücklicherweise kam Tiffany kurz darauf zurück, und Morgan konnte ihr von ihrem Frust erzählen. Tiffany bot an, zu dem Kerl zu gehen und ihm zu sagen, dass er gehen könne.

„Dann haben wir ihn nicht mehr am Hals, und er bekommt auch noch Ärger, weil er nicht aufgetaucht ist."

Die Idee brachte Morgan zum Lachen, und sie beruhigte sich. „Nein, ist schon gut. Er weiß ja nicht, dass es um meine Mutter geht. Es ist nichts Persönliches."

„Genau. Wahrscheinlich ist er den ganzen Tag ein Idiot, immer."

Morgan lächelte. „Genau."

Kapitel 9

Nach fast zwei Stunden ging es endlich los. Der Gruppe wurden ein paar Fragen gestellt, die sie durch Handzeichen beantworten mussten. Morgan beobachtete aufmerksam, wie der erste mögliche Geschworene aufstand und zur Seite geführt wurde.

Der Mann war Ende vierzig und wirkte weniger gelangweilt als einige der anderen Leute. Und weniger genervt. War das gut? Morgan war sich nicht sicher.

Sie lauschte angestrengt den Fragen, die ihm gestellt wurden. Das waren Dinge wie: „Arbeiten Sie oder jemand, den Sie kennen, im Bereich Strafverfolgung?", „Waren Sie jemals Opfer eines Verbrechens?" und „Gibt es irgendeinen Grund, warum Sie nicht redlich und unparteiisch urteilen könnten, wenn Sie für diesen Fall ausgewählt würden?"

Er beantwortete alle Fragen mit „Nein" und wurde offenbar für geeignet befunden.

Kapitel 9

Morgan wandte sich an Tiffany. „Nun, das war leicht. Einen haben wir, vierzehn brauchen wir."

„Ich dachte, es gäbe nur zwölf Geschworene?"

„Das stimmt, aber es gibt zwei Ersatzgeschworene."

„Na sieh an, du kleiner Prozessprofi."

Morgan lächelte, sagte aber nichts. Sie kam sich so machtlos vor. Alles, was sie tun konnte, war, sich über den Prozess zu informieren und dabei zu sein.

Als Nächste wurde eine Frau aufgerufen, die etwa in Margies Alter war. Sie wirkte deutlich weniger kooperativ als der erste Mann und beantwortete eine der Fragen mit „Ja".

Sie wurde für **nicht** geeignet befunden, aber zurückgeschickt, um mit den übrigen Geschworenen zu warten.

Kapitel 9

„Netter Versuch, Lady", sagte Tiffany. „Wahrscheinlich dachte sie, sie könnte früher nach Hause gehen, wenn sie sich querstellt."

Morgan seufzte. „Vermutlich. Aber wir wollen auch niemanden in der Jury haben, der nicht dabei sein will. Sie müssen sich alle Beweise anhören und eine fundierte Entscheidung treffen."

Tiffany streckte die Hand aus und tätschelte Morgan das Knie. „Keine Sorge, ich bin mir sicher, die wissen, wie sie die richtigen Leute auswählen."

„Ja." Das war Morgan klar - aber warum war ihr dann so übel?

Das gesamte Auswahlverfahren dauerte viel länger, als Morgan erwartet hatte. Als sie die Fragen ein paar Mal gehört hatte, hatte sie das Gefühl, sie auswendig zu kennen. Sie beobachtete die potenziellen Geschworenen weiterhin genau, aber jetzt fiel es ihr etwas leichter, sich dabei mit Tiffany zu unterhalten.

Kapitel 9

„Und wie läuft die Jobsuche?"

Tiffany rieb sich mit der Hand über das Gesicht. „Ach, weißt du, nicht so gut. Weil ich gar nicht suche."

„Wie kommt's?"

„Weil … ich nicht weiß, was ich mit mir anfangen soll. Und ich das Gefühl habe, dass ich gar nicht weiß, was ich will."

„Ich weiß, dass du in einer schwierigen Lage bist. Aber ich bewundere dich."

„Wirklich?" Tiffany kniff die Augen zusammen. „Machst du dich über mich lustig?"

Morgan schüttelte den Kopf. „Nein, ganz und gar nicht. Du hast erkannt, dass dein Leben nicht so lief, wie du es dir vorgestellt hast, und hast gehandelt. Viele Menschen geben einfach auf. Um im Leben das zu bekommen, was man will, ist es schon die halbe Miete, wenn man sich eingesteht, dass man auf dem falschen Weg ist."

Kapitel 9

Tiffany lehnte sich mit dem Rücken gegen die Wand. „Hm. Das ist wirklich nett, dass du das sagst."

Morgan beobachtete, wie Tiffany eine Halskette unter ihrer Bluse hervorzog.

„Hast du mir deshalb die Halskette mit dem Kompass geschenkt?"

Morgan lächelte. „Ja! Es ist ein Zeichen für deine Zukunft."

Tiffany drückte ihre Hand. „Sie gefällt mir sehr. Danke."

„Ja, wirklich? Da bin ich aber froh. Ich weiß, dass du normalerweise schickere Sachen magst, aber -"

Tiffany unterbrach sie. „Schickere Sachen! Das ist nicht wahr. Ich kann nur … schlecht mit Geld umgehen. Ich gebe alles aus."

Sie lachten.

Tiffany fuhr fort: „Sie gefällt mir wirklich. Und ich hoffe, du hast recht und ich finde heraus, was ich will."

Kapitel 9

„Das wirst du. Ich glaube an dich." Sie hielt einen Moment inne und lauschte den Fragen, die einem anderen potenziellen Geschworenen gestellt wurden. Dieser Typ antwortete nur mit „Nein", es schien, als würde er genommen. Sie räusperte sich. „Ich glaube, du musst dich auf deine Werte konzentrieren."

Tiffany runzelte die Stirn. „Ich bin mir nicht einmal sicher, ob ich weiß, was du damit meinst."

„Ach, komm schon, natürlich weißt du das."

Sie überlegte einen Moment, bevor sie antwortete. „Nein. Keine Ahnung."

„Nun, was ist dir am wichtigsten und was hat das für einen Einfluss auf dein Leben?"

„Morgan", sagte Tiffany und stöhnte. „Erst der Kompass und jetzt diese Fragen über Werte? Wann hast du beschlossen, die tiefsinnige Schwester zu sein?"

Kapitel 9

Morgan lachte. „Ich versuche nicht, tiefsinnig zu sein. Nur, als meine Mutter starb, hatte ich viel Zeit zum Nachdenken und habe einiges bedauert und …"

„Das tut mir leid", sagte Tiffany, als Morgan nicht mehr weitersprach. „Ich wollte dich nicht zwingen, darüber zu reden."

Morgan schüttelte den Kopf. „Nein, ist schon okay. Ich vermisse meine Mom wie verrückt – jeden Tag. Und ich weiß, es ist kitschig, aber das Leben ist so kurz. Wir können jeden Moment herausgerissen werden und haben nicht den Luxus, gegen unsere Werte zu leben."

„Wow. Wenn du es so ausdrückst …"

„Denk einfach darüber nach. Zu meinen wichtigsten Werten gehören Kreativität, Mut, Familie und … Hoffnung."

„Die sind ziemlich gut. Kann ich die einfach übernehmen?"

Kapitel 9

„Klar, aber ich wette, du hast auch noch andere. Es gibt lange Listen, die man sich ansehen kann, um seine Top Ten oder was auch immer aufzustellen."

Tiffany zückte ihr Smartphone und suchte nach „Persönliche Werte". Nachdem sie einen Moment lang gescrollt hatte, fragte sie: „Was denkst du, was Jades Werte sind?"

Morgan verschränkte die Arme. „Gute Frage. Ich bin sicher, Familie ist einer. Und ich wette, sie hat ein paar Dinge, die ich nicht habe - wie Empathie. Und Dankbarkeit."

„Willst du also sagen, dass du dich **nicht** um Empathie und Dankbarkeit scherst?"

„Ja, ganz genau." Morgan lachte. „War ein Scherz. Es ist nur so, dass … ja, ich denke, dass diese Dinge wichtig sind, aber sie beeinflussen nicht die Entscheidungen, die ich über mein Leben treffe, verstehst du?"

Kapitel 9

Tiffany schüttelte den Kopf. „Ich habe das Gefühl, dass ich am Ende eine Liste mit fünfzig Punkten habe und mich unzulänglich fühle, wenn ich sie nicht alle erfüllen kann."

„Ich wette, einer deiner Werte ist Ehrgeiz."

„Ja, das scheint mir richtig zu sein. Ist das nicht auch einer von deinen?"

Morgan schüttelte den Kopf. „Eigentlich nicht. Ich glaube, Kreativität ist mir wichtiger als Ehrgeiz."

Tiffany runzelte die Stirn. „Ich kann mit Sicherheit sagen, dass mich das nicht interessiert - Kreativität."

„Siehst du! Denk einfach darüber nach. Das wird richtig interessant."

Es war Zeit für die Mittagspause, und alle verließen den Raum. Sie warteten, bis alle gegangen waren. Morgan beobachtete Tiffany, die stillschweigend durch die Liste der Werte auf ihrem Handy scrollte.

Kapitel 9

Sie konnte sehen, dass Tiffany mit sich rang, aber sie hatte volles Vertrauen in sie. Für sie war das eine neue Erfahrung; sie war es nicht gewohnt, zu versagen. Nicht einmal bei der kleinsten Aufgabe.

Wie komisch, dass Tiffany nicht bewusst war, wie ehrgeizig sie war. Für andere war das offensichtlich.

Morgan sah sich selbst oft nicht so, wie andere sie sahen, aber Tiffany war sich **wirklich** nicht bewusst, wie sie auf andere wirkte. Tiffany war stets gut gekleidet, wirkte scharfsinnig und professionell.

Wie konnte es sein, dass sie das selbst nicht sah? Es schien fast so, als hätte Tiffany so eine schlechte Selbstwahrnehmung, weil sie nicht viel über andere nachdachte.

Kapitel 9

Nicht, weil sie egoistisch wäre. Es war seltsam - Tiffany achtete nicht so sehr darauf, was andere Leute machten. Es interessierte sie einfach nicht, sie konzentrierte sich stattdessen ganz auf ihre eigenen Ziele und Ideen.

In gewisser Hinsicht war das gut, denn Tiffany war alles andere als eine Klatschtante oder neugierig. Es war, als hätte sie Besseres zu tun - bis jetzt. Nachdem sie jahrelang ein hektisches Leben geführt hatte, verlangsamte sie nun ihr Tempo, blickte sich um und staunte über das, was sie sah.

Morgan fand das lustig, und sie genoss es, an Tiffanys Entdeckungen teilzuhaben.

Vor allem aber war sie dankbar, dass Tiffany bei ihr war. Als sie gemeinsam zum Mittagessen gingen, wusste Morgan, dass sie in ihr eine echte Verbündete hatte. Ganz gleich, wie dieser Prozess ausging, am Ende würde sie nicht allein sein.

Kapitel 9

Und wenn sie Glück hatten, wurde Andrea schuldig gesprochen und der Gerechtigkeit wäre Genüge getan.

Morgan beschloss, sich auf den Moment zu konzentrieren und diese hoffnungsvolle Aussicht zu genießen. Tiffany nahm ihre Einladung zum Mittagessen an, hakte Morgan unter und so machten sie sich auf den Weg zum Restaurant.

Kapitel 10

Die Auswahl der Geschworenen zog sich bis zum Dienstag hin. Tiffany begleitete Morgan erneut in aller Frühe, damit sie nichts verpassten. Zum Glück wurde der letzte Geschworene noch vor dem Mittagessen ausgewählt, denn Tiffany konnte sehen, dass Morgans Nerven allmählich blank lagen.

Sie hatte in den letzten beiden Nächten kaum geschlafen und begonnen, sich detaillierte Notizen über alle Geschworenen zu machen. Als sie zum Mittagessen nach Hause kamen, versuchte Tiffany vorsichtig, ihr die Notizen abzunehmen, aber Morgan schnappte sie und drückte sie an sich.

„Die sind wichtig!", protestierte sie und sah sie mit großen Augen an. „Wir müssen Protokoll darüber führen, was jeder Geschworene denkt."

Kapitel 10

„Morgan", sagte Tiffany sanft und streckte erneut die Hand nach den Papieren aus, „selbst wenn du weißt, was sie denken, wie soll das helfen? Du darfst nicht mit den Geschworenen reden. Das weißt du doch, oder? Du darfst nicht bei ihnen zu Hause auftauchen oder E-Mails an Mitglieder ihrer Familie schicken."

Ihr Griff blieb fest. „Ich weiß. Ich will die Geschworenen nicht einschüchtern, ich will nur …"

Tiffany hob eine Augenbraue. „Du willst nur was? Willst du wie eine Verrückte aussehen mit einem Stapel seltsamer, handgeschriebener Notizen über einen Haufen Fremder?"

Sie runzelte die Stirn. „Das ist eine sehr kleinliche Sicht auf das, was ich tue."

Tiffany stand mit verschränkten Armen da und sagte nichts.

Kapitel 10

„Ich will nur …" Morgan verlagerte das Gewicht, lockerte ihren Griff jedoch kein bisschen. „Ich will das Gefühl, ein bisschen Kontrolle zu haben."

„Das verstehe ich, aber versprichst du mir was?"

„Was?"

„Dass du nicht den ganzen Abend auf diesen Zetteln herumkritzelst! Können wir rausgehen und etwas unternehmen? Ich mache alles, was du willst, ich fahre sogar mit dir Fahrrad."

Morgan lachte. „Wow, wenn du dazu bereit bist, willst du mich wohl wirklich mit allen Mitteln von diesem Wahnsinn abbringen."

„Ich sage ja nicht, dass ich es gern mich mache", antwortete Tiffany.

„Ich weiß das wirklich zu schätzen, aber Luke ist dir zuvorgekommen." Morgan zögerte. „Er nimmt mich zu einem Töpferkurs mit und dann gehen wir zusammen essen."

Kapitel 10

„Oh, das ist gut. Dann sind deine Hände wenigstens beschäftigt."

„Ja. Und ich hoffe, du bist nicht böse, aber er hat auch für Jade und Matthew Karten besorgt."

Tiffany dachte einen Moment lang nach, bevor sie antwortete. „Warum sollte ich böse sein?"

Sie seufzte. „Weil er ein Trottel ist und nicht auch eine für dich besorgt hat. Aber ich bin mir sicher, dass ich die Veranstalter überreden kann, dich -"

Tiffany hob eine Hand. „Bitte, mach dir keine Sorgen. Ich bin überhaupt nicht böse. Ich steh eigentlich nicht auf solche … Aktivitäten. So Künstlerkram."

Morgan lachte. „Okay, aber willst du danach mit uns essen?"

„Klar, das klingt gut."

Kapitel 10

„Okay, toll. Und eigentlich habe ich nur noch eine Stunde Zeit, bevor ich zum Kurs muss. Wenn es dir also nichts ausmacht, werde ich mich zurückziehen, um mit meinen verrückten Gedanken allein zu sein."

Tiffany trat zur Seite. „Sehr gern!"

Tiffany ging in ihr Zimmer, schloss die Tür und legte sich aufs Bett. Sie schloss für einen Moment die Augen; es wäre schön, ein Nickerchen zu machen, aber das kam ihr irgendwie unverantwortlich vor. Sie war nie der Typ gewesen, der ein Nickerchen machte, andererseits hatte sie auch noch nie so viel Zeit zur Verfügung gehabt.

Sie zog ihren Laptop heran und klappte ihn auf. Es war noch ein Fenster mit einer Liste von über zweihundert persönlichen Werten geöffnet.

Kapitel 10

Sie war sie gestern Abend nach dem Gespräch mit Morgan durchgegangen, fühlte sich aber seltsam überfordert von dem Gedanken, eine Liste zusammenzustellen, die ihr Leben bestimmen sollte. Stattdessen ließ sie die Registerkarte auf ihrem Computer (und Telefon) geöffnet und sah sie nun jedes Mal, wenn sie eigentlich etwas anderes tun wollte.

Es war an der Zeit, sich nicht länger davor zu drücken. Sie nahm ein Blatt Papier zur Hand und erstellte eine halbe Stunde lang eine Liste mit fünfundzwanzig Werten, die ihr am wichtigsten erschienen.

Aber wie sollte sie sie weiter eingrenzen? War die Idee nicht, eine Top drei oder so zu haben?

Kapitel 10

Oder war es eher so gemeint, dass sie sie im Hinterkopf behielt und bei einer Entscheidung ihre Werte durchging und sich vergewisserte, dass es eine sinnvolle Entscheidung war? Selbst dafür schienen fünfundzwanzig zu viel. Wie konnte sie sicher sein, dass die Entscheidung, einen Job anzunehmen, sich mit jemandem zu verabreden oder umzuziehen, all diesen Werten entsprach?

Morgan schien es viel leichter zu fallen, ihre Liste einzugrenzen. Tiffany lachte bei dem Gedanken, dass Morgan Empathie als Wert abtat. Aber Morgan war trotzdem ein einfühlsamer Mensch - also musste man offensichtlich einige Abstriche machen.

Mit diesen Dingen hatte Tiffany sich noch nie beschäftigt. Wie war sie nur dreißig geworden, ohne über dieses Zeug nachzudenken? Sie war ziemlich frustriert. Angeblich war sie ein kluger Mensch - doch irgendwie hatte sie das zugelassen.

Kapitel 10

Vielleicht hatte Morgan recht, und es war die halbe Miete, sich einzugestehen, dass ihr Leben nicht so verlief, wie sie es wollte. Einen Großteil ihres Lebens war sie von nichts anderem als von … Wut angetrieben gewesen. Sie wollte Menschen, die an ihr zweifelten, zeigen, dass sie erfolgreich war. Sie musste ihrem Vater zeigen, dass sie ihn nicht brauchte.

Diese Wut hatte sie nur bedingt weitergebracht.

Und was nun? Alles, was sie tun konnte, war, ihre Energie und die viele freie Zeit dem zu widmen, was um sie herum geschah. Ausnahmsweise dachte sie nicht an das, was sie wollte, sondern daran, was denen wichtig war, die sie liebte: Jades Parkprojekt und Morgans Prozess.

Eigentlich hatte sie nicht viel Zeit gehabt, über das Parkprojekt nachzudenken, während sie im Gericht waren, also konnte sie jetzt vielleicht ein paar Nachforschungen anstellen.

Kapitel 10

Die Vorstellung, dass Jade durch irgendeinen Betrugsfall tatsächlich ihren Park verlieren könnte, machte sie wütend. Tiffany würde alles Nötige tun, um der Sache auf den Grund zu gehen.

Sie las gerade weitere Protokolle von Meetings des Washington State Departments, als eine E-Mail von Sidney eintraf.

Perfektes Timing!

Der Betreff lautete: „Gute Neuigkeiten?"

Sie lächelte. Er wählte immer einen Betreff, der sie neugierig machte – als hätte er das Gefühl, sie dazu verleiten zu müssen, die E-Mail tatsächlich zu öffnen. Natürlich würde sie sie öffnen - wer sonst war so überzeugt wie sie, dass bei der Parkverwaltung etwas faul war?

Kapitel 10

Sie überflog sie rasch. Er hatte einige Informationen, die er ihr mitteilen wollte, und fragte, ob sie abends Zeit hätte. Er könne sie in Friday Harbor abholen, wenn sie „eine kleine Bootsfahrt" machen wolle.

Meine Güte, nicht nur Eric war für eine Überraschung gut.

Tiffany formulierte sofort eine Antwort - sie war an seinen Neuigkeiten interessiert. Aber die Sache mit dem Boot ... was sollte sie dazu sagen?

Wollte er angeben oder so? Vielleicht auch nicht - vielleicht machte er das mit all seinen Kunden.

Vielleicht wollte er sie aber auch gar nicht beeindrucken und würde in einem kleinen schäbigen Boot auftauchen. Aber das schien nicht Sidneys Stil zu sein.

Sie beschloss, der Bootsfahrt zuzustimmen und stellte bewusst keine Fragen. Dass sie Vermutungen über seine Absichten anstellte, war ... falsch.

Kapitel 10

Das hätte die alte Tiffany getan. Wenn sie versuchte, seine Motive zu ergründen, reagierte sie so, wie sie es immer getan hatte - aus dem Gefühl heraus, dass Sidney schlecht von ihr dachte und sie ihm das Gegenteil beweisen wollte.

Vielleicht hatte es gar nichts mit ihr zu tun. Vielleicht mochte der Mann einfach nur Boote.

Sie wollte nicht mehr die alte Tiffany sein. Nach Malcolms Tod wollte sie nichts mehr mit dieser Tiffany oder ihrer Art zu leben zu tun haben. Als er gestorben war, fühlte sie sich so leer, als hätte man ihr den Boden unter den Füßen weggezogen.

Kapitel 10

Eine Zeit lang ergab nichts einen Sinn, jetzt versuchte sie, wieder Fuß zu fassen. Das Leben war eine wunderschöne und zarte Angelegenheit, und selbst die Menschen, die den Eindruck machten, alles im Griff zu haben, hatten nicht den kompletten Durchblick. Wenn der mürrische Sidney auf einem Boot plaudern wollte, wer war sie, darüber zu urteilen?

Tiffany ließ Morgan wissen, dass sie das Abendessen „wegen wichtiger Parkangelegenheiten" verpassen würde, und wartete abends um sechs Uhr am Rande des Yachthafens von Friday Harbor.

Zu dieser Tageszeit war nicht viel los; das Aufregendste war ein Walbeobachtungsboot, das etwa zwanzig Seefahrer mit strahlenden Gesichtern an den Docks auslud. Offenbar hatten sie etwas Schönes gesehen, denn sie liefen lachend und lärmend an ihr vorbei in die Stadt zurück.

Kapitel 10

Das Wasser machte um diese Tageszeit einen geradezu verträumten Eindruck. Es zogen ein paar Wolken vorbei, die es offenbar ebenso wenig eilig hatten wie die Boote, die in der Ferne vorbeischipperten. Für einen Moment schloss sie die Augen und genoss die warmen Sonnenstrahlen auf ihrem Gesicht.

Tiffany schaute auf ihre Uhr - Sidney war zehn Minuten zu spät. Wenn er sie beeindrucken wollte, war das nicht der richtige Weg.

„Oh hey - ich habe Sie gar nicht gesehen", sagte eine Stimme hinter ihr.

Tiffany drehte sich um, und vor ihr stand Sidney, in jeder Hand einen Kaffee. Er war deutlich legerer gekleidet als bisher - sie hatte ihn nie in etwas anderem als in einem gut sitzenden Anzug gesehen.

Jetzt aber trug er eine dunkle Hose, Bootsschuhe und ein weißes Button-Down-Hemd. Der Wind hatte sein Haar ein wenig zerzaust und er sah sehr … süß aus.

Kapitel 10

Tiffany war überrascht, ihn zu sehen, aber vielleicht noch überraschter, dass er aussah, als sei er gerade einem Segelmagazin entstiegen.

„Oh - tut mir leid, ich weiß nicht, wie ich Sie übersehen konnte", sagte sie. „Ich bin schon seit zehn Minuten hier."

„Tut mir leid - das ist meine Schuld. Ich bin ein bisschen früher gekommen und dachte, ich besorge uns etwas zu trinken."

„Danke." Sie nahm ihm einen Becher ab. War er durch das Ablegen des Anzugs irgendwie lockerer geworden? Er wirkte entspannter, er lächelte sogar!

Sie trank einen Schluck von ihrem Kaffee. „Moment - woher wussten Sie, dass ich einen Vanille-Latte trinke?"

Er lächelte. „Das war einfach - ich habe gefragt, was Sie normalerweise nehmen."

„Ah, sehr clever, Mr Burke."

„Haben Sie immer noch Interesse an einem Törn?"

Kapitel 10

„Ja, natürlich."

Er lächelte und wandte sich dem Dock zu. „Dann folgen Sie mir."

Sie gingen an den großen Booten vorbei, die im Wasser dümpelten, bis sie zu einem kleinen Ding kamen, das wie ein Schlauchboot aussah.

„Nach Ihnen", sagte er und reichte ihr die Hand, um ihr hineinzuhelfen.

„Danke", sagte sie. Nun - sie hatte sich geirrt, angeben wollte er offenbar nicht. Dies war sicherlich kein Boot, mit dem man jemanden beeindrucken konnte.

Obwohl Tiffany beeindruckt **wäre**, wenn sie nicht über die Bord ging und ertrank. Vorsichtig stieg sie ins Boot und versuchte, sich so anmutig wie möglich hinzusetzen. Der neue raue, zur See fahrende Sidney sollte sie nicht für einen Tollpatsch halten.

Kapitel 10

Er sprang nach ihr ins Boot, band es los und startete den Motor. Sie wusste nicht, wie sie bei diesem Lärm ein Gespräch führen sollten. Vielleicht wollte er ihn abstellen, wenn sie weiter draußen waren, damit sie sich in Ruhe unterhalten konnten?

Oder vielleicht war das der ganze Sinn dieses Bootes! Vielleicht war das, worüber sie sprachen, **so** vertraulich und gefährlich, dass sie sicherstellen mussten, dass sie nicht abgehört wurden …

Nein. Das war übertrieben. Sie hatte zu viele Dokumentarfilme über wahre Verbrechen gesehen.

„Wohin fahren wir?", fragte sie.

Er deutete über ihre Schulter. Sie drehte sich um und sah, dass sie auf eine große stattliche Yacht zusteuerten. Tiffany war noch nie auf einem so riesigen Boot gewesen - es musste fünfzehn Meter lang sein!

„Oh!", rief sie aus. „Das habe ich nicht erwartet."

Kapitel 10

„Dachten Sie, ich wäre den ganzen Weg von Seattle in diesem kleinen Beiboot hergekommen?"

Tiffany lachte. „Wohl kaum. Ich kenne mich nicht so gut mit Schiffen aus."

„Dieses kleine Schlauchboot kann man wohl kaum als Schiff bezeichnen", sagte er. Er näherte sich der Yacht und parkte das Beiboot perfekt, bevor er Tiffany erneut seine Hand anbot, um ihr auf die Yacht zu helfen.

Sie nahm seine Hilfe gerne an, weil sie dummerweise Schuhe mit Absätzen trug. Sie waren nicht besonders hoch, aber sie war auf ihnen dennoch unsicherer, als ihr lieb war. Seine Hand fühlte sich rauer an, als sie erwartet hatte - und sein Griff war fest und beruhigend. Sie schaffte den Übergang mit Leichtigkeit, und Sidney reichte ihr vorsichtig ihren Kaffee.

„Also", sagte sie. „Auf **diesem** Schiff wird es mir wesentlich leichter fallen, den Kaffee zu trinken, ohne etwas zu verschütten."

Kapitel 10

Er schüttelte den Kopf. „Ich kann nicht glauben, dass Sie dachten, ich würde Sie in diesem kleinen Beiboot herumfahren. Sie scheinen keine besonders hohe Meinung von mir zu haben."

Sie zuckte mit den Schultern. „Das hat nichts mit meiner Meinung über Sie, sondern eher mit meinem begrenzten Wissen über das Segeln zu tun."

„In Ordnung", sagte er mit einem Nicken.

„Ist Eric auch Segler?"

Sidney sicherte das Beiboot und stand auf. „Nicht wirklich. Aber er fährt gern auf Booten herum."

„Interessant."

Sidney verschränkte die Arme. „Warum ist das interessant?"

„Ich habe einfach angenommen, dass Segeln etwas ist, das man im Internat lernt."

Auf Sidneys Gesicht erschien ein Lächeln. „Sie denken, dass ich auf einem Internat war?"

Kapitel 10

Sie sah ihn einen Moment lang an. „Waren Sie nicht?"

„Nein. Auf einer ganz normalen High School, dann auf dem College an der Universität von Washington."

„Oh." Nun, das war peinlich. Woher sollte sie wissen, dass die Burke-Cousins so unterschiedlich aufgewachsen waren? Obwohl es durchaus logisch erschien, wenn sie sich die beiden vorstellte …

Er führte sie aufs Deck. „Wenn Sie denken, dass ich ein verwöhntes reiches Kind bin, wird mir einiges klar …"

Tiffany setzte ihren Kaffee ab und nahm Platz. „Na ja, Sie haben mich gerade auf eine fünfzehn Meter lange Yacht mitgenommen."

Kapitel 10

Er lachte. „Stimmt, aber die gehört mir nicht. Sie gehört meinem Onkel. Mein Vater war nicht so erfolgreich wie Onkel Dan. Mein Vater kämpfte - nun ja, er kämpft immer noch - mit dem Alkohol. Das meiste, was wir als Kinder hatten, verdanken wir meinem Onkel."

Tiffany sah ihm in die Augen. Er lächelte immer noch, aber es war ein melancholisches Lächeln. Plötzlich wurde ihr klar, dass er einen guten Grund für seine stets mürrische Miene hatte. „Oh, wow, das tut mir leid, ich wollte keine Vermutungen anstellen über -"

Er hob eine Hand. „Ist schon in Ordnung. Es ist keine große Sache, aber es ist mir wichtig, dass Sie wissen, woher ich komme."

Tiffany sah ihn einen Moment lang an. Was meinte er damit? Warum war es … ihm wichtig?

Kapitel 10

Nach einem kurzen Moment fügte er hinzu: „Wenn wir zusammen Geschäfte machen wollen, meine ich".

Oh. Einen Moment lang hätte sie schwören können, dass er … verletzlich wirkte.

Sie deutete zu viel in die Dinge hinein. Vielleicht war ihr die Vorstellung, dass Sidney sie nicht verachtete, zu Kopf gestiegen. Er war nicht auf **diese Weise** an ihr interessiert - er mochte weder sie noch ihre Power Suits!

Er war einfach ein großartiger Geschäftsmann, der anscheinend von seinem Onkel ausgebildet worden war. Und er sah wirklich gut aus, egal ob er einen Anzug trug oder ein einfaches weißes Button-down-Hemd …

Aber das spielte keine Rolle.

Sie räusperte sich. „Sie haben nicht viel gesagt, also habe ich Vermutungen angestellt. Und jetzt komme ich mir ziemlich dumm vor, das tut mir leid."

Er lächelte, und ihr Herz schlug schneller.

Kapitel 10

Oh je. So sollte sie sich gegenüber ihrem neuen Geschäftspartner **nicht** fühlen.

Kapitel 11

„Wir alle stellen im Geschäftsleben Vermutungen an", sagte Sidney und nahm Tiffany gegenüber Platz. „Das muss man auch. Zumindest beim ersten Mal, wenn man mit jemandem zusammenarbeitet - jede Zusammenarbeit ist bis zu einem gewissen Grad ein Vertrauensvorschuss."

Tiffany nickte. „Ja, das ist wahr."

Das hatte er gut hingekriegt. Sie schien es ihm abzukaufen - den geschäftlichen Aspekt ihrer Beziehung.

In Wahrheit hatte er noch nie so viel Zeit mit einem Kunden verbracht. Vielleicht war Onkel Dan so offen?

Nein, nicht auf diese Weise. Er war ein größerer Schwätzer, als Sidney es je sein könnte, aber er würde einer schönen Kundin nicht seine Lebensgeschichte erzählen.

Kapitel 11

Sidney erklärte sich das damit, dass er anfangs einen sehr schlechten Eindruck auf Tiffany gemacht hatte - vor allem, weil sie zufällig seine unhöfliche Bemerkung über sie gehört hatte. Jetzt wollte er mit ihr arbeiten und sie kennenlernen und … nun, es war einfach wichtig, dass sie einige Dinge über ihn wusste.

„Mein Vater, Ryan Burke, ist drei Jahre jünger als Dan. Dan hat ihn immer beschützt - das tut er eigentlich immer noch. Aber Dan war der Ehrgeizige und derjenige, der in Seattle ein sehr erfolgreiches Unternehmen gegründet hat."

„Burke Industries, richtig?"

Kapitel 11

Sidney nickte. „Genau. Mein Vater war nie ehrgeizig. Während mein Onkel sein Imperium aufbaute, ging mein Vater aufs College, zumindest eine Zeit lang. Aber er brach das Studium ab. Er lernte etwas über Kunst und Geschichte und noch mehr über Tequila und Wodka. In vielerlei Hinsicht ist mein Vater eine gute Seele. Aber der Alkohol war immer seine Schwäche."

Tiffany rutschte in ihrem Sitz hin und her. „Sie haben gesagt, dass er noch lebt?"

„Ja. Warum?"

„Ich war mir nur nicht sicher, warum Sie so viel … Verantwortung für Rachel haben."

„Nun, das ist eine lange Geschichte. Mein Vater lernte meine Mutter auf dem College kennen. Sie war auch ein Freigeist - zu ihrer Zeit waren sie beide so eine Art Hippies. Sie heirateten, bekamen mich und meinen Bruder und versuchten, klarzukommen. Aber es ging nicht gut - zumindest nicht lange. Als ich zehn Jahre alt war, hat meine Mutter uns verlassen."

Kapitel 11

Tiffany setzte ihren Kaffee ab. „Oh mein Gott, das tut mir sehr leid."

„Ist schon in Ordnung. Damals habe ich es nicht verstanden und meine ganze Wut auf sie gerichtet. Aber es war kompliziert, das ist es immer. Als ich älter war, hatten wir wieder Kontakt und ich fand heraus, dass sie vergeblich versucht hatte, das Sorgerecht für uns zu bekommen. Mein Vater hatte teure Anwälte, und sie hatte nichts - sie hatte keinen festen Job und keine abgeschlossene Ausbildung."

„Stehen Sie sich jetzt näher?"

Sidney räusperte sich. „Wir haben uns versöhnt, ja. Aber sie ist vor ein paar Jahren an einem Herzinfarkt gestorben."

„Oh", sagte Tiffany leise.

Kapitel 11

Er fuhr fort: „Nachdem sie uns als Kinder verlassen hatte, bekam ich die Abstürze meines Vaters voll mit. Sie konnten eine Woche oder einen Monat dauern - dann war er ein völlig anderer Mensch. Und dann, ganz plötzlich, wachte er eines Morgens auf und war wieder er selbst."

„Wow. Und Sie waren **zehn**?"

Sidney nickte. „Ich habe versucht, meinen kleinen Bruder zu beschützen, so gut ich konnte. Und mein Onkel hat auch getan, was er konnte. Wenn mein Vater nüchtern war, gab er ihm Arbeit. Er dachte, wenn er ihm zum Erfolg verhelfen könnte, würde er es schaffen, sein Leben zu ändern."

Tiffany runzelte die Stirn. „Aber das hat nicht funktioniert."

Kapitel 11

„Nein. Als ich achtzehn war, heiratete er meine Stiefmutter und Rachel kam auf die Welt. Damals sorgte ich hauptsächlich dafür, dass mein kleiner Bruder zur Schule ging und einen geregelten Alltag hatte. In den ersten beiden Jahren meines Studiums wohnte ich zu Hause und pendelte, um ein Auge auf alles zu haben. Aber sobald ich konnte, habe ich für meinem Bruder und mich eine Wohnung besorgt und alles hinter mir gelassen."

„Und ich dachte, Sie wären im Internat gesegelt."

Er lachte. „Sie haben nicht ganz unrecht. Eric ist so aufgewachsen, wie Sie es sich vorstellen - Internat, Studium an einer Uni der Ivy League. Und … ich liebe meinen Cousin. Er ist ein toller Kerl, und diese Art von Ausbildung hat ihre Vorteile."

Ohne zu zögern sagte Tiffany: „Aber die Art der Ausbildung, die Sie erhalten haben, hat auch Vorteile."

Kapitel 11

Sidney hielt einen Moment lang inne. Die meisten Leute, mit denen er arbeitete, wussten nichts über seinen Hintergrund - sie nahmen an, dass er wie sein Cousin eine Ausbildung an einer Uni der Ivy League genossen hatte.

In diesen Fällen war es besser, sie nicht zu korrigieren; wenn sie von seinen bescheidenen Anfängen wüssten, verlöre er an Glaubwürdigkeit. Er würde als Außenseiter in einer Welt der Eliten betrachtet.

Aber nicht bei Tiffany - sie war anders als die Menschen, mit denen er bisher zusammengearbeitet hatte. Und er hatte ihr in seinem Zynismus Unrecht getan, bevor er sie überhaupt kennengelernt hatte.

Kapitel 11

Sidney lächelte. Er konnte zumindest versuchen, es wiedergutzumachen, indem er ihr von seiner Vergangenheit erzählte. „Sie haben recht. Nachdem ich weggegangen war, habe ich den Kontakt zu meinem Vater für ein paar Jahre abgebrochen. Offenbar war das eine Art Weckruf für ihn. Das nächste Jahrzehnt war vielleicht das beste seines Lebens - er trank kaum noch und hatte nur wenige Abstürze. Er engagierte sich mehr bei Burke Industries und begann, Geld zu verdienen. Sehr viel Geld."

„Oh, oh."

„Ja. Bis zu einem gewissen Grad haben wir uns versöhnt. Doch als meine Stiefmutter die Scheidung verlangte, war das der Beginn einer neuen Spirale."

„Ich verstehe. Und was macht er jetzt?"

Kapitel 11

Sidney zuckte mit den Schultern. „Ich bin mir nicht ganz sicher. Ich spreche ab und zu mit ihm, aber eher sporadisch. Er ist nicht ganz bei Sinnen; ich glaube, der jahrelange Alkoholkonsum hat seinen Tribut gefordert. Ich möchte ihm helfen, aber er hat noch nie Hilfe gewollt. Er wird wütend. Es ist … eine schwierige Beziehung. Immerhin hat er mich gebeten, mich um Rachel zu kümmern."

„Sie ist also Ihre Halbschwester und Ihr Mündel geworden."

„Ja." Er lachte. Er hatte sie noch nie als Mündel betrachtet. „Was sie mir **sehr** übelnimmt. Aber nachdem meine Stiefmutter Rachels Erbe verschleudert hat, hat sie keine andere Wahl, als auf mich zu hören. Gelegentlich."

Tiffany lachte. „Es geht nichts über die scharfe Zunge eines achtzehnjährigen Mädchens."

„Ganz genau. Wenn Sie einen Rat haben, nehme ich ihn gerne an."

Kapitel 11

„Es tut mir leid, ich kann nicht sagen, dass ich viele Ratschläge habe. Aber im Sinne einer vollständigen Offenlegung sollte ich Ihnen wohl erzählen, wie ich mit achtzehn Jahren war. Obwohl ich nicht so eine turbulente Jugend hatte wie Sie -"

„Das ist schon in Ordnung", sagte er, „es ist kein Wettbewerb."

„Wie Sie wissen, ist mein Vater ein Gauner, und er war in meiner Kindheit und Jugend nicht viel da. Ich habe einige Jahre Therapie gemacht, um darüber hinwegzukommen und die Frau zu werden, die Sie heute sehen."

Sidney lächelte. Er wusste, dass sie einen Scherz machte, aber in seinen Augen sah sie **ziemlich** gut aus.

Kapitel 11

Sie fuhr fort. „Meine Mutter ist eine wunderbare, liebevolle Heilige. Ich habe meine Schwester Jade und meinen kleinen Bruder Connor. Und natürlich neuerdings meine Halbschwester Morgan, die mein Vater schon vor ihrer Geburt im Stich gelassen hat."

„Ein vorbildlicher Vater", bemerkte Sidney.

„Ja. Ich hatte ein Stipendium für das College, wo ich Finanzwesen studiert habe, weil ich naiverweise glaubte, dass dies etwas für Karrieremenschen sei, und dachte, das sei ich. Ich habe für mehrere Firmen in New York City gearbeitet, bevor ich eine Stelle in Chicago annahm, wo ich viele Achtzig-Stunden-Wochen damit verbracht habe, andere Leute sehr, sehr reich zu machen."

Sidney zog die Augenbrauen hoch. Er musste so tun, als hätte er nicht ihre gesamte berufliche Laufbahn im Internet recherchiert. „Oh."

Kapitel 11

„Ich hatte meinen MBA fast abgeschlossen, als bei meinem guten Freund und Kollegen Malcolm Krebs im Endstadium diagnostiziert wurde. Das Unternehmen, dem er sein Leben gewidmet hatte, reagierte auf seine dunkelste Stunde, indem es ihn entließ und vergaß, dass er jemals existiert hatte."

Das Wort Krebs raubte Sidney den Atem. „Das ist ja furchtbar."

„Das war es." Sie nickte und ihre Miene wurde weicher. „Und ein paar Wochen nach seinem Tod haben sie mich befördert. Und dann … habe ich meine Kündigung eingereicht."

Sidney lehnte sich auf seinem Stuhl zurück. „Wow. Und darum sind Sie jetzt hier?"

„Ja. Ich bin eine dreißigjährige Karrierefrau ohne Karriere, es sei denn, man zählt Verschwörungstheorien über das Washington State Parks Department dazu."

Kapitel 11

Sidney lachte herzlich. Ihre Ehrlichkeit war ihm anfangs ein wenig unangenehm gewesen; sie schien ihm zu zynisch, um echt zu sein. Aber er war mehr und mehr davon überzeugt, dass sie authentisch war. „Vermutlich müssen Sie Ihre ganze Energie, die Sie vorher in Ihre Karriere gesteckt haben, irgendwo loswerden?"

„Ganz genau." Sie sah sich um und schien das Schiff zu bewundern. „Sie sagten, die Yacht gehört Ihnen nicht?"

Er nickte. „Ja. Sie gehört meinem Onkel. Er hat nie einen Bootsführerschein gemacht und kann auch nicht Auto fahren, also habe ich das übernommen. So konnte ich zu wichtigen Kundenterminen mitfahren und beobachten, wie er arbeitet."

„Sehr beeindruckend, Mr Burke", sagte Tiffany und stand auf. „Also, was wollten Sie mir zeigen?"

„Oh - folgen Sie mir. Ich habe einige Papiere in der Kabine."

Kapitel 11

„Ihr Onkel hat einen guten Geschmack", sagte Tiffany, als sie ihm folgte. „Aber ich kann mir nicht einmal vorstellen, wie viel ihn das Schiff gekostet hat."

„Das kann ich auch nicht", antwortete Sidney. „Aber ich schätze, der Preis kann mit Rachels Studiengebühren konkurrieren."

Tiffany lachte. „Was für ein Jammer, dass das wahrscheinlich stimmt."

Sie nahm in der Kabine Platz, und Sidney reichte ihr einen Ordner mit einem Stapel Papiere. Es kam ihm so vor, als würde er ihr ständig Papierstapel überreichen, worüber sie sich seltsamerweise immer freute.

„Entschuldigen Sie, dass es etwas ungeordnet wirkt - ich habe das zusammengestellt, während ich mit meiner Freundin, der forensischen Rechnungsprüferin, gearbeitet habe. Im Prinzip hat sie einige verdächtige Aktivitäten entdeckt. Aber leider noch nichts Konkretes."

Kapitel 11

Tiffany blickte von den Papieren auf. „Noch nicht?"

„Ich zeige es Ihnen." Er beugte sich vor, damit sie die Seite gemeinsam betrachten konnten. Ihr Parfüm duftete so gut. Konnte es sein, dass sie es für das Treffen mit ihm aufgetragen hatte? Oder trug sie es jeden Tag … „Sehen Sie die Zeitleiste hier oben? Das ist der Tag, an dem die Parkverwaltung von der Spende des Millionärs erfahren hat. Gleich am nächsten Tag wurde ein Super PAC zur ‚Wahrung von Washingtons Schönheit' gegründet."

„Moment, eine politische Aktionsgruppe, die Spenden für Kandidaten organisiert?"

„Ja."

Tiffany runzelte die Stirn. „Warum klingt das so zwielichtig?"

Kapitel 11

Er lachte. „Nun, weil die Gruppe bisher Kandidaten finanziell unterstützt hat, die das **Gegenteil** von allem tun wollen, was Schönheit Washingtons erhalten würde. Es wurden Politiker finanziell unterstützt - von beiden Seiten, wohlgemerkt -, die schützende Regularien abschaffen wollen, wie das Abholzungsverbot in den Washingtoner Staatswäldern oder den Verkauf von Grundstücken in State Parks."

„Ihr Ziel ist also das Gegenteil dessen, was der Name der Gruppe vermuten lässt."

„Richtig. Und Sie werden nie erraten, wie viel Geld sie verteilt haben."

„Ähm … sind es zweihundert Millionen? Die an die Parkverwaltung gespendet wurden?"

„Nun - fast. Einhundertzwanzig Millionen, bis jetzt. Alles in den letzten Monaten."

„Wow. Und das fing am Tag nach der Ankündigung der Spende an die Parkverwaltung an? Wer steckt hinter dem Komitee? Und wer spendet?"

Kapitel 11

Er blätterte zu einer anderen Seite. „Das ist das Problem. Alle bisherigen Spender stammen von diesen seltsamen Organisationen, die es gar nicht gibt - es sind Offshore-Firmen, die mit keiner realen Person in Verbindung stehen."

„Das ist alles sehr seltsam", sagte Tiffany.

„Ich weiß. Ich meine, diese Gruppe hat mehr gespendet als fast alle anderen Gruppen zusammen. Das ist alles, was meine Freundin bis jetzt herausgefunden hat, das ist noch nicht viel. Es beweist nichts, aber es ist einfach … seltsam."

„Ja, genau." Tiffany blätterte hin und her und sah sich einige der Informationen über die Kandidaten an, die von dem Super PAC unterstützt worden waren. „Aber wenn man sich das anschaut, dann wollen alle diese Leute **nicht,** dass der Staat Washington schön bleibt. Dieser Typ will das Gesetz ändern, damit die Killerwale um San Juan Island gefangen und an Aquarien verkauft werden können!"

Kapitel 11

Sidney nickte. „Ja. Das Einzige, was für diese Leute schön ist, sind ihre mit Geld gefüllten Taschen."

„Was können wir als Nächstes tun?", fragte Tiffany. „Wenn die Verhandlung vorbei ist, kann ich mich in all das vertiefen. Nur diese Woche ist es bei mir schlecht."

„Ich verstehe. Ich suche weiter, und meine Freundin ebenfalls. Ich sage Ihnen Bescheid, wenn ich etwas finde."

Tiffany blätterte immer noch eifrig durch die Seiten. „Das ist wirklich toll. Da ist eindeutig etwas faul. Das spüre ich."

Tiffany war völlig fasziniert von den Papieren, die vor ihr lagen, und das gab Sidney die Gelegenheit, sie einen Moment lang zu beobachten.

Kapitel 11

Es war nicht seine Absicht gewesen, ihre Geschichte zu erfahren, indem er ihr seine eigene erzählt hatte, obwohl er es zu schätzen wusste, dass sie sich ihm geöffnet hatte. Alles, was sie ihm erzählt hatte, schien sehr direkt und ehrlich zu sein. Er bedauerte jetzt, dass er jemals an ihr gezweifelt oder vermutet hatte, dass sie hinter Erics und seinem Rücken mit anderen Bewerbern verhandelte.

Er war es einfach nicht gewohnt, dass die Leute so ehrlich sagten, was sie dachten. Genauso wie Tiffany nicht daran gewöhnt war, dass reiche Bauherren nicht aus reichen Familien stammten.

Er nahm es ihr sicher nicht übel, denn seine erste Einschätzung von ihr war auch nicht gerade freundlich gewesen. Wenigstens kannte sie jetzt die Wahrheit über ihn und würde ihn vielleicht in einem besseren Licht sehen.

Kapitel 11

„Wir können heute Abend ein paar Ideen durchsprechen. Ich habe auch eine Tour um die Inseln geplant - je nachdem, wie viel Zeit Sie haben. Die Sonne geht erst um neun Uhr unter, wir haben also noch etwas Tageslicht, wenn Sie ein bisschen segeln möchten."

Tiffany legte die Papiere weg und lächelte. „Das klingt schön."

„Oben ist auch noch etwas zu essen. Wir können daraus ein … Arbeits- und Segelessen machen?"

Tiffany verstaute die Akte in ihrer großen Handtasche. „Klar. Das klingt perfekt."

Sidney musste sich zwingen, nicht so viel zu lächeln. Wenn nur alle seine Arbeitsessen so charmant wären.

Kapitel 12

„Schatz, ich glaube nicht, dass wir im Gerichtssaal etwas essen dürfen."

Margie runzelte die Stirn. „Wie groß ist die Chance, dass das jemand sieht? Und was, wenn sie hungrig sind? Ich nehme einfach ein paar Snacks in meiner Tasche mit."

Hank lachte. „Wenn du meinst. Ist heute ein Riesentaschentag?"

„Oh, darauf kannst du wetten!" Margie hob ihre Tasche vom Boden auf und stellte sie auf den Tisch. Darin befanden sich bereits fünf Flaschen Wasser, eine Schachtel mit Müsliriegeln und mehrere Tüten mit Keksen, die sie am Morgen gebacken hatte.

Hank warf einen Blick hinein. „Eigentlich nicht so schlimm, wie ich erwartet hatte. Darf ich die für dich tragen, Liebes?"

Kapitel 12

„Ich wusste gar nicht, dass du ein Fan großer Handtaschen bist", sagte Margie lächelnd.

Er beugte sich hinunter und küsste sie. „Ich will nur nicht, dass du dir den Rücken verrenkst und dann den ganzen Tag auf einem unbequemen Stuhl im Gerichtssaal sitzen musst."

„Nun, wenn du darauf bestehst." Sie reichte ihm die Tasche und drückte ihm einen Kuss auf die Wange.

Margie war froh, dass er keine weiteren Bemerkungen über ihre Handtasche machte. Sie war ziemlich nervös, und wenn sie nervös war, stürzte sie sich in die Arbeit und kochte und backte, als gelte es das Leben.

Kapitel 12

Zum einen machte sie sich Sorgen um Morgan und ihren Vater Ronny, die Andrea im Gericht zum ersten Mal gegenüberstehen würden. Und sie machte sich auch Sorgen um Jade, die so sehr mit dem Parkprojekt beschäftigt und so traurig über den Verlust der Förderung war, dass sie in der letzten Woche kaum etwas gesagt hatte. Auch um Tiffany machte Margie sich Sorgen, denn anscheinend durchlitt sie eine Quarterlife-Crisis, über die sie nicht sprechen wollte.

All diese Probleme fühlten sich jetzt, da die Verhandlung anstand, noch drängender an. Sie hatte das Gefühl, an ihre Grenzen zu kommen.

Sie seufzte.

Tief durchatmen.

Im Moment musste sie sich auf den Prozess konzentrieren. Und wenn das bedeutete, dass sie einige überflüssige Pfunde an Essen in den Gerichtssaal schmuggeln musste, dann war das eben so.

Kapitel 12

Der Plan war, dass sich alle im Gerichtsgebäude treffen sollten, und nachdem Margie mit den Frühstückssandwiches, die sie vorbereitet hatte, zufrieden war, klopfte sie vorsichtig an die Tür des Gästezimmers, in dem Morgans Vater Ronny untergebracht war.

Die Tür sprang sofort auf. „Guten Morgen, Margie."

„Guten Morgen, Ronny!" Zum Glück schien er bereit zum Aufbruch zu sein. Wahrscheinlich hatte er auch nicht schlafen können. „Ich habe ein paar Sandwiches zum Frühstück gemacht - sie sind in der Küche. Wenn du fertig bist, können wir starten."

„Oh, danke, Margie. Ich bin eigentlich nicht so der Frühstückstyp - tut mir leid. Vielleicht packe ich mir eins für später ein?"

Sie nickte. „Das ist eine gute Idee. Ich packte sie alle ein!"

Kapitel 12

Nachdem sie die Sandwiches in Folie eingewickelt und in ihre riesige Handtasche gesteckt hatten, stiegen sie alle in Hanks Wagen und fuhren zum Gerichtsgebäude. Bei ihrer Ankunft erwartete sie bereits der Rest der Truppe - Jade, Morgan, Tiffany, Luke und Matthew.

Margie spürte, wie sie bei ihrem Anblick emotional wurde, besonders als Morgan ihren Vater lange umarmte. Sie wollte nicht weinen und griff stattdessen in ihre Handtasche und begann, Sandwiches zu verteilen.

„Sie sind noch warm!", sagte sie. „Esst!"

„Mom", stöhnte Tiffany. „Wir können nicht einfach draußen stehen und wie ein Rudel wilder Tiere essen!"

„Ich schon", sagte Luke mit vollem Mund. „Wenn ich heute aussagen soll, muss ich zusehen, dass ich bei Kräften bin."

Alle lachten. Normalerweise würde Morgan irgendeinen Kommentar abgeben, um ihn zu ärgern, aber heute blieb sie stumm.

Kapitel 12

Essen konnte nicht jedes Problem lösen, aber Margie fand, es sei zumindest einen Versuch wert. Sie griff in ihre Handtasche und reichte Morgan eine Tüte mit Keksen. „Hier, Süße - die kannst du behalten. Das sind deine Lieblingskekse."

Morgan nahm die Kekse lächelnd entgegen. „Danke, Margie. Und danke, dass ihr alle gekommen seid. Ich glaube, ich gehe jetzt rein."

Die anderen beobachteten, wie Morgan und Ronny das Gerichtsgebäude betraten.

Margie wandte sich an Jade. „Wie geht es ihr?"

„Ganz okay, denke ich", antwortete Jade. „Den Umständen entsprechend, würde ich sagen."

Luke aß sein Sandwich auf und warf die Folie in den nächsten Mülleimer. „Ich gehe besser auch rein. Danke, Margie."

„Wir gehen alle – esst auf!", sagte Margie und streckte die Hand aus, um die restliche Folie einzusammeln.

Kapitel 12

Sie nahmen ihre Plätze ein und unterhielten sich weiter. Der Gerichtssaal war voller Menschen, von denen Margie viele noch nie gesehen hatte. Etwas derart Dramatisches war auf San Juan Island noch nie passiert. Zumindest nicht, seit sie dort lebte.

Margie beobachtete, wie der Staatsanwalt, Leo, am vorderen Tisch Platz nahm. Als die Verteidiger mit Andrea hereinkamen, verstummten die Gespräche im Saal.

Andrea trat hocherhobenen Hauptes ein und setzte sich nach vorne. Es schien ein ganzes Team von Anwälten um sie herum zu sein, aber der älteste und scheinbar unangenehmste war Rudy, ein selbstgefälliger Mann, der lächelte und feixte, als sei dies eine nette Party.

Margie spürte, wie sie jemand in die Seite stieß, und schaute nach links.

„Versuch, nicht so offensichtlich zu starren", sagte Hank.

Kapitel 12

Sie lachte. „Tut mir leid. Ich bin einfach so …"

„Ich weiß, Schatz", sagte er und legte einen Arm um ihre Schultern. „Ich weiß."

Als der Richter den Gerichtssaal betrat, wurden alle aufgefordert, sich zu erheben. Margie konnte nicht glauben, dass das alles wirklich passierte!

Nachdem Richter Gore vorgestellt worden war, ergriff er das Wort. „Die Sitzung ist eröffnet. Verhandelt wird Fall Nummer 803, der Staat Washington gegen Andrea Collins. Ist die Staatsanwaltschaft bereit?"

„Ja, Euer Ehren."

„Ist die Verteidigung bereit?"

„Ja, Euer Ehren."

„Wir hören nun das Eröffnungsplädoyer der Staatsanwaltschaft."

Kapitel 12

„Danke, Euer Ehren." Der Staatsanwalt erhob sich von seinem Stuhl und wandte sich den Geschworenen zu. „Euer Ehren, meine Damen und Herren Geschworenen, mein Name ist Leo Metz, und ich vertrete heute den Staat Washington."

Margie war bereits beeindruckt. Sie wusste nicht viel über Leo, aber Hank sagte, er sei ein guter Kerl. Er hätte beruflich weiterkommen können, zog es aber vor, in San Juan County zu bleiben. Hank schien zumindest zu glauben, dass er wusste, was er tat. Sie hoffte, dass er recht hatte.

Kapitel 12

„Im Laufe dieses Prozesses werden wir den Beweis erbringen, dass Andrea Collins der Fahrerflucht mit Todesfolge schuldig ist. Wir werden zeigen, dass Andrea nach einer durchzechten Nacht und einem Streit mit ihrem Freund Brock in Brocks 1963er Corvette Stingray weggefahren ist. Wir werden Ihnen das Überwachungsvideo zeigen, das Andrea in der Mordnacht auf der Fahrt nach Friday Harbor zeigt, sowie die Stoßstange, die am Tatort zurückgeblieben ist, nachdem sie Kelly Allen brutal überfahren und sterbend liegen gelassen hat."

Er hielt einen Moment inne. Es war so still, dass man eine Stecknadel hätte fallen hören können.

Kapitel 12

„Sie werden die Aussage des diensthabenden Beamten hören, wie er Kelly in jener Nacht entdeckte, eine geliebte Mutter und Ehefrau, die als Unannehmlichkeit entsorgt wurde. Sie werden von dem Mann hören, dem Andrea ihr Verbrechen gestanden hat, bevor sie versuchte, von der Insel zu fliehen, um der Justiz zu entkommen. Mit all dem werden wir beweisen, dass Andrea des Mordes an Kelly Allen schuldig ist. Ich danke Ihnen."

Er nahm Platz, und Margie erinnerte sich daran, zu atmen.

„Ich danke der Staatsanwaltschaft", sagte der Richter. „Möchte die Verteidigung ihr Eröffnungsplädoyer jetzt halten, oder möchte sie es aufschieben, bis die Staatsanwaltschaft ihre Beweisführung abgeschlossen hat?"

Rudy erhob sich von seinem Stuhl. „Wir möchten jetzt unser Eröffnungsplädoyer halten, Euer Ehren".

„Bitte sehr."

Kapitel 12

Rudy knöpfte sein Sakko zu, lächelte freundlich und wandte sich an die Geschworenen. „Euer Ehren, meine Damen und Herren Geschworenen, mein Name ist Rudy Vale, und ich übernehme in diesem Fall die Verteidigung von Andrea Collins."

Er verschränkte die Hände und hielt inne, um Andrea anzuschauen. „Meine Mandantin wird eines Verbrechens beschuldigt, das sie nicht begangen hat. Ja, in der Nacht, in der Kelly Allen ums Leben kam, ereignete sich ein furchtbarer Unfall. Und ja, jemand hat sie in dieser Nacht verletzt und schutzlos zurückgelassen. Aber diese Person war nicht Andrea Collins.

Kapitel 12

Meine Mandantin ist nur schuldig, zur falschen Zeit am falschen Ort gewesen zu sein. Die Staatsanwaltschaft wird Ihnen weiszumachen versuchen, dass sie allein dadurch, dass sie mit einem Auto in Verbindung steht, des Mordes schuldig ist. Sie wird versuchen zu argumentieren, dass diese fähige, talentierte junge Frau irgendwie für eine schreckliche Tragödie verantwortlich sei. Aber wir werden versuchen, Ihnen die Wahrheit zu beweisen, und beantragen, sie für nicht schuldig zu erklären. Ich danke Ihnen."

Margie war fassungslos über die Arroganz von Andreas Anwalt. Wie konnte er behaupten, Andrea sei eine fähige, talentierte Frau? Und überhaupt, was spielte das für eine Rolle? Sie war eine Mörderin!

Er nahm Platz, und der Richter ergriff erneut das Wort. „Ich danke der Verteidigung. Würde die Staatsanwaltschaft bitte ihren ersten Zeugen aufrufen?"

Kapitel 12

Leo rief zuerst den Beamten auf, der auf den Notruf reagiert hatte. Er wurde vereidigt und nahm seinen Platz ein.

„Officer Iams, können Sie mir sagen, was in der Nacht von Kelly Allens Tod passiert ist?"

Er nickte. „Ich war an dem Abend auf Streife und bekam einen Anruf, dass eine verletzte Person auf der Straße gefunden worden sei."

„Um wie viel Uhr haben Sie den Anruf erhalten?"

„Ich glaube, es war kurz vor 20 Uhr."

„Was fanden Sie vor, als Sie am Tatort eintrafen?"

„Das Opfer, Kelly Allen, lag bewusstlos auf der Straße. Sie blutete. Während sich die Sanitäter um sie kümmerten, suchte ich die Gegend nach Beweisen ab und fand eine abgetrennte Stoßstange."

Auf den Bildschirmen im Gerichtssaal blitzte ein Bild auf. „Ist das die Stoßstange?"

Er nickte. „Ja, das ist sie."

Kapitel 12

„Und war außer den Sanitätern noch jemand am Unfallort? Jemand, der zugegeben hat, den Unfall verursacht und Kelly verletzt zu haben?"

Er schüttelte den Kopf. „Nein, niemand."

„Derjenige, der ihre Verletzungen verursacht hat, hatte den Tatort also verlassen."

„Richtig."

„Danke, Officer Iams."

Richter Gore wandte sich an Rudy. „Möchte die Verteidigung den Zeugen ins Kreuzverhör nehmen?"

„Nein, Euer Ehren."

Officer Iams wurde aus dem Zeugenstand entlassen, und Leo rief seinen nächsten Zeugen auf, den Gerichtsmediziner.

Hank hatte Margie vorgewarnt, dass dies ein schwieriger Teil des Verfahrens sei. Dem Gerichtssaal und den Geschworenen würden Bilder von Kelly gezeigt werden, und er hatte ihr geraten, sich diese Bilder nicht anzusehen.

Kapitel 12

Margie befolgte seinen Rat, hielt den Blick während der gesamten Aussage des Gerichtsmediziners gesenkt und sah nur ein paarmal kurz auf ihn, während er sprach. Sobald die Bilder gezeigt wurden und er Kellys Verletzungen beschrieb, begann die Staatsanwaltschaft, weitere Fragen zu Kelly zu stellen.

„Wäre es Ihrer Meinung nach möglich, dass Kelly überlebt hätte, wenn man sie in jener Nacht nicht sterbend zurückgelassen hätte?"

„Einspruch, Euer Ehren", sagte Rudy.

„Abgelehnt, es handelt sich um eine fachliche Stellungnahme."

Kapitel 12

Margie warf einen Blick auf den Gerichtsmediziner, der ziemlich ruhig wirkte. „Es ist möglich, dass sie überlebt hätte, ja. Der genaue Zeitpunkt des Unfalls ist zwar nicht bekannt, aber die Verletzungen, die Kelly erlitten hat, haben sie nicht gleich beim Aufprall getötet. Es ist wahrscheinlich, dass sie noch ungefähr eine Stunde gelebt hat, bevor sie starb."

Margie presste die Lippen zusammen und versuchte mit aller Kraft, nicht zu weinen. Sie sah kurz zu Morgan hinüber, die mit steinerner Miene dasaß und den Blick nach vorne gerichtet hatte. Sie war leichenblass, ihre Lippen wirkten blutleer.

Margie wünschte sich, näher bei ihr zu sein, um ihre Hand halten oder sie wenigstens irgendwie berühren zu können.

Zum Glück entschied sich die Verteidigung, den Gerichtsmediziner nicht zu befragen, und er wurde zusammen mit den grausamen Bildern entlassen.

Kapitel 12

Als Nächstes wurde ein Autoexperte aufgerufen, um das Auto und die Stoßstange zu identifizieren. Der Wagen war leicht zu erkennen - es gab ein körniges Video von Andrea, wie sie in jener Nacht in einer Corvette Stingray von 1963 die Straße entlangfuhr. Der Experte identifizierte das Auto, und die Geschworenen mussten selbst entscheiden, ob die Fahrerin Ähnlichkeit mit Andrea hatte.

Danach beschrieb der Sachverständige die aufgefundene Stoßstange und die Reifenspuren am Unfallort. Margie war längst überzeugt, dass der Unfall tatsächlich von einer Corvette Stingray aus dem Jahr 1963 verursacht worden war, aber es kam ihr so vor, als würde der Zeuge den Geschworenen alles recht gründlich erklären.

Diesmal beschloss die Verteidigung jedoch, ein paar Fragen zu stellen, um das Argument mit dem Auto zu entkräften.

Kapitel 12

„Wäre es nicht möglich", fragte Rudy, „dass eine 1963er Corvette Stingray an jenem Abend die Straße entlangfuhr, bremste und mit intakter Stoßstange weiterfuhr, völlig **unabhängig von** Kelly Allens Unfall?"

„Ich denke schon."

„Gibt es irgendwelche Unterscheidungsmerkmale an der Stoßstange, die mit hundertprozentiger Sicherheit garantieren, dass die am Unfallort gefundene Stoßstange tatsächlich von Brocks 1963er Corvette Stingray stammt?"

„Als ich die Stoßstange untersuchte, stellte ich fest, dass es sich tatsächlich um die Stoßstange einer Corvette Stingray von 1963 handelte."

„Ist es möglich, dass ein anderes Auto die Stoßstange von einem Stingray verwendet hat - vielleicht ihm Rahmen einer Reparatur? Oder als Upgrade?"

Der Zeuge seufzte. „Das ist natürlich immer möglich. Aber es wäre sehr ungewöhnlich."

Kapitel 12

„Haben Sie jemals das Auto untersucht, von dem diese Stoßstange angeblich stammt?"

Der Zeuge schüttelte den Kopf. „Nein, das habe ich nicht."

„Ganz genau. Denn das Auto ist nirgendwo zu finden."

Margie biss die Zähne zusammen. Natürlich war das Auto nirgendwo zu finden! Brock hatte es entsorgt, als er merkte, dass Andrea es benutzt und Kelly damit getötet hatte!

Aber da sie das Auto nicht hatten, konnten sie nichts beweisen. Alles, was Rudy tun musste, war, einen Samen des Zweifels bei den Geschworenen zu säen, und dann … nun, dann würden sie vielleicht entscheiden, dass Andrea doch nicht schuldig war.

Margie schäumte vor Wut und konnte sich nicht auf die restliche Aussage des Mannes konzentrieren.

Daraufhin rief die Staatsanwaltschaft Brocks Mechaniker in den Zeugenstand.

Kapitel 12

„Ich habe hier die Telefonverbindungen von dem Abend von Kelly Allens Tod. Sie zeigen, dass Brock Sie an jenem Abend viermal auf dem Handy angerufen hat - einmal um 20:31 Uhr, dann um 20:34 Uhr, um 21:14 Uhr und schließlich kurz vor Mitternacht."

Er übergab das Papier den Geschworenen zur Prüfung.

„Wissen Sie noch, worüber Sie an dem Abend mit Brock am Telefon gesprochen haben?"

„Ich erinnere mich nicht", sagte er. „Ich arbeite oft für Brock - er hat eine Menge Autos. Aber ich erinnere mich nicht, worüber wir an dem Abend im Einzelnen gesprochen haben."

„Ich möchte auch eine Anzeige gegen Brock vorlegen, der am selben Abend wegen Trunkenheit am Steuer verhaftet wurde. Interessanterweise fuhr er **Ihr** Auto. Wie kam es dazu?"

„Einspruch", sagte Rudy.

„Stattgegeben."

Kapitel 12

Verdammt. Hank sagte, dass es sehr schwierig sein würde, Beweise für Brocks verdächtiges Verhalten in der Nacht vorzulegen, insbesondere, da die Anklage wegen Trunkenheit am Steuer vor Gericht abgeschmettert worden war.

„Wenn Sie mit Brocks Autos vertraut sind, erinnern Sie sich daran, jemals an seiner 1963er Corvette Stingray gearbeitet zu haben? Ich habe Unterlagen, aus denen hervorgeht, dass er das Auto vor sieben Jahren gekauft und angemeldet hat und der einzige Besitzer einer 1963er Corvette Stingray auf den San Juan Islands war."

Er schüttelte den Kopf. „Ich habe an vielen seiner Autos gearbeitet, aber an dieses erinnere ich mich nicht."

„Wirklich? Das ist ein Klassiker." Leo hielt ein Foto hoch, das er von der Corvette hatte. „Erinnern Sie sich **wirklich** nicht?"

„Ich erinnere mich nicht."

Kapitel 12

„Haben Sie jemals an diesem Auto gearbeitet, als es stark beschädigt war? Irgendetwas, das Sie vermuten ließ, dass das Auto vielleicht in einen Unfall verwickelt war?"

Er räusperte sich. „Daran kann ich mich nicht erinnern, nein."

Blödsinn! Wie konnte er nur so lügen und einfach behaupten, er könne sich nicht erinnern!

Margie sah wieder zu Morgan, die immer noch wie erstarrt auf die Szene vor ihnen blickte.

Die Verteidigung nutzte die Gelegenheit, um dem Mechaniker ein paar leichte Fragen zu stellen wie: „Würden Sie sagen, dass Brock ein netter Mensch ist, für den man gerne arbeitet?"

Im Grunde war es die Gelegenheit, Brock als tollen Kerl und Freund darzustellen, nicht als jemanden, der jemals an der Vertuschung eines brutalen Verbrechens beteiligt sein könnte.

Kapitel 12

Nun, das war in Ordnung, denn Margie wusste, dass Brock als Nächstes aussagen würde. Und keine Jury würde diesen Mann jemals sympathisch finden.

Kapitel 13

Morgan war dankbar, als der Mechaniker endlich aus dem Zeugenstand entlassen wurde. Anfangs hatte ein Teil von ihr gehofft, dass er ehrlich sein und die Wahrheit über das sagen würde, was er von dem Abend wusste.

Aber sobald er dort oben saß und behauptete, dass er sich an nichts erinnern könne, wusste Morgan, dass es sinnlos war. Noch schlimmer war, dass die Verteidigung ihn als Leumundszeugen für Brock benutzte und behauptete, er sei ein lustiger Autoliebhaber, der niemals an einem Mord beteiligt sein könne.

Kapitel 13

Die Wahrheit könnte nicht ferner liegen. Dass Brock so viele Autos besaß, hatte allerdings auch etwas Gutes. Luke hatte sich eins davon geliehen, angeblich, um Andrea von der Insel zu bringen, nachdem sie ihm gegenüber die Tat gestanden hatte.

Es dauerte einen ganzen Monat, bis sich Brock auf die Suche nach dem Wagen machte, und Luke machte sich einen Spaß daraus, ihn immer wieder hinzuhalten. Erst sagte er, dass er die Schlüssel verlegt habe, dann behauptete er, das Benzin sei ihm ausgegangen, und schließlich räumte er ein, dass er kein Öl mehr habe.

Schließlich bestellte Brock einen Abschleppwagen und ließ den Wagen abholen. Es war jedoch beeindruckend, wie lange Luke die List aufrechterhalten hatte. Zum Teil tat er es, weil er das Auto mochte, aber hauptsächlich, um Morgan zu amüsieren.

Es hatte funktioniert.

Kapitel 13

Sie warf ihm einen raschen Blick zu. Er saß links von ihr und schaute mit neutraler Miene nach vorn. Sie hatte das Gefühl, dass sie jeden Moment zusammenbrechen könnte, und schätzte seine stoische englische Haltung sehr.

Alle Versuche von Brock, ihn als Zeugen einzuschüchtern, waren fehlgeschlagen. Er hatte ihnen gedroht, sie wegen Verleumdung zu verklagen, und reichte sogar tatsächlich einige Klagen ein. Luke hatte sie alle mit Hilfe eines befreundeten Anwalts abgeschmettert und nie auch nur einen Hauch von Unruhe gezeigt.

„Wenn ich ins Gefängnis muss", hatte er gesagt, „dann musst du einfach mit mir nach London ziehen. Wir fangen mit unserer Fotoagentur noch mal von vorne an und haben eine Menge Spaß."

Mit Luke und ihrem Vater an ihrer Seite war der Prozess wenigstens erträglich. Das Schlimmste waren die Bilder von ihrer Mutter.

Kapitel 13

Sie versuchte, nicht hinzusehen, aber irgendwann sah sie doch zum Bildschirm und bereute es sofort. Dieses Bild würde sich für den Rest ihres Lebens in ihr Gedächtnis einbrennen, da war sie sich sicher.

Aber so wollte sie sich nicht an ihre Mutter erinnern. Ihre Mutter war mehr als ein Körper auf einem kalten Metalltisch. Und wenn die Geschworenen einen Funken Verstand hätten, würden sie nicht zulassen, dass das das Ende ihrer Geschichte war.

Morgan rief sich die Reihenfolge der Zeugen ins Gedächtnis, die Leo ihr erklärt hatte, als er ihr ausführlich geschildert hatte, wie er vor Gericht normalerweise die Geschichte eines Verbrechens erzählte.

Als Nächstes war Brock an der Reihe.

Leo hatte sie im Voraus gewarnt, dass Brock sich höchstwahrscheinlich weigern würde, im Zeugenstand etwas zu sagen, aber auch seine Weigerungen hinterließen einen Eindruck bei den Geschworenen.

Kapitel 13

Sobald er vereidigt war, begann Leo.

„Mr Brock Hunter, in welcher Beziehung stehen Sie zu der Angeklagten?"

„Sie ist meine Freundin."

„Und an dem Abend des Unfalls, waren Sie da beide zusammen?"

Er beugte sich vor, um näher an das Mikrofon heranzukommen. „Auf Anraten meines Anwalts verweigere ich respektvoll die Aussage und berufe mich auf den fünften Zusatzartikel der Verfassung."

„Das ist in Ordnung, Mr Hunter. Denn hier habe ich Telefonaufzeichnungen vom Abend des Unfalls, aus denen hervorgeht, dass Sie sogar noch häufiger mit Andrea telefoniert haben als mit Ihrem Mechaniker. Daraus geht hervor, dass Andrea, unsere Angeklagte, Sie am Abend des Unfalls fünfzehnmal angerufen hat – bis auf eine Ausnahme immer nach 20 Uhr."

Leo übergab das Papier den Geschworenen zur Prüfung.

Kapitel 13

„Worüber haben Sie an dem Abend am Telefon gesprochen?"

Brock berief sich erneut auf den fünften Zusatzartikel. Morgan drehte sich um und beobachtete die Gesichter der Geschworenen, während er sprach.

Geschworener Nummer zwei war auf die Telefonaufzeichnungen konzentriert. Geschworene Nummer eins saß mit verschränkten Armen da, und die anderen zeigten undurchdringliche Mienen, mit Ausnahme von Geschworener Nummer sieben, Morgans Favoritin, der sie den Spitznamen „Nette Oma" gegeben hatte. Sie saß mit verschränkten Armen und einem finsteren Gesichtsausdruck da. Offensichtlich missfiel ihr Brocks Weigerung, zu kooperieren.

„Ich glaube, Mr Hunter, Sie wurden an jenem Abend wegen des Verdachts auf Trunkenheit am Steuer festgenommen. Ist das richtig?"

Kapitel 13

Brock wirkte gereizt. „Bitte nehmen Sie zu Protokoll, dass ich dieser Sache nicht für schuldig befunden wurde."

Leo nickte. „Okay, Mr Hunter."

Dann zeigte er das Video von Andrea am Steuer der Corvette - zu dem Brock keinen Kommentar abgeben wollte - und stellte weitere Fragen: Hatten er und Andrea an diesem Abend Streit gehabt? Was war mit seiner 1963er Corvette Stingray passiert? Hatte Andrea ihm erzählt, dass sie an diesem Abend in einen Unfall verwickelt gewesen war?

Er weigerte sich, auch nur eine dieser Fragen zu beantworten.

Als Leo schließlich aufgab, musterte Morgan erneut die Geschworenen. Einige machten sich Notizen, das war wahrscheinlich gut. Das bedeutete, dass sie zumindest aufmerksam waren.

Nun war Rudy mit seinem Kreuzverhör an der Reihe.

Kapitel 13

„Mr Hunter, wie lange sind Sie und Ms Collins schon ein Paar?"

„Drei Jahre."

„Und hat sie in den Jahren, in denen Sie mit ihr zusammen sind, jemals auch nur die geringste Neigung zur Gewalttätigkeit erkennen lassen?"

„Nein, absolut nicht. Sie ist ein freundlicher, sanfter Mensch."

„Was haben Sie beide am Abend des Unfalls gemacht?"

„Wir haben uns bei mir zu Hause einen Film angesehen. Wir haben uns zwar etwas gestritten, wie sich Paare eben ab und zu streiten. Ich kann mich nicht einmal mehr daran erinnern, worum es ging."

„Natürlich nicht, es ist normal, dass sich Paare streiten. Haben Sie zu irgendeinem Zeitpunkt des Streits gesehen, wie Andrea das Opfer, Kelly Allen, überfahren hat?"

„Auf keinen Fall."

Kapitel 13

Morgan musste sich zwingen, nicht zu schnauben. Was war das denn für eine Frage?

„Und gibt es eine Möglichkeit, dass sie Ihr Haus verlassen hat, nach Friday Harbor gefahren ist, Kelly Allen angefahren hat und zurückgekommen ist, ohne dass Sie davon wussten?"

„Nein, wir waren den ganzen Abend zusammen."

„Danke, Mr Hunter, das ist alles."

Brock lächelte, stand auf und ging zurück zu seinem Platz. Er saß mit einer großen Gruppe zusammen, von denen Morgan annahm, dass es sich um die Eltern oder Freunde von Andrea handelte. Sie waren alle schwarz gekleidet, als seien sie bei einer Beerdigung. Morgan versuchte, sich nicht über jeden einzelnen von ihnen zu ärgern, aber das war nicht leicht.

Dann wurde Luke in den Zeugenstand gerufen. Morgan drückte seine Hand, bevor er aufstand, und er zwinkerte ihr zu.

Kapitel 13

Wenn Leo doch nur einen Weg gefunden hätte, das Geständnis, das Andrea Luke gegenüber gemacht hatte, als Beweismittel zuzulassen. Aber nein - das war unmöglich. Es durfte nicht einmal vor Gericht erwähnt werden.

Hoffentlich konnte Luke allein durch sein Auftreten überzeugen. Als er vereidigt wurde, sprach Morgan ein stilles Gebet, dass er nicht versuchte, irgendwelche Witze zu reißen.

„Mr Pierce, können Sie bitte erklären, in welcher Beziehung Sie zu Brock Hunter stehen?"

Luke nickte. „Brock ist mein Onkel. Ich habe ein paar Monate bei ihm gelebt, als ich frisch nach San Juan Island gezogen war."

„Und war das vor oder nach Kelly Allens Unfall?"

„Einige Monate danach."

„Sehr gut. Und sind Sie Andrea in den Monaten, in denen Sie mit Brock zusammenlebten, jemals begegnet?"

Kapitel 13

„Nein, nicht persönlich. Gelegentlich habe ich sie in einem Videotelefonat gesehen, aber Brock hatte oft viele andere Besucherinnen, wenn Sie wissen, was ich meine."

„Können Sie das bitte erklären?"

„Ach ja, Entschuldigung." Luke räusperte sich. „Mein Onkel Brock hatte intime Beziehungen zu vielen Frauen, aber Andrea habe ich nie im Haus gesehen."

„Einspruch", sagte Rudy. „Relevanz, Euer Ehren?"

„Herr Staatsanwalt, wenn Sie mit Ihren Fragen auf etwas Bestimmtes hinauswollen, sagen Sie es bitte."

Leo nickte. „Natürlich, Euer Ehren. Also, Andrea und Brock behaupteten, ein glückliches Paar zu sein, aber wie haben Sie ihre Beziehung gesehen?"

„Nun, mein Onkel hat hinter ihrem Rücken sehr geheim getan. Als ich Andrea zum ersten Mal persönlich traf, wurde mir klar, warum mein Onkel sie versteckt hatte."

Kapitel 13

„Wie meinen Sie das, er hat sie versteckt?"

„Ach, Entschuldigung. Er hat es vermieden, sie mit auf die Insel zu nehmen. Ich fand es seltsam, dass sie schon so lange zusammen waren und sie **nie** zu Besuch kam. Als sie das erste Mal auf die Insel kam, machte sie Anspielungen, dass sie nicht hatte zurückkommen wollen."

„Was für Anspielungen?"

„Sie sagte ausdrücklich, dass sie sich beim Fahren auf der Insel nicht sicher fühle."

„Ist das alles, was sie gesagt hat?"

Luke nickte. „Zu **dem** Zeitpunkt, ja. Aber die Art und Weise, wie sie es sagte, kam mir seltsam vor. Ich wurde auf den Fall von Kelly Allen aufmerksam und auf die Tatsache, dass eine 1963er Corvette Stingray in den Unfall verwickelt sein sollte. Ich hegte den Verdacht, dass Andrea und mein Onkel mit dem Unfall zu tun hatten."

„Und was haben Sie mit diesem Wissen gemacht?"

Kapitel 13

„Ich wollte, dass sie mir sagt, was passiert ist. Also ging ich zum Haus meines Onkels und erzählte ihm und Andrea, die örtliche Polizei wisse, dass sie den Unfall verursacht habe."

„Und wie haben Brock und Andrea auf diese Nachricht reagiert?"

„Andrea geriet in Panik, und Brock wurde sehr wütend. Aber ich habe ihnen gesagt, dass ich Andrea von der Insel nach Kanada schmuggeln könnte, damit sie keine Konsequenzen für ihr Handeln zu befürchten hätte."

„Und Andrea hat diesem Plan zugestimmt? Dass Sie sie über die Grenze schmuggeln?"

Luke nickte. „Ja. Und mein Onkel hat mir ein Auto geliehen, und während ich sie gefahren habe, hat sie mir das Verbrechen gestanden."

„Was hat sie gesagt?"

Kapitel 13

„Sie sagte, dass sie und mein Onkel an dem Abend getrunken hatten und in Streit gerieten. Offenbar hatte sie von einigen der anderen Frauen erfahren, mit denen mein Onkel zusammen gewesen war. Um es ihm heimzuzahlen, holte sie die Corvette aus der Garage und fuhr nach Friday Harbor. Sie sagte, dass Kelly Allen auf der Straße war, als sie sie mit dem Auto angefahren hat. Sie gab Kelly die Schuld, weil sie auf der Straße gewesen sei, und sagte, sie habe sie am Tatort zurückgelassen."

„Und deshalb hat sie zugestimmt, mit Ihnen von der Insel zu fliehen? Weil sie dachte, sie sei erwischt worden?"

„Ja. Sie wusste genau, was sie getan hatte und dass es falsch war, und sie hatte Angst, dass die Polizei es herausgefunden hatte."

„Was ist passiert, nachdem sie Ihnen das gestanden hat?"

„Die Polizei nahm sie in Gewahrsam."

„Danke, Luke."

Kapitel 13

„Möchte die Verteidigung den Zeugen ins Kreuzverhör nehmen?", fragte der Richter.

„Ja, Euer Ehren." Rudy stand auf, knöpfte langsam sein Sakko zu und ging gemächlich auf Luke zu.

„Mr Pierce, stimmt es, dass Sie in einer Liebesbeziehung mit Morgan Allen, der Tochter des Opfers, leben?"

„Ja."

„Wenn Sie also sagen, dass Sie von diesem Verbrechen erfuhren, war es durch Ihre Freundin?"

Luke runzelte die Stirn. „Nein. Ich habe es von meinem Freund Matthew erfahren."

„Und wer ist Matthew?"

Luke räusperte sich. „Er ist Deputy Sheriff hier auf San Juan Island."

Kapitel 13

„Sie sind also zufällig mit Morgan Allen zusammen gekommen, die wahrscheinlich sehr verzweifelt über den Tod ihrer Mutter war. Und Sie haben **zufällig herausgefunden,** wer es getan hat, und Sie haben es irgendwie geschafft, ein Geständnis von Andrea zu bekommen?"

„Nun - nein, so war das nicht ganz."

„Sie haben also **kein** Geständnis von ihr bekommen?"

Morgan konnte sehen, dass Luke mit den Zähnen knirschte. „Um es ganz klar zu sagen, ich habe ein Geständnis von ihr bekommen, und sie wollte meine Hilfe, um zu entkommen, bevor die Polizei sie findet."

„Dieses ‚Geständnis' und ein unscharfes Video einer blonden Frau, die eine Corvette fährt, beweisen also irgendwie, dass Andrea schuldig ist?"

„Ja."

Kapitel 13

„Und die Tatsache, dass **Sie** das alles herausgefunden haben - das ist sehr praktisch, um Ihre neue Freundin für sich zu gewinnen, meinen Sie nicht?"

„Einspruch, er bedrängt den Zeugen."

„Stattgegeben."

Rudy hob erneut an. „Wer weiß, ob Sie sich diese ganze Geschichte nicht ausgedacht haben, um sich an Ihrem Onkel zu rächen, der Ihnen das Geld und die Autos verweigert hat, die Sie Ihrer Meinung nach verdient hatten?"

„Als ich Andrea und Onkel Brock an dem Tag aufgesucht habe, wollte ich nur sehen, ob sie dumm genug ist, mir alles zu erzählen, was sie getan hat. Und das war sie."

„Klar, das behaupten Sie. Woher wissen wir, dass Sie ihr nicht nur angeboten haben, sie mitzunehmen und sie dann der Polizei übergeben haben?"

Kapitel 13

„Weil ich es nicht getan habe. Sie hat gestanden. Sie hat sogar eine Tasche für die Flucht gepackt."

„Stimmt es also nicht, dass Sie, nachdem Sie sich diese Geschichte ausgedacht haben, das Auto Ihres Onkels behalten haben, um Ihre Freundin Morgan Allen zu beeindrucken?"

„Nein", sagte Luke und beugte sich leicht vor. „Er hat mir das Auto freiwillig gegeben, damit ich ihr bei der Flucht helfe. Und später hat er es zurückbekommen."

Rudy lächelte. „Danke, Mr Pierce."

Lukas wurde aus dem Zeugenstand entlassen, und Leo verkündete, dass die Staatsanwaltschaft ihre Beweisführung abschließe. Der Richter bat die Verteidigung, ihren ersten Zeugen aufzurufen.

Kapitel 13

Rudy stand auf. „Euer Ehren, nachdem ich mich mit meinem Mandanten beraten habe, bitte ich höflichst um eine Verhandlungspause für den Rest des heutigen Tages."

Richter Gore runzelte die Stirn. „In Ordnung. In diesem Fall wird die Sitzung vertagt. Wir fahren morgen fort."

Morgans Blick glitt umher, sie versuchte zu verstehen, warum die Verhandlung so früh zu Ende war. Sie wusste nicht, was das zu bedeuten hatte, also beschloss sie, Leo zu fragen.

Kapitel 14

Das Ende des ersten Verhandlungstages kam für Tiffany überraschend, aber sie war nicht gerade enttäuscht, dass er so früh vorbei war.

Sie war die ganze Zeit über angespannt gewesen und wusste nicht, was sie denken sollte. Zuerst fand sie, dass die Staatsanwaltschaft ein gutes Bild von Andreas Schuld zeichnete, aber sie musste zugeben, dass der Verteidiger Lukes Aussage infrage gestellt hatte. Er hatte ihn wie einen verbitterten Verwandten aussehen lassen und damit möglicherweise die Glaubwürdigkeit ihres besten Zeugen untergraben.

Morgan, ihr Vater Ronny und Luke trafen sich mit dem Staatsanwalt in einem privaten Raum, bevor sie sich alle wieder bei Margie versammelten.

Kapitel 14

Tiffany versuchte, nicht zu aufdringlich zu sein, aber kaum war Morgan im Haus, konnte sie nicht anders. „Also, was hat Leo gesagt?"

„Er glaubt, dass wir immer noch einen ziemlich starken Stand haben. Und wenn Andrea klug wäre, würde sie um einen Deal betteln, bei dem sie ihre Schuld eingesteht."

„Aber ich nehme an, dass wird sie nicht tun?"

Morgan schüttelte den Kopf. „Wir wissen es nicht, aber es sieht nicht danach aus."

Ronny seufzte. „Es muss aber einen Grund dafür geben, warum die Verteidigung um eine Vertagung gebeten hat. Leo sagte, dass Andrea im Laufe des Tages zunehmend aufgeregt gewirkt hat. Er fragt sich, ob sie aussagen will."

Kapitel 14

„Aber warum? Dann kann sie doch von der Staatsanwaltschaft ins Kreuzverhör genommen werden, oder?", fragte Jade. „Was denkst du, was sie tun würde? Ich meine - wenn sie im Zeugenstand wäre? Meinst du wirklich, sie würde lügen?"

„Ha! **Natürlich** würde sie lügen!", sagte Morgan. „Ich glaube, sie würde alles tun, um ihre Haut zu retten. Und das ist vermutlich der Grund, warum ihr Anwalt sie nicht in den Zeugenstand rufen will."

Luke setzte sich, er ärgerte sich. „Ich kann nicht glauben, dass ich ihn so an mich herangelassen habe."

„Nimm es nicht zu schwer", sagte Chief Hank. „Du musstest seine Fragen beantworten, und er musste es so aussehen lassen, als wärst du unzuverlässig."

Kapitel 14

„Aber ich bin **nicht** unzuverlässig! Alles, was ich gesagt habe, stimmt. Wenn die Geschworenen doch nur die Aufnahme von Andreas Geständnis hören könnten! Sie würden sie auf jeden Fall verurteilen, sie war so fröhlich dabei. Sie fand es **lustig,** was sie getan hat."

Morgan setzte sich neben ihn. „Ich weiß. Aber die Verteidigung hat dafür gesorgt, dass wir das nicht als Beweismittel verwenden können."

„Gib die Hoffnung nicht auf", sagte Ronny und setzte sich neben sie.

„Hat jemand Lust auf ein Mittagessen? Oder, äh, Pläne für ein Abendessen?", fragte Chief Hank. „Margie hat die ganze Woche über gekocht."

„Meine Küche", sagte sie, „ist immer offen".

Morgan stand auf. „Danke, Margie. Aber ich denke, mein Dad und ich werden uns in der Stadt etwas besorgen und einfach … über alles reden. Ich hoffe, das ist in Ordnung?"

Kapitel 14

„Natürlich!", sagte sie. „Wir sind hier, wenn du uns brauchst, okay?"

Sie nickte. „Danke. Können wir los, Dad?"

„Sicher. Danke, dass ihr alle heute gekommen seid - das bedeutet uns beiden sehr viel."

„Natürlich", sagte Chief Hank. „Bitte lass mich wissen, wenn ich etwas tun kann."

Er lächelte. „Danke."

Nachdem sie gegangen waren, beschloss Tiffany, sich ebenfalls auf den Weg zu machen. Sie hatte noch keine Gelegenheit gehabt, Jade von ihren Gesprächen mit Sidney zu berichten, und sie hoffte, etwas Zeit für Internetrecherchen zu haben. Vielleicht fand sie noch etwas Verdächtiges.

Auf dem Heimweg erzählte sie Jade von Sidneys Entdeckung.

Kapitel 14

„Aber das bedeutet eigentlich nichts", sagte Jade. „Oder doch? Vielleicht hat jemand gesehen, dass die Parkverwaltung einen Haufen Geld bekommen würde, und wollte sein eigenes Geld noch dazu spenden, um für neue Projekte zu kämpfen."

„Nun", sagte Tiffany spöttisch, „was ist mit dem Kerl, der die Killerwale verscherbeln will?"

„Das ist ja furchtbar", sagte Jade und schüttelte den Kopf. „Die Wale, die hier leben, gelten eigentlich als bedrohte Art! Es gibt weniger als hundert Exemplare und nur etwa dreißig von ihnen sind noch im fortpflanzungsfähigen Alter. Also, echt! Wie böse kann man sein?"

„Ich weiß. Ich bin mir nicht sicher, wie das mit dem Parkbudget zusammenhängt - oder ob es überhaupt damit zusammenhängt. Aber ich habe das Gefühl, dass es so ist."

Kapitel 14

„Ich bin dir wirklich dankbar, dass du dir so viel Zeit für diese Sache nimmst, Tiffany", sagte Jade. „Und ich weiß, dass du seine Hilfe nicht annehmen willst, aber vielleicht weiß Dad tatsächlich etwas?"

Tiffany stöhnte. „Okay, ich rede mit ihm. Dir zuliebe. Aber ich werde versuchen, es zuerst alleine zu schaffen. Ich habe Sidneys Hilfe, und bis jetzt war er sehr … beeindruckend."

Jade drehte sich zu ihr um. „Beeindruckend? Was soll das heißen?"

Oh je, sie hatte zu viel gesagt. „Weißt du, er ist einfach … sehr engagiert. Und ernsthaft – du weißt ja, wie ernsthaft er ist."

„Ja, ich weiß", sagte Jade. „Ich hoffe, er ist nicht gemein zu dir gewesen."

„Nein, überhaupt nicht. Er war sogar sehr nett. Er ist ganz anders, als ich dachte." Sie hielt inne. „Er ist nicht wie Eric. Versteh mich nicht falsch - ich mag Eric sehr. Aber Sidney hat nie etwas geschenkt bekommen. Und das merkt man."

Kapitel 14

„Wenn ich es nicht besser wüsste, würde ich denken, dass du ihn irgendwie bewunderst?", bemerkte Jade mit einem kleinen Lächeln.

„Ich würde sagen, das tue ich auch irgendwie", gab Tiffany zu. „Das ist die Überraschung des Jahrzehnts."

Zu Hause angekommen, schloss sich Tiffany in ihrem Zimmer ein und verbrachte Stunden damit, Spendenunterlagen und Informationen über Fundraising zu studieren. Sie fand jedoch nichts Wesentliches.

Als Nächstes schaute sie sich einige der Mitarbeiter des State Departments an. Es war leicht, Informationen über sie zu finden - zumindest ihre Namen und Positionen. Dann orientierte sie sich am Leitfaden für Singlefrauen und stalkte die Mitarbeiter eine Weile im Internet.

Kapitel 14

Sie konnte die Facebook-Profile einiger höherer Mitarbeiter der Parkverwaltung einsehen. Leider fiel ihr nichts auf, was auf Betrug hindeutete.

Nach stundenlangen Recherchen hatte sie das Bedürfnis, Sidney zu fragen, ob er etwas gefunden hatte. Sie zögerte jedoch. Sie wollte nicht, dass er sie für eine Amateurin hielt, die nichts Nützliches beisteuern konnte.

Andererseits wusste er aber auch, dass sie eine Amateurin war. Er kannte jetzt ihre ganze Geschichte. Trotzdem wollte er weiter mit ihr arbeiten - und mit Jade. Warum engagierte er sich so für dieses Projekt?

Ach ja. Weil Eric sich der Sache verschrieben hatte und er dem großen Onkel Dan zeigen musste, dass er erfolgreich sein konnte.

Kapitel 14

Aber was machte Eric eigentlich? Tiffany wusste, dass Jade noch mit ihm in Kontakt war und Pläne mit ihm diskutierte, aber für sie sah es so aus, als würde Sidney viel härter für den Erfolg dieses Projekts arbeiten als Eric.

Vielleicht stimmte das aber auch nicht – da meldeten sich wieder ihre Vorurteile. Jetzt, wo sie mehr über Sidney wusste, bewunderte sie ihn wirklich.

Obwohl er eine extrem schwierige Kindheit hatte, in der er viel zu schnell erwachsen werden musste, schien er nicht verbittert zu sein.

Ganz im Gegenteil - er war mehr als bereit, seine Zeit, sein Engagement und sein Fachwissen einzusetzen, um seinem Cousin zum Erfolg zu verhelfen. Allerdings schien es fast unfair. Eric standen alle Möglichkeiten offen.

Kapitel 14

Sidney musste beweisen, was er wert war, er kümmerte sich die ganze Zeit um andere. Zuerst um seinen Vater und seinen kleinen Bruder, jetzt um Eric und Rachel. Woher nahm er die Energie?

Sie hatten so eine schöne Zeit zusammen auf dem Boot gehabt …

Und während sie sich über ihre Theorien in Bezug auf die Förderung unterhalten hatten, hatten sie auch viel über ihre Familien gesprochen. Tiffany erzählte ihm sogar von ihrem alten Job und von ihrer Beziehung zu Malcolm, und Sidney hatte ihr aufmerksam zugehört und sie aus diesen schönen dunklen Augen aufmerksam angesehen.

Es war ein bezaubernder Abend gewesen. Es war schön, sich mit ihm zu unterhalten, und ihr wurde klar, dass sie sich auf dem kleinen Dingi genauso gerne mit ihm unterhalten hätte wie auf der Yacht.

Gönnte er **allen** seinen Kunden diese Art von … Luxus? War das ein Trick von Onkel Dan?

Kapitel 14

Könnte sein. Aber wenn sie es nicht besser wüsste, würde sie denken, dass er sie vielleicht … irgendwie mochte.

Es war allerdings schwer zu sagen. Bei ihrem alten Job hatte sie ein ähnliches Hin und Her mit Malcolm erlebt. Sie hatten sich ständig gegenseitig geneckt, immer im freundschaftlichen Wettbewerb gestanden.

Mehr als einmal hatte Tiffany das Gefühl gehabt, dass sie und Malcolm vielleicht eines Tages mehr als nur Freunde werden würden. Aber sie wollte ihre Karriere nicht gefährden, indem sie den ersten Schritt tat, und er wahrscheinlich auch nicht. Also war nie etwas passiert.

Jetzt würde sie nie erfahren, wie er empfunden hatte. Ihr wurde schwer ums Herz, wenn sie an ihn dachte. Sie vermisste ihn und bedauerte so vieles.

Tiffany starrte auf ihr Telefon. Keine E-Mails oder Nachrichten von Sidney.

Kapitel 14

Wenn sie nichts sagte, würde sie nie herausfinden, ob er sie mochte. Es einfach **auszusprechen**, schien ihr aber zu gefährlich.

Sie könnte versuchen, eine Andeutung zu machen, wie sie es bei Malcolm gerne versucht hätte. Dadurch könnte sich etwas ergeben! Und wahrscheinlich war er es gewohnt, ständig von Frauen angemacht zu werden - wenn er sie nicht mochte, würde er es ignorieren.

Oder es bestand die Möglichkeit, dass es superpeinlich wurde.

Nein, so durfte sie nicht denken. Tiffany wollte, dass einer ihrer Werte Ehrlichkeit war, vor allem sich selbst gegenüber. Und die Wahrheit war, dass sie ihn mochte. Und zwar **sehr**.

Sie konnte sich nicht erinnern, wann sie das letzte Mal so für einen Mann empfunden hatte, außer für Malcolm. Sidney erinnerte sie auch an Malcolm - er war ganz ernst, bis er sich plötzlich öffnete.

Kapitel 14

Gab es eine Möglichkeit, herauszufinden, was Sidney für sie empfand, ohne das Projekt zu gefährden? Sie wollte nicht, dass er sich unwohl fühlte, aber gleichzeitig … sie hatte nur ein Leben, und davon war bereits so viel an ihr vorbeigegangen.

Wie auch immer. Sie wollte es einfach tun.

Sie lächelte vor sich hin und tippte eine Nachricht. „Hey Sidney, wie geht's? Ich habe den ganzen Abend nach einer Ausrede gesucht, um mich bei dir zu melden. Ich habe zwar nichts Neues über die Förderung herausgefunden, aber ich wollte trotzdem Hallo sagen. Also - hallo."

Sie starrte einen Moment lang auf das Handy. Es war sicherlich nicht ihre eloquenteste Nachricht. Aber sie ließ ihm mehrere Möglichkeiten offen - er konnte zurückgrüßen und professionell antworten, dass er auch nichts gefunden habe, und ihr einen schönen Abend wünschen. Oder … er könnte ihren Hinweis aufgreifen.

Kapitel 14

Sie drückte auf Senden, warf ihr Handy aufs Bett und kicherte wie eine Verrückte.

So etwas hätte sie vor einem Jahr **niemals** getan. Niemals!

Aber jetzt? So lange hatte sie gar nicht darüber nachgedacht. Vielleicht hatte dieser Prozess sie um den Verstand gebracht.

Ihr Telefon meldete den Eingang einer Nachricht.

Er hatte geantwortet!

„Hey Tiffany, das ist lustig, denn ich habe nach einer Ausrede gesucht, um dich am Freitag zum Essen einzuladen, und mir ist auch nichts eingefallen. Hast du Zeit?"

„Oh, mein **Gott**!", sagte sie laut. „Jade!"

Keine Antwort. Tiffany ging zu Jades Zimmer und klopfte an die Tür.

„Herein!"

„Hey, Schwesterherz - ich habe vielleicht etwas getan, was ich nicht hätte tun sollen."

Jade sah sie mit großen Augen an. „Was denn?"

Kapitel 14

„Ich habe Sidney irgendwie … angemacht."

Jade schnappte nach Luft. „Was?!"

Tiffany nickte. „Ja, und ich glaube, er hat mich auch angemacht?"

„Im Ernst?"

Tiffany schnitt eine Grimasse. Vielleicht war Jade sauer auf sie. „Ja. Hier."

Sie reicht ihr das Handy und sah zu, wie Jade die SMS las und sich eine Hand vor den Mund schlug.

„Damit habe ich überhaupt nicht gerechnet", sagte Jade. „Von **keinem** von euch!"

„Bist du sauer? Hältst du das für eine schlechte Idee? Ich habe nicht erwartet, dass er **so** etwas sagen würde! Ich dachte nur, ich finde es heraus und … ich weiß nicht!"

Jade reichte ihr das Telefon zurück und lächelte breit. „Nun, es sieht so aus, als hättest du ein Date, Schwesterchen."

Kapitel 14

„Wirklich? Findest du das in Ordnung? Jetzt kommen mir Zweifel - ich habe nie Berufliches und Privates vermischt, und –"

Jade winkte ab. „Mach dir darüber keine Sorgen. Magst du ihn?"

Tiffany lächelte. „Ja."

Jade zuckte mit den Schultern. „Dann mach es! Dieses Projekt stirbt vermutlich sowieso, so kommt wenigstens etwas Gutes dabei heraus."

Tiffany hätte jubeln können. „Du bist die Beste. Gut, ich sage ihm, dass ich gerne mit ihm essen gehen würde."

„Gut!"

„Und dann gehe ich direkt ins Bett", sagte Tiffany. „Wir müssen morgen wieder früh im Gericht sein, oder?"

Jade nickte. „Richtig. Und ich kann es kaum erwarten, zu erfahren, was sich Andreas Anwälte ausgedacht haben."

„Ich auch nicht. Okay, ich schreibe diese SMS und gehe schlafen."

Kapitel 14

Tiffany drehte sich um und ging zurück in ihr Zimmer. Ihr Herz fühlte sich nicht mehr schwer an - es fühlte sich an, als würde es glühen.

Kapitel 15

Der Richter forderte die Anwesenden auf, sich zu setzen, und Morgan ließ sich langsam auf den Holzstuhl sinken. Gestern hatte sie während der Verhandlung so lange starr in einer Position verharrt, dass sich ein Muskel in ihrem Rücken verspannt hatte.

Kaum hatte sie sich auf ihrem Platz niedergelassen und wieder die unbequeme Haltung eingenommen, spürte sie den vertrauten Schmerz. Sie stieß einen Seufzer aus. Alles an dieser Verhandlung würde sich für den Rest ihres Lebens in Morgans Gedächtnis brennen, auch das Gefühl der Kälte und Steifigkeit, das sich in ihrem Körper ausbreitete, während sie wie gebannt das Geschehen im Saal verfolgte.

Der Richter räusperte sich. „Okay, Leute, weiter im Text. Würde die Verteidigung bitte ihren ersten Zeugen aufrufen?"

Kapitel 15

Rudy stand auf. „Ich danke Ihnen, Euer Ehren. Die Verteidigung ruft Andrea Collins in den Zeugenstand."

Morgan wurde flau im Magen, und im Gerichtssaal ertönte aufgeregtes Gemurmel. Andrea stand langsam auf und strich ihr Kleid glatt, bevor sie sich auf den Weg in den Zeugenstand machte.

Richter Gore ermahnte alle zur Ruhe, und als Andrea vereidigt wurde, herrschte wieder Stille im Gerichtssaal.

„Andrea. Wir haben von anderen viel über Ihre Beziehung zu Brock gehört, aber nicht von Ihnen. Sagen Sie, wie lange waren Sie zwei zusammen?"

Sie holte tief Luft und nickte. „Wir waren drei Jahre lang zusammen."

„Hatte Brock nebenbei noch andere Beziehungen?"

Sie nickte erneut. „Ja, Sir. Ich war Brock treu, aber er mir nicht."

Kapitel 15

Rudy seufzte. „Ich verstehe. Und in der Nacht von Kelly Allens Tod, waren Sie da mit Brock zusammen?"

„Ja."

„Was haben Sie gemacht?"

„Am Anfang hatten wir einen schönen Abend. Wir waren zum Abendessen aus und sind händchenhaltend durch die Stadt geschlendert."

Rudy lächelte. „War Brock ein angenehmer Partner?"

„Das dachte ich damals …" Sie zögerte und verstummte.

Ganz offensichtlich war sie eine begabte Schauspielerin.

Sie räusperte sich leise. „Aber er war jähzornig und hatte einen starken **Einfluss** auf mich. Es gab andere Frauen - ich wusste von ihnen, und wir stritten uns dewegen, und er versprach immer, dass es das letzte Mal sei."

„Das klingt hart. Haben Sie ihn geliebt?"

Kapitel 15

„Sehr. Ich war blind vor Liebe."

Rudy ging langsam vor den Geschworenen im Kreis. „Können Sie mir sagen, was an dem Abend noch passiert ist?"

„Wir fuhren zu ihm nach Hause, und er fing an, Alkohol zu trinken. Sehr viel. Er wird ziemlich unangenehm, wenn er trinkt, und er fing an, mir von den anderen Frauen zu erzählen, mit denen er sich traf, und dass er mich nicht bräuchte."

„Das klingt furchtbar. Ist das der Streit, an den er sich angeblich nicht erinnert?"

„Ja."

„Glauben Sie, dass er sich an ihn erinnert?"

„Es überrascht mich nicht, dass er sich nicht mehr daran erinnert, so viel, wie er getrunken hat", sagte Andrea.

Morgan verdrehte die Augen. Als Andrea Luke die Tat gestanden hatte, sagte sie, dass sie **auch** viel getrunken hatte und wie normal das für sie beide war.

Kapitel 15

„Ich habe ihm gesagt, dass ich es nicht mehr aushalte und dass ich gehe."

„Und wie sind Sie gegangen?"

„Ich wollte weglaufen, aber er schlug mich. Ins Gesicht!"

Das Gemurmel im Gerichtssaal verstärkte sich, und der Richter mahnte erneut zur Ruhe.

Rudy fuhr fort. „Und was ist dann passiert?"

Andrea wimmerte.

„Es ist okay, Sie können es uns sagen", fügte Rudy beruhigend hinzu.

Morgan warf einen Blick auf die Geschworenen - sie konnten diesen Unsinn doch nicht etwa glauben, oder? Was zog sie da für eine Show ab?

Andrea holte tief Luft und sprach weiter. „Ich hatte große Angst. Ich rannte nach draußen und wollte mich in dem Auto einschließen, das draußen stand. Er kam heraus und war so außer sich, dass ich völlig verängstigt war."

Kapitel 15

„Welches Auto war das?"

„Es war die Corvette. Die Stingray."

„Und was haben Sie dann gemacht?"

„Der Schlüssel steckte, also versuchte ich zu fliehen. Ich fuhr los, aber er verfolgte mich in einem anderen Auto und holte mich in der Stadt ein."

„Und was hat er dann getan?"

„Er fuhr mit seinem Auto vor mir her und ich musste anhalten. Dann stieg er ein und sagte mir, dass er mich umbringen würde, wenn ich ihm nicht endlich zuhörte."

Rudy hielt einen Moment inne und lächelte sie warm an. „Sie machen das gut. Was ist danach passiert?"

Kapitel 15

Andrea stieß einen tiefen Seufzer aus. „Er hat sich auf den Fahrersitz der Corvette gesetzt. Er war wütend und fuhr in halsbrecherischem Tempo … er raste geradezu durch die Stadt. Und dann, ganz plötzlich, hörte ich einen Schrei und einen Aufprall. Er hatte Kelly Allen mit dem Auto angefahren."

Alle im Gerichtssaal schnappten nach Luft, in den hinteren Reihen rief jemand etwas.

Der Richter schlug mit dem Hammer auf sein Pult. „Wenn Sie sich nicht beherrschen können, lasse ich den Saal räumen."

Der Aufruhr legte sich. Morgan war wie erstarrt und sah Andrea an. Sie konnte nicht glauben, was sie da hörte.

„Was ist passiert, nachdem Brock sie angefahren hat?" fragte Rudy.

„Ich habe ihn angefleht, anzuhalten und ihr zu helfen, aber er hat mich einfach wieder geschlagen." Andrea weinte leise rührselige Tränen. „Ich hatte solche Angst vor ihm und Angst, die Wahrheit zu sagen."

Kapitel 15

„Danke, Andrea", sagte Rudy und nahm Platz. „Keine weiteren Fragen."

Morgan sah zu Leo, der sich eifrig Notizen machte.

„Möchte die Staatsanwaltschaft die Zeugin ins Kreuzverhör nehmen?", fragte der Richter.

Leo stand auf. „Euer Ehren, ich bitte angesichts dieser neuen Informationen dringend um eine Unterbrechung."

„Wir können nicht **jeden** Tag früher Schluss machen", sagte der Richter mit einem Seufzer. „Aber in Anbetracht der unerwarteten Entwicklungen … wird Ihrem Antrag auf eine Unterbrechung stattgegeben."

Kapitel 15

Im Zuschauerbereich um Morgan herum brach erneut Tumult los. Sie konnte hören, wie der Chief erklärte, warum Leo seiner Meinung nach nicht versucht hatte, Andrea ins Kreuzverhör zu nehmen - er schloss daraus, dass Leo darauf nicht vorbereitet gewesen war und ihre Aussage alle überrascht hatte.

Morgan wollte sich noch nicht auf eine Diskussion darüber einlassen, sondern hielt ihren Blick auf Andrea gerichtet.

Niemand schien ihr jetzt viel Aufmerksamkeit zu schenken. Sie saß immer noch im Zeugenstand, still und rehäugig - Tränen waren keine mehr zu sehen.

Kapitel 16

„Hoffentlich ist er heute gut gelaunt", sagte Eric.

Sidney blickte auf seine Uhr. „Nun, er sollte gerade zu Mittag gegessen haben. Das kommt uns zugute."

„Gut geplant, wie immer, Sid." Eric lächelte kurz und öffnete dann die Tür zu Dans Büro.

Sidney folgte ihm. Sein einziges Ziel heute war, mehr Zeit für Burke Development zu gewinnen - und Dan davon abzuhalten, zu viele Fragen zu stellen, auf die sie keine Antwort wussten.

„Meine Jungs!", rief Dan, als sie hereinkamen, und umarmte Eric.

„Hey, Dad!"

Kapitel 16

„Schön, dich zu sehen." Sidney lächelte und schüttelte Dan die Hand. Er schien tatsächlich heiterer Stimmung zu sein, das war gut.

„Wie geht's? Wie laufen die Geschäfte?"

Eric klatschte in die Hände. „Das Geschäft läuft prima. Nein – es läuft großartig! Ich habe viele Kontakte geknüpft und eine Menge toller Leute kennengelernt."

„Das ist ja alles schön und gut, aber wie sieht es mit dem Inselprojekt aus?"

„Ziemlich gut, Dad. Ich zeige dir ein paar Pläne, die wir für den Ort entwickelt haben."

Sidney lehnte sich zurück und überließ Eric das Reden. In solchen Dingen war er besser, mit seinem Enthusiasmus konnte er fast jeden für sich gewinnen.

Natürlich wollte Dan, dass er Erfolg hatte, und war deshalb wesentlich nachsichtiger mit ihm als mit jedem anderen.

Kapitel 16

Sie sahen sich das 3D-Modell und die Baupläne für den Park auf San Juan an. Dan war von den Entwürfen beeindruckt, obwohl er befürchtete, dass sie für einen State Park etwas zu ehrgeizig sein könnten.

„Auf welche Probleme seid ihr bisher gestoßen?", fragte er.

Eric zuckte mit den Schultern. „Nichts Besonderes. Es läuft großartig."

„Nun …" Sidney beugte sich vor. „Das stimmt nicht ganz. Das Washington State Parks Department hat finanzielle Schwierigkeiten."

Dan verschränkte die Arme. „Hm. Ist das ein Problem?"

Kapitel 16

Eric öffnete den Mund, um zu antworten, und Sidney warf ihm einen Blick zu - er wollte nicht, dass Eric die Wahrheit verdrehte, also war es besser, wenn er antwortete. „Möglicherweise. Dem Bezirk wurde vom State Department eine Förderung für den Bau des Parks zugesprochen, und es sah so aus, als wäre das Projekt eine sichere Sache. Aber jetzt, da der Parkverwaltung das Geld ausgeht, ist ein großer Teil der Finanzierung in der Schwebe."

„Aber!", warf Eric ein und hob einen Finger. „Sie suchen nach anderen Quellen und sind sehr motiviert, dieses Projekt auf den Weg zu bringen."

„Ich will ehrlich sein, Eric, das gefällt mir nicht", sagte Dan. „Es spielt keine Rolle, ob ihr den Zuschlag erhalten habt, wenn kein Geld da ist, um euch zu bezahlen. Wie sieht der Plan aus, wie lange wollt ihr noch warten?"

Kapitel 16

Sidney seufzte. Er wusste, dass das kommen würde. „Wir haben uns noch kein Zeitlimit gesetzt."

„Nun, dann setzt euch eins", antwortete Dan und ging zurück zu seinem Schreibtisch. „Eure Pläne hier sind großartig, aber wenn ihr ein so großes Projekt nicht auf Anhieb stemmt, wird euch niemand einen Vorwurf machen. Was ist mit der Sache in Oregon, von der ich dir erzählt habe? Dieser edle Campingplatz, den sie dort bauen wollen?"

„Der Campingplatz?" Eric verzog das Gesicht. „Ich weiß nicht so recht. Das ist nicht wirklich die Art von Image, die wir anstreben."

„Wen kümmert schon dein Image? Das ist gute Arbeit!"

Sidney wusste, dass dieses Gespräch alle unglücklich machen würde, also beschloss er, sich einzuschalten. „Ich arbeite bei der Finanzierung eng mit den Organisatoren zusammen und werde nicht zögern, den Stecker zu ziehen, wenn es sein muss."

Kapitel 16

Dan musterte ihn einen Moment lang. „Gut. Das höre ich gerne. Ich freue mich für euch Jungs. Zusammen könnt ihr das tatsächlich schaffen. Das ist etwas, was dein Vater und ich nie hatten, Sidney."

Sidney nickte. „Ich weiß. Ich bin dir dankbar für die Chance, und ich verspreche, dass wir eine Lösung finden."

Dan hatte nicht mehr viel Zeit für sie, also fasste Eric noch schnell ein paar letzte wichtige Punkte zusammen, bevor sie gehen mussten.

Als sie das Büro verließen, schlug Eric Sidney auf die Schulter und sagte: „Nicht schlecht, Mann! Das hätte viel schlimmer ausgehen können."

„Das nächste Mal **wird** es viel schlimmer", sagte Sidney. „Wir müssen uns über alles klar werden, und zwar bald. Hast du oder hat Jade irgendetwas gefunden, das zur Finanzierung beitragen könnte?"

Kapitel 16

Eric schüttelte den Kopf. „Nein. Ich habe mich an einige Organisationen gewandt, die an einer Finanzierung des Projekts interessiert waren, aber ihre Förderungen sind einfach nicht groß genug für das, was wir vorhaben."

„Vielleicht müssen wir dann kleinere Brötchen backen?"

„Nein, das können wir nicht! Der Entwurf ist perfekt - wenn wir etwas ändern, fällt alles in sich zusammen."

„Ich weiß nicht, ob das stimmt, aber wenn wir das Geld dafür nicht auftreiben können, scheitert das Projekt auf jeden Fall."

Eric zuckte mit den Schultern. „Vielleicht könnten wir selbst eine Spendenaktion ins Leben rufen. Das könnte ich doch machen, oder?"

Sidney schüttelte den Kopf. „Ich bezweifle, dass du in der Lage wärst, so viel Geld aufzutreiben, wie wir brauchen. Und das würde einen großen Interessenkonflikt für dich bedeuten."

Kapitel 16

„Und? Hast du oder hat Tiffany herausgefunden, was mit der Förderung los ist? Habt ihr jemanden im Visier, den ihr überführen könnt?"

Sidney lachte. „Nein, nicht ganz. Wir haben etwas über ein Super PAC in Erfahrung gebracht, aber jetzt lande ich ständig in Sackgassen."

„Ah, ich dachte, ihr hättet etwas herausbekommen, als ihr am Dienstag mit dem Boot rausgefahren seid."

Sidney drehte sich zu ihm um. „Woher weißt du, dass ich mit dem Boot rausgefahren bin?"

Eric lächelte. „Ich behalte meinen Partner gerne im Auge."

Sidney sah ihn gereizt an, dann fuhr Eric fort.

„Na gut, das stimmt nicht ganz. Ich wollte dich etwas wegen der Klempner fragen und konnte dich nicht finden. Also hat mir deine Assistentin gesagt, wo du bist."

Kapitel 16

„Ah. Das klingt besser."

„Ich dachte, seit wir den Zuschlag erhalten haben, bräuchten wir die beiden nicht mehr zu beeindrucken?", fügte Eric mit einem Lächeln hinzu.

„Es ist immer gut, im Gespräch zu bleiben", antwortete Sidney.

„Sicher. Klar."

„Hör zu Eric - dein Vater hat recht. Wir müssen diesem Projekt eine Grenze setzen. Ich tue das nur ungern, aber wir müssen etwas für unsere Arbeit vorweisen können, und zwar bald."

„Ach, komm schon, Mann! Du kannst mir doch nicht erzählen, dass du ihnen nicht vertraust."

„Das ist es nicht. Es ist nicht ihre Schuld, dass sie das Geld nicht haben, aber … sie haben es eben nicht. Wenn wir ein Unternehmen führen wollen, müssen wir -"

Kapitel 16

Eric schüttelte den Kopf. „Weißt du, manchmal klingst du **genau** wie mein Vater. Dir ist klar, dass dieses Projekt etwas Besonderes ist. Und wir arbeiten mit ihnen zusammen - wir müssen Vertrauen haben."

Sidney seufzte. „Manchmal grenzt Vertrauen an Dummheit."

„Das sagst du, weil du Tiffany nicht magst, stimmt's?"

„Nein, das ist es nicht. Ich bewundere sie wirklich sehr."

Eric hielt inne. „Ach ja?"

Sidney beschloss, dass er ihm genauso gut die Wahrheit sagen konnte. „Ich habe sie für morgen Abend zum Essen eingeladen."

Eric blieb abrupt stehen. „Wie … zu einem Geschäftsessen?"

„Nein." Er schüttelte den Kopf. „Kein Geschäftsessen."

Ein Lächeln breitete sich auf Erics Gesicht aus. „Sid! Ich kann es nicht glauben!"

Kapitel 16

„Wie ich schon sagte, es ist nicht so, dass ich ihnen nicht vertraue oder sie nicht mag. Das tue ich", fuhr Sidney fort. „Aber wir -"

„Du bist also scharf auf Tiffany und willst den Park **trotzdem** aufgeben!"

„Nein, natürlich nicht. Und ich bin nicht … ich bin nicht scharf auf …"

„Aha."

Sidney ignorierte ihn und redete weiter. „Tatsache ist, dass auch **sie** verstehen, dass wir ohne Geld mit dem Projekt nicht weitermachen können."

„Dann warten wir. Was, wenn wir mit einem anderen Projekt beginnen und dann sind sie so weit und wir verpassen unsere Chance? Wenn –"

„Wir müssen uns einfach eine Grenze setzen. Mehr sage ich ja gar nicht, Eric. Denk darüber nach, okay?"

Kapitel 16

Er hob eine Hand, um Sidney daran zu hindern, etwas zu sagen, was ihm die gute Laune verdarb. „Ja, gut. Wenn du zu deinem Date gehst, frag Tiffany, was los ist."

„Vielleicht will ich unseren Abend nicht mit Gesprächen übers Geschäft ruinieren", sagte Sidney lächelnd.

Eric lachte. „Gut. Ruf sie heute an, ist mir egal. Zaubere ein bisschen, Sidney."

Zaubern. „In Ordnung Eric. Bis später."

„Bis dann!"

Sidney ging zurück in sein Büro, mit der Absicht, sich auf die Arbeit zu konzentrieren, aber er war mit den Gedanken woanders. Vielleicht würde er Erics Rat befolgen und Tiffany anrufen.

Kapitel 16

Er hatte nach einer Ausrede gesucht, um sie noch mal anrufen zu können. Zudem wäre es ihm unangenehm, ihr beim Abendessen mitzuteilen, dass Burke Development bald andere Projekte verfolgen würde. Er war jedoch zuversichtlich, dass sie es nicht persönlich nehmen und es ihrer Beziehung nicht schaden würde.

Ha. Ihrer Beziehung. So weit waren sie noch nicht, aber er hatte das Gefühl, dass es bald so weit sein würde. Sie faszinierte ihn, und wann immer er nicht bei ihr war, lenkten ihn die Gedanken an sie ab.

Die ganze Woche über war er im Geiste immer wieder ihre Treffen durchgegangen und hatte ihre Worte und ihre Scherze Revue passieren lassen. Er erinnerte sich an einige Geschichten, die er ihr erzählt hatte und die ihm etwas peinlich waren. Hatte er sie damit vielleicht gelangweilt oder fand sie ihn dumm?

Kapitel 16

Doch dann erinnerte er sich daran, wie sie gelacht hatte oder wie sie mit einer schlagfertigen Bemerkung reagiert hatte, und das peinliche Gefühl verflüchtigte sich.

Ihr Charme hatte ihn vollkommen überraschend erwischt. Vielleicht hätte er ihn gar nicht bemerkt, wenn sie ihn nicht auf seine Unhöflichkeit angesprochen und ihm dadurch klargemacht hätte, dass er in seiner eigenen Blase gelebt hatte.

Es war Jahre her, dass er aus sich herausgegangen war und irgendwelche … romantischen Gefühle für eine Frau entwickelt hatte. Und das einzige andere Mal, dass ihn eine Frau **so** fasziniert hatte, war viele Jahre her. Auf dem College hatte er eine schöne, charmante, intelligente Frau namens Priscilla kennengelernt. In gewisser Weise war Tiffany ihr sehr ähnlich - sie war engagiert, witzig und schön.

Kapitel 16

Damals war er jung und hatte alle Hände voll damit zu tun, sich und seinen Bruder durchs College zu bringen. Er war noch nie verliebt gewesen, und mit der zarten Unschuld der ersten Liebe war er ihr ganz und gar verfallen. Und er hatte angenommen, dass sie genauso empfand.

Das hatte sie zumindest gesagt. Aber als sie erkannte, dass er nicht aus demselben Holz geschnitzt war wie Eric - dass er kein Vermögen und in ihren Augen auch keine Zukunft hatte -, beendete sie die Beziehung.

„Ich brauche jemanden, dem Erfolg genauso wichtig ist wie mir", hatte sie gesagt.

Der Satz hatte sich mit der feinen Präzision in sein Gedächtnis eingebrannt, wie nur Ablehnung es kann. Sidney hatte Jahre gebraucht, bis er sich eingestand, was sie eigentlich gemeint hatte - dass sie jemanden brauchte, der nicht **ganz** so arm war wie er.

Kapitel 16

Erst letztes Jahr hatte er Priscilla wiedergetroffen. Obwohl es mehr als ein Jahrzehnt her war, seit sie das letzte Mal miteinander gesprochen hatten, schien sie sich nicht verändert zu haben – sie war schön und charmant auf eine unbeschwerte elegante Art. Aber er sah jetzt ihre Rücksichtslosigkeit umso deutlicher, insbesondere als sie ihn nach seiner Rolle bei Burke Industries ausgefragt hatte.

Plötzlich war er wieder interessant, aber als sie nach Projekten und Materialien fragte, wusste er, welche Frage sich eigentlich hinter dem neuen Funkeln in ihren Augen verbarg: „Wie viel?"

Kapitel 16

Sidney war überrascht, dass er nicht den Drang verspürt hatte, ihr diese Frage zu beantworten. Er war ihr nicht mehr verfallen, so wie damals. Er war jetzt ein anderer Mensch und konnte am Ende des Abends erhobenen Hauptes gehen. Die E-Mails und SMS, die sie ihm nach ihrer Begegnung schickte, hatte er höflich beantwortet, ihr aber keine Freundschaft angeboten. Schließlich verschwand sie wieder von der Bildfläche.

Er hatte allerdings lange gebraucht, bis er darüber hinweg gewesen war, die Zurückweisung und der Verrat hatten ihn schwer getroffen.

Nach so vielen Jahren, in denen er sich nicht wieder verliebt hatte, hatte er sich gefragt, ob er überhaupt für die Liebe geschaffen war - vielleicht hatte ihm die eine, außergewöhnlich schmerzhafte Erfahrung genügt.

Doch dann war wie aus dem Nichts Tiffany aufgetaucht.

Kapitel 16

Sie war anders, das spürte er einfach. Außerdem war er älter und klüger. Er hatte das Gefühl, dass es ein Risiko war, ja - aber ein kalkuliertes. Eines, das er einzugehen bereit war.

Er schrieb ihr eine SMS. „Wie läuft es mit dem Prozess? Habe mich heute mit meinem Onkel und Eric getroffen – darüber müssen wir reden."

Sie antwortete kurz darauf. „Der Prozess ist heftig. Die Dinge haben eine unerwartete Wendung genommen. Ich hoffe, nichts Schlimmes von deinem Onkel?"

Vielleicht war eine SMS nicht die beste Art, ihr die Nachricht zu überbringen. Er brütete ein paar Minuten über einer Antwort.

„Vorerst ist alles okay, aber uns bleibt nicht mehr viel Zeit. Alles Weitere morgen."

Sie schickte einen Smiley zurück und schrieb: „Ich freu mich."

Er lächelte vor sich hin. Er freute sich auch darauf, sie zu sehen.

Kapitel 16

Tatsächlich konnte er nicht aufhören, daran zu denken. Er hatte in einem seiner Lieblingsrestaurants im Norden der Stadt reserviert und bereits eine Stunde die Speisekarte studiert, um sicherzugehen, dass er ihr etwas Gutes empfehlen konnte.

So gern er sich einreden wollte, dass es eine rationale Entscheidung war, mit ihr auszugehen, im Grunde kannte er die Wahrheit - gegen ihren Charme war er machtlos.

Hoffentlich würde sie diese Macht nicht missbrauchen.

Kapitel 17

Am Freitagmorgen lagen selbst Tiffanys Nerven blank. Den gestrigen Abend hatte sie überwiegend damit verbracht, Morgan zu versichern, dass Leo wusste, was er tat, und dass die Geschworenen nicht auf Andreas Theater hereinfielen.

Aber insgeheim war sich Tiffany nicht so sicher. Andrea hatte für eine unerwartete Wendung gesorgt, und der Staatsanwaltschaft blieb nicht viel Zeit zu reagieren.

Die Verhandlung wurde fortgesetzt, wobei der Richter alle Anwesenden daran erinnerte, dass er in seinem Gerichtssaal keinerlei Tumult duldete. Dann forderte er die Staatsanwaltschaft auf, ihre Beweise vorzulegen.

Leo wirkte entschlossen. „Wir möchten Brock Hunter in den Zeugenstand rufen."

Kapitel 17

Ach du Schande.

Tiffany hoffte, dass sich dies nicht zu einem Fall von Aussage gegen Aussage entwickelte. Keiner von ihnen war besonders sympathisch, aber Brock war irgendwie noch abscheulicher als Andrea.

Brock wurde vereidigt und nahm im Zeugenstand Platz.

„Mr Hunter - gestern haben wir erfahren, wie sich Andrea an die Nacht erinnert, in der Kelly Allen starb. Nun möchten Sie uns Ihre Sicht der Dinge schildern."

„Ja."

„Zunächst werden sich die Geschworenen sicher fragen, warum Sie sich entschieden haben, jetzt doch vor Gericht auszusagen."

„Ich wollte Andrea schützen, aber ich kann nicht zulassen, dass sie diese skandalösen Lügen verbreitet."

Kapitel 17

Tiffany drehte sich um, schnitt Jade eine Grimasse und wiederholt lautlos: „Skandalöse Lügen?" Jade rollte mit den Augen.

„Was ist in jener Nacht wirklich passiert?", fragte Leo.

„Andrea und ich haben uns gestritten, so viel ist wahr. Aber ich habe sie **nie** angefasst. Sie hat die Corvette genommen, um sich an mir zu rächen, und **sie** hat Kelly Allen mit dem Auto angefahren."

„Okay, Mr Hunter. Und welche Beweise haben Sie für Ihre Aussage?"

„Ich habe das Auto. Und ich habe ihr Handy von jener Nacht, das sie im Auto zurückgelassen hatte."

„Warum hat sie es zurückgelassen?"

„Sie wollte, dass ich es zerstöre. Zusammen mit dem Wagen."

Tiffany blieb der Mund offen stehen, und um sie herum ging ein Raunen durch die Menge.

Kapitel 17

„Euer Ehren, wir möchten dieses Handy zusammen mit der Abschrift von Nachrichten zwischen der Angeklagten, Andrea Collins, und Mr Brock Hunter vom Abend von Kellys Tod als Beweismittel vorlegen."

Auf den Bildschirmen im Gerichtssaal wurde ein Foto des Wagens gezeigt, auf dem der Schaden an der Motorhaube zu erkennen war.

Leo hielt in der einen Hand ein Handy und in der anderen einen Stapel Papiere.

„Meine Damen und Herren Geschworenen, ich habe hier für jeden von Ihnen eine Abschrift der Nachrichten von diesem Telefon." Er verteilte sie. „Bitte erlauben Sie mir, die Textnachrichten vorzulesen, die Andrea am Abend von Kelly Allens Tod an Mr Hunter geschickt hat. Um 19:47 Uhr schreibt Andrea: ‚Es wird dir noch leid tun, dass du mich je getroffen hast.' Wie haben Sie das verstanden, Mr Hunter?"

Kapitel 17

„Sie war wütend und eifersüchtig. Das hat sie geschrieben, nachdem sie das Auto genommen hatte, also vermutete ich, dass sie es irgendwie beschädigen wollte."

Leo klickte auf ein neues Bild auf dem Bildschirm - diesmal war es ein Selfie von Andrea, die lächelnd im Auto saß. Tiffany musste sich auf die Lippe beißen, um nicht zu lachen. Warum machten die Leute Selfies von sich, während sie die **dümmsten** Dinge taten?

„Eine Minute später schickte sie Ihnen dieses Bild von sich in der Corvette?"

„Das ist richtig."

Kapitel 17

„Meine Damen und Herren Geschworenen, Sie können hier mitlesen: Zwölf Minuten später schickte Andrea eine Nachricht, in der sie Mr Hunter anflehte, ans Telefon zu gehen, weil etwas Schlimmes passiert sei. In den nächsten vier Nachrichten beschwört sie Mr Hunter, ihre Anrufe entgegenzunehmen, und in der letzten Nachricht heißt es: ‚Es ist ernst, ich glaube, ich habe gerade jemanden umgebracht.'"

Tiffany beobachtete die Gesichter der Geschworenen, die in den Papieren blätterten - sie schienen jetzt recht aufmerksam zu sein.

„Wann hatten Sie wieder Kontakt zu Andrea?"

„Das war nach dieser Nachricht", sagte Brock und nickte. „Ich dachte, sie mache Witze, aber schließlich rief ich sie an, und sie sagte mir, dass sie jemanden mit dem Auto angefahren hätte. Sie weinte und sagte, dass sie nicht wisse, was sie tun sollte. Sie bat mich, ihr zu helfen."

Kapitel 17

„Und was haben Sie getan?"

„Ich sagte ihr, sie solle zurück zum Haus fahren, und wir würden uns darum kümmern."

„Was meinten Sie damit?"

Brock seufzte. „Der Plan war, das Auto zu verschrotten - damit es niemand mehr finden kann. Aber … das fiel mir sehr schwer. Es war in tadellosem Zustand gewesen, und es war nicht stark beschädigt. Dann beschloss ich, das Handy aufzubewahren, für den Fall, dass sie ihre Geschichte ändern würde."

„Um das klarzustellen: Es war also Andrea und nicht Sie, die das Auto fuhr, mit dem Kelly Allen angefahren wurde?"

„Das ist richtig. Und ich werde sie nicht mehr beschützen."

„Danke, Mr Hunter. Ich habe keine weiteren Fragen."

Tiffany warf einen Blick auf Rudy. Er saß da und schüttelte nur den Kopf.

Kapitel 17

Richter Gore sprach. „Möchte die Verteidigung den Zeugen ins Kreuzverhör nehmen?"

Rudy richtete sich auf und antwortete. „Nein, Euer Ehren."

„Nun gut. Hat die Staatsanwaltschaft noch weitere Zeugen?"

„Nein, Euer Ehren."

Richter Gore nickte. „Ist die Verteidigung bereit, das Schlussplädoyer zu halten?"

Rudy stand auf. „Ja, Euer Ehren."

Tiffany beugte sich leicht vor, um einen Blick auf Morgan und Ronny werfen zu können. Morgan lehnte sich zu ihrem Vater hinüber und flüsterte ihm etwas ins Ohr. Tiffany fing ihren Blick auf und zwinkerte ihr zu. Morgan lächelte breit und zwinkerte zurück. Offensichtlich hatte Brocks Aussage ihre Laune gehoben.

Kapitel 17

„Meine Damen und Herren Geschworenen, Sie haben zwei sehr unterschiedliche Berichte über einen äußerst tragischen Abend gehört. Noch vor wenigen Tagen weigerte Brock Hunter sich, über jenen Abend auszusagen. Und auf einmal ist er im Besitz all dieser Beweise?"

Rudy hielt inne und stieß einen Seufzer aus. „Ich bin nicht hier, um Brock Hunter wegen dieses Verbrechens anzuklagen. Es ist jedoch ziemlich praktisch für ihn, dass er plötzlich das fragliche Auto gefunden hat und mit dem Finger auf meine Mandantin zeigen kann. Wieder einmal wird Andrea von ihm missbraucht. Und wie so viele Frauen in diesem Land, die unter grausamen Männern leiden, hatte Andrea Angst, die Wahrheit zu sagen."

Tiffany schaute zu den Geschworenen. Alle hörten Rudy aufmerksam zu, ihre Mienen verrieten nichts.

Kapitel 17

„Wir bitten Sie heute, tief in sich hineinzuhorchen, sich die hier vorgelegten Beweise anzusehen und zu entscheiden, ob für Sie absolut **kein Zweifel** daran besteht, dass Andrea dieses Verbrechen begangen hat. Ob kein Zweifel daran besteht, dass Brock, der sie in Angst versetzte, einen Weg gefunden hat, ihr diese schreckliche Tat anzuhängen.

Die Staatsanwaltschaft sollte uns zweifelsfrei beweisen, dass Andrea dieses Verbrechen begangen hat. Und welche Beweise hat sie uns vorgelegt?"

Er hielt einen Moment inne, als wartete er auf eine Antwort.

„Keine." Er schüttelte den Kopf. „Sie hat uns keine Beweise vorgelegt. Sie hat uns ein Video gezeigt, auf dem Andrea das Auto fährt. Was stimmt - sie hat zugegeben, das Auto gefahren zu haben. Aber nur, um ihrem Peiniger zu entkommen.

Kapitel 17

Dann hat die Staatsanwaltschaft ihren Hauptzeugen aufgerufen, der Andrea missbraucht hat: Brock Hunter. Und er weigerte sich, auszusagen! Doch als Andrea ihre Geschichte erzählt hatte - die Wahrheit, wohlgemerkt -, wie er sie schikaniert und zum Schweigen gezwungen hat -, **da** wollte er auf einmal reden. Und was hatte er zu sagen?

Plötzlich hatte er das Auto. Er hat es einfach gefunden! Aus dem Nichts heraus. Und er hat diese Textnachrichten?"

Rudy hielt den Stapel Papiere hoch und ließ ihn auf den Tisch fallen. „Wer weiß, ob er das alles nicht erfunden hat? Ich hatte keine Zeit, sie mir anzusehen. Meine Experten hatten keine Zeit, sie sich anzusehen. Das sind eine Menge Beweise für eine unschuldige Person."

Kapitel 17

Er hielt erneut inne und trat näher an die Geschworenen heran. „Aber deshalb sind Sie alle heute hier. Sie sind hier, um über die Wahrheit zu entscheiden. Und wenn die Möglichkeit besteht, dass jemand anderes hinter dem Steuer des Wagens gesessen hat, dann würden Sie die falsche Person verurteilen und diese schreckliche Tragödie nur noch verschlimmern.

Wenn Sie nicht ganz tief in Ihrem Inneren davon überzeugt sind, dass die richtige Person angeklagt wurde, bitten wir Sie, auf ‚nicht schuldig' zu plädieren."

Tiffany rutschte auf ihrem Platz hin und her. Darum verdiente dieser Typ also so viel Geld. Natürlich nicht durch Andrea - aber durch ihren Vater, der mit säuerlicher Miene hinten im Saal saß.

Kapitel 17

Leo stand auf, um sein Schlussplädoyer zu halten. „Die Verteidigung argumentiert, dass Sie unmöglich genug Beweise haben können, um zu wissen, wer Kelly Allen an jenem Abend getötet hat. Sie will Sie glauben machen, dass Brock Hunter ein Lügner ist.

Aber nein - er hat nur versucht, die Frau zu schützen, die er liebt. Doch als es darauf ankam, hat er sich entschieden, das Richtige zu tun und reinen Tisch zu machen. Es ist unmöglich, dass Brock in der kurzen Zeit zwischen der gestrigen und der heutigen Sitzung diese Beweise gefälscht hat - das Auto, die Textnachrichten, sogar das Foto, das Andrea in jener Nacht im Auto zeigt.

Kapitel 17

Er hat uns berichtet, was an jenem Abend passiert ist, und zwar mit Andreas **eigenen** Worten - ihren eigenen Nachrichten und verzweifelten Anrufen, in denen sie gestanden hat, was sie getan hatte, und ihn anflehte, ihr aus der Patsche zu helfen. Aber wer war für Kelly Allen da, als es ihr schlechtging?"

Leo blieb stehen und sah jeden einzelnen der Geschworenen an. „Keiner. Denn Andrea hat sich in ihrem unendlichen Egoismus nur um eines gekümmert - um sich selbst. Sie hat Kelly sterbend zurückgelassen und will Ihnen nun weismachen, dass **sie** in Wahrheit das Opfer ist.

Meine Damen und Herren, wir bitten Sie, Andrea für schuldig zu befinden, damit sie endlich ihrer gerechten Strafe zugeführt wird."

Kapitel 17

Richter Gore dankte ihm und wandte sich dann an die Geschworenen. Er erläuterte die Anklagepunkte, die Pflichten der Geschworenen und was „berechtigter Zweifel" bedeutete.

Es war eine lange Rede, die fast eine ganze Stunde dauerte. Als er damit fertig war, wurden die Geschworenen zu Beratung fortgeschickt.

Zu diesem Zeitpunkt hatten meisten Zuschauer den Saal bereits verlassen. Leo kam zu ihnen und erklärte, dass die Jury manchmal sehr schnell zu einem Urteil komme. In diesem Fall rechne er jedoch damit, dass die Beratungen länger dauern würden, da wichtige Beweise erst spät im Prozess vorgebracht worden seien.

„Was sollen wir tun?", fragte Margie. „Sollen wir hier warten? Oder zu Hause? Ich bin mir nicht sicher, was besser ist."

Kapitel 17

„Ich empfehle Ihnen, nach Hause zu fahren und sich zu entspannen", sagte Leo. „Ich rufe Sie an, sobald wir wissen, dass die Geschworenen ihr Urteil verkünden werden."

„Ich glaube, ich bleibe hier", sagte Morgan leise. „Ihr könnt aber gern gehen."

„Auf gar keinen Fall", sagte Tiffany. „Wir werden alle bleiben. Ich gehe und besorge etwas zu essen für alle."

Tiffany notierte sich ihre Wünsche und kam vierzig Minuten später wie versprochen mit den Bestellungen zurück. Nach dem Essen versuchten sie, sich abzulenken, indem sie sich unterhielten und Geschichten erzählten.

Als es schließlich fünf Uhr schlug, wurde bekannt gegeben, dass die Geschworenen am Montag wieder zusammenkommen würden, um ihre Beratungen fortzusetzen.

Morgan stöhnte. „Ich weiß nicht, wie ich bis Montag durchhalten soll."

Kapitel 17

Ronny legte seinen Arm um sie. „Genauso, wie wir den Rest dieses Alptraums überstanden haben. Ein Tag nach dem anderen."

Sie fuhren zurück zum Haus von Margie und Hank und vertrieben sich die Zeit mit Brettspielen. Es war ein leichtes Abendessen geplant, und Tiffany hatte ein schlechtes Gewissen, weil sie mit Sidney verabredet war.

„Vielleicht verschiebe ich es einfach auf nächste Woche", sagte sie.

Jade schüttelte den Kopf. „Ach nein, tu das nicht! Morgan, wärst du sauer, wenn Tiffany heute Abend mit Sidney ausgehen würde?"

„Was?", fragte Morgan. „Machst du Witze? Du hast ein Date und hast es mir nicht einmal gesagt!"

„Na ja, du warst mit wichtigeren Dingen beschäftigt", sagte Tiffany.

„Solche Nachrichten brauche ich. Du musst **unbedingt** hingehen."

Kapitel 17

In diesem Moment klingelte Tiffanys Telefon. Sie kannte die Nummer nicht, dachte aber, dass Sidney vielleicht von einer Baustelle oder so anrief.

„Entschuldigt mich einen Moment", sagte sie und trat zur Seite. „Hallo?"

„Hi, Tiffany?"

Tiffany stutzte, sie erkannte die Stimme nicht. „Ja?"

Am anderen Ende ertönte ein Schluchzen.

Oh je. „Hallo? Sind Sie noch dran?"

„Tiffany, es tut mir leid. Ich bin's, Rachel, ich weiß nicht, ob Sie sich an mich erinnern."

„Natürlich erinnere ich mich - was ist los, Rachel?"

„Ich bin in Schwierigkeiten. Und ich wusste nicht, wen ich anrufen sollte."

Tiffany stieß einen Seufzer aus. „Was ist passiert? Soll ich Sidney anrufen?"

„Nein! Bitte nicht –" Sie fing wieder an zu weinen. „Schon gut - ich werde einfach -"

Kapitel 17

„Okay, ich rufe ihn nicht an. Was ist los, wo bist du?"

„Ich bin auf Orcas Island." Erneutes Schluchzen. „In irgendeinem blöden Hotel."

„Schick mir die Adresse. Ich komme dorthin."

Tiffany nahm Jade beiseite und erzählte ihr von dem Anruf, den sie gerade erhalten hatte, und Jade bot ihr sofort den Schlüssel für ihr Auto an.

„Willst du, dass ich mitkomme?", fragte sie.

Tiffany schüttelte den Kopf. „Nein - ist schon gut. Ich komme zurecht. Ich muss nur herausfinden, in was für Schwierigkeiten sie sich diesmal gebracht hat."

Jade nickte. „Viel Glück."

Kapitel 17

Tiffany erwischte die Fähre nach Orcas Island, die zwischen den Inseln verkehrte, im letzten Moment. Mit etwas Glück schaffte sie es rechtzeitig aufs Festland, um Sidney zu treffen. Wobei … sie nicht wusste, was bei Rachel los war.

Jetzt hatte sie keine Zeit mehr, darüber nachzudenken. Sie gab die Adresse des Hotels in das Navi ihres Telefons ein, damit sie gleich von der Fähre aus dorthin fahren konnte.

Als sie im Hotel eintraf, wählte sie erneut Rachels Nummer.

„Hey! Ich bin hier, wo bist du?"

„Oh, ich glaube, ich sehe Sie."

Tiffany beobachtete, wie sich in der Ferne eine Gestalt von einer Bank an der Seite des Hotels erhob. Es war eindeutig Rachel - wieder in einem kurzen engen Kleid, aber diesmal war die Wimperntusche auf ihren Wangen verschmiert.

Tiffany seufzte. Worauf hatte sie sich da eingelassen?

Kapitel 17

Sie stieg aus dem Auto und winkte ihr zu, und Rachel rannte, so gut es in ihren Stöckelschuhen ging, zu ihr.

Sobald sie im Auto saßen, begann Tiffany Fragen zu stellen. „Okay, Rachel - was ist los?"

„Es tut mir wirklich leid, ich wusste nicht, wen ich sonst anrufen sollte."

„Was ist passiert? Geht es dir gut?"

Sie nickte und atmete tief ein. „Ich bin so eine Idiotin. Sie dürfen es Sidney nicht erzählen - wenn er es herausfindet, lässt er mich im Herbst nicht aufs College gehen."

„Rachel", sagte Tiffany sanft, „Sidney will nur das Beste für dich. Du solltest ehrlich zu ihm sein."

Rachel spottete. „Ja klar, er will mich nur kontrollieren."

Okay, **diese** Technik funktionierte also nicht.

Kapitel 17

Tiffany räusperte sich. „Weißt du, es ist schwer für ihn, sich in eine junge Frau hineinzuversetzen. Aber er will nur, dass dir nichts zustößt. Du musst mir nicht sagen, was passiert ist, aber wenn du in Schwierigkeiten steckst, kann ich dir vielleicht helfen. Und du kannst mich gern duzen."

Rachel schüttelte den Kopf. „Danke. Ich stecke nicht in Schwierigkeiten. Glaube ich jedenfalls nicht. Versprichst du mir, es ihm nicht zu sagen?"

Tiffany biss sich auf die Lippe. Vielleicht konnte sie Rachel davon überzeugen, es ihm irgendwann selbst zu erzählen - und es wäre besser, wenn sie jetzt wüsste, wie ernst ihr Problem war. „Ich verspreche es."

„Okay. Es hat an dem Abend angefangen, als ich dich kennengelernt habe."

„Oh."

„Da bin ich Aaron zum ersten Mal begegnet."

Kapitel 17

Tiffany versuchte, sich zu erinnern, aber es fiel ihr nichts ein. „Aaron wer?"

„Du kennst ihn nicht? Aaron Cordon. Er ist der Leiter des Washington Parks Department."

Tiffany runzelte die Stirn und zückte ihr Handy. „Der Name kommt mir bekannt vor - warte mal kurz."

Sie suchte im Internet nach ihm und rief sein Profil auf der Website des Parks auf. „Hier steht, dass er **stellvertretender** Leiter ist."

„Oh", sagte Rachel. „Na, toll. In dem Punkt hat er mich also auch belogen."

„Was hat er dir sonst noch erzählt?", fragte Tiffany. Sie ging zu Aarons Facebook-Seite, während sie zuhörte.

Kapitel 17

Jetzt fiel ihr ein, dass sie sich sein Profil angesehen hatte – von den Leuten, die sie gecheckt hatte, war er eindeutig der am wenigsten professionelle. Viele seiner Bilder zeigten ihn beim Feiern oder umgeben von schönen Frauen. Tiffany erinnerte sich, dass sie das seltsam fand, aber nicht besonders ungewöhnlich für einen Mann in seinem Alter.

Ha - sein Alter. Sie hörte sich langsam wie eine Oma an; der Kerl war wahrscheinlich nur ein paar Jahre jünger als sie selbst.

„Nun, ich habe ehrlich gesagt nur versucht, Sidneys Rat zu befolgen, als ich ihn bei den Milky Way Star Awards angesprochen habe. Ich wusste, dass Aaron für die Parkverwaltung arbeitet … und ja, ich fand ihn wohl auch ganz süß."

Tiffany war zwar anderer Meinung, konnte den Reiz aber nachvollziehen. „Okay."

Kapitel 17

„Er sagte, dass er der Leiter und für all diese wichtigen Dinge zuständig sei, aber dass ihm der Posten nur als Sprungbrett für seine weitere Karriere diene. Und er sagte, dass er mir zeigen könne, was für großartige Dinge ich erreichen könnte."

„Ah, er hat sich also aufgespielt." Tiffany kannte diese angeberischen Typen – junge Wichtigtuer, die kaum Erfolge vorzuweisen hatten. Sie hatte in ihrem Leben schon viele von der Sorte getroffen.

„Ja." Rachel wischte sich die Nase mit dem Handrücken ab. „Ich weiß. Ich bin so dumm."

„Du bist nicht dumm. Sag das nicht, okay?"

Rachel nickte.

„Also, was ist passiert?"

Kapitel 17

„Ich gab ihm meine Nummer, und er schickte mir Fotos von sich auf diversen schicken Veranstaltungen. Er schien einfach … ich weiß nicht, er wirkte so cool und hat mir angeboten, mich heute zu dieser Spendenveranstaltung mitzunehmen. Er sagte, es sei hilfreich für meine Zukunft und dass er mich wirklich mögen würde …"

„Ich glaube, ich weiß, worauf das hinausläuft."

Sie sah auf ihre Hände hinunter. „Ich weiß nicht, ich fand, es hörte sich ziemlich cool an, und ich dachte, dass ich vielleicht etwas lernen würde? Und wir sind mit einem **Privat**flugzeug hergeflogen!"

Rachel machte eine Pause, um diese Information wirken zu lassen.

„Oh. **Oh!**" Tiffany nickte. Sie war viel zu alt, um auf so etwas hereinzufallen, aber sie wusste, dass sie mit achtzehn ebenfalls geblendet gewesen wäre.

Kapitel 17

„Ich dachte also, er wäre wirklich seriös. Wir kamen also zu dieser Benefizveranstaltung und hatten zwei Stunden lang Spaß, als diese Dame zu uns trat - diese Senatorin. Sie war total wütend und zog ihn zur Seite."

„Moment - weißt du, wer das war?"

Rachel seufzte. „Er nannte sie Senatorin Shields? Ich glaube, ja. Ich erinnere mich daran, weil ich auf der Highschool einen Sportlehrer mit demselben Namen hatte. Wie auch immer, nachdem er zurückkam, sagte er, dass ich gehen müsse, und schob mich einfach aus dem Hotel!"

„Wow. Das ist ja furchtbar."

„Ich komme mir so dumm vor, und ich weiß nicht, wie ich nach Hause kommen soll, und wenn Sidney das herausfindet …"

Tiffany legte Rachel eine Hand auf die Schulter. „Hör zu - ich weiß, dass Sidney sich wirklich um dich sorgt. Und wenn er hart zu dir ist, dann nur, weil er nicht weiß, wie er dich sonst beschützen soll."

Kapitel 17

Rachel seufzte und schien die Zähne zusammenzubeißen.

Tiffany fuhr fort. „Aber er weiß auch nicht, wie es ist, wenn man jung ist und seinen Platz in der Welt noch nicht gefunden hat."

„Nein, weil er immer alles richtig gemacht hat."

Tiffany lachte. „Ich bin mir nicht sicher, ob das stimmt. Und ich denke, dass du ihm davon erzählen solltest - wenn du dazu bereit bist. Du musst ehrlich zu ihm sein."

„Du hast versprochen, ihm nichts zu verraten!"

Tiffany nickte. „Und das werde ich auch nicht. Ich sage nur, wenn du den Schock überwunden hast, musst du mit ihm reden."

Sie verschränkte die Arme. „Ich überleg's mir."

„Ich fahre dich nach Hause - aber du schuldest mir etwas", sagte Tiffany und zeigte mit dem Finger auf sie.

„In Ordnung, das ist fair", antwortete Rachel.

Kapitel 17

Tiffany wollte gerade nach Rachels Adresse fragen, um sie ins Navi einzugeben, als ihr Telefon klingelte. Ihr wurde flau im Magen, als sie sah, wer es war - Sidney!

Kapitel 18

Das Telefon klingelte ein paarmal. Sidney dachte schon, der Anruf würde auf die Mailbox gehen, doch in letzter Sekunde nahm Tiffany ab.

„Hallo?"

„Hallo, Tiffany. Ich bin's, Sidney. Wie geht's dir?"

„Hallo, Sidney." Sie stieß einen Seufzer aus. „Es tut mir so leid, aber ich muss dir für heute Abend absagen."

„Ist alles in Ordnung?"

„Äh, ja. Es ist etwas Unerwartetes dazwischengekommen und - es tut mir wirklich leid."

„Vielleicht können wir den Termin auf nächste Woche verschieben?"

„Ja! Auf jeden Fall. Ich muss Schluss machen, aber ich melde mich bald, okay?"

Kapitel 18

„Klar. Pass auf dich auf."

Einen Moment lang saß er nur da, er war verwirrt. Sie klang … seltsam. Als würde sie ihm etwas verheimlichen. Was war los? Hatte es etwas mit dem Prozess zu tun?

Wenn das der Fall war, warum konnte sie ihm das nicht einfach sagen? Sie hatte ihm keinen Grund genannt. Das war merkwürdig.

Etwa eine halbe Stunde lang saß er fassungslos in seinem Büro, bevor ihm klar wurde, dass er das Restaurant anrufen und die Reservierung stornieren musste.

Je länger er über ihre Absage nachdachte, desto weniger Sinn ergab sie. Er rief die Website der Zeitung von San Juan Island auf, um zu sehen, was bei der Verhandlung passiert war. Der Artikel enthielt zwei neue Enthüllungen: Offenbar hatte die Angeklagte ihren Freund des Verbrechens beschuldigt, und dann hatte er **sie** beschuldigt, wobei **er** neue Beweise vorgelegt hatte.

Kapitel 18

Hm. Das schien alles ziemlich aufregend zu sein; also musste Tiffanys Absage etwas damit zu tun haben.

Aber was? Vielleicht durfte sie nicht darüber sprechen?

Nein, nur die Geschworenen durften nicht über ein laufendes Verfahren sprechen.

Wie auch immer. Es spielte keine Rolle - jetzt konnte er länger im Büro bleiben und ein paar Dinge aufarbeiten. Es war in Ordnung. Sie würden ein neues Treffen vereinbaren, und hoffentlich konnte sie ihm dann sagen, was passiert war.

Um acht Uhr waren seine Augen müde von der langen Bildschirmarbeit, und er wollte gerade nach Hause gehen, als eine E-Mail von Eric eintraf. Als er die Betreffzeile sah, stutzte er - Wtr: Wie wäre es mit einem freundschaftlichen Wettbewerb, Burke?

Kapitel 18

Die E-Mail stammte von Erics altem Klassenkameraden Steve. Eric hatte den Kerl nie richtig leiden können, aber er musste höflich zu ihm sein, weil sich ihre Wege oft kreuzten, sowohl privat als auch beruflich.

Sidney konnte Steve nur schwer ertragen und mied es möglichst, mit ihm zu sprechen. In Sidneys Augen verfügte Steve über alle Vorteile, die auch Eric hatte - Privatschule, Wohlstand, eine Ausbildung an einer Uni der Ivy League. Aber er hatte nichts von Erics Fröhlichkeit, seinem Charme oder seiner Freundlichkeit, und das machte ihn unerträglich.

„Hey Sidney", schrieb Eric am Anfang der E-Mail. „Schlechte Nachrichten. Sieht so aus, als wäre Steve hinter unserem Projekt her."

Kapitel 18

Als er nach unten scrollte, sah er, dass Steve das Bild eines Modells für ein Bauvorhaben auf San Juan Island beigefügt hatte. Er prahlte, dass mit seinen Lieferanten die Kosten um dreißig Prozent niedriger ausfallen würden, und dass Burke Development keine Chance habe, mit ihm zu konkurrieren.

„Ich habe mein Gebot etwas zu spät abgegeben", schrieb Steve. „Aber ich bin ziemlich zufrieden mit dem Ergebnis."

Dreißig Prozent weniger? „Ja, wenn alles vom Lastwagen fällt …", murmelte Sidney vor sich hin.

Er war sich sicher, dass Steve sich mit seinem Angebot am Rande der Legalität bewegte. Angesichts der hohen Versicherungs- und Personalkosten musste er bei anderen Rechnungsposten sparen, etwa bei der Qualität der Materialien. Alles andere ergab keinen Sinn.

Kapitel 18

Aber jetzt begriff er. Tiffany und Jade mussten dieses Angebot gerade erhalten haben und ernsthaft darüber nachdenken. Deshalb verhielt sich Tiffany so seltsam.

Sidney versuchte, nicht wütend zu werden. Vielleicht war das nicht der Grund für ihre Absage. Doch irgendwie konnte er sich nicht vorstellen, was Tiffany sonst dazu veranlasst haben könnte, sich so zu verhalten - und das so plötzlich. Soweit er wusste, war dieses Angebot von Steve das Einzige, was sich geändert hatte.

Natürlich konnte es nicht allein ihre Entscheidung sein. Ein ganzer Ausschuss und Vertreter des Bezirks hatten auch noch ein Wörtchen mitzureden. Es war also nicht unbedingt Jades oder Tiffanys Schuld, wenn Steves Firma den Zuschlag erhielt.

Aber trotzdem, warum konnte Tiffany ihm das nicht einfach sagen? Warum musste sie ihre Verabredung zum Abendessen absagen und sich so verdächtig verhalten?

Kapitel 18

Hatte sie vor, dieses Angebot zu nutzen, um ihres zu drücken? Unter normalen Umständen hätte das vielleicht funktioniert, aber Steve bot Fantasiepreise an, mit denen Burke Development nicht konkurrieren konnten.

Sidney schaltete den Computer aus und machte sich auf den Weg zu seinem Auto. Er sagte sich immer wieder, dass er sich nicht aufregen sollte und dass es nur ums Geschäft ging, aber er konnte sich nicht wirklich davon überzeugen.

Bei Tiffany ging es nicht nur ums Geschäft. Das war sein Fehler - er hatte ihr vertraut. Er hatte gedacht, sie sei ehrlich. Aufrichtig.

Und nun hatte er die Quittung. Selbst ein Abendessen mit ihm war von ihrer Seite wahrscheinlich eine kluge geschäftliche Entscheidung.

Mit seinem ersten Eindruck von ihr hatte er richtiggelegen - er hätte seinem Bauchgefühl vertrauen sollen.

Kapitel 18

Aber nein, stattdessen hatte er seine Deckung fallen lassen. Wie hatte er ihr nur auf den Leim gehen können? Wann war jemals **etwas** Gutes dabei herausgekommen, wenn er seine Deckung fallen ließ?

Als Sidney nach Hause kam, hatte er bereits einen Plan ausgearbeitet und auf Erics E-Mail geantwortet.

„Das brauchen wir nicht. Morgen schicke ich dir eine Liste mit zehn möglichen neuen Projekten, und davon suchst du dir fünf aus. Wir machen weiter."

Dann schaltete er sein Telefon aus und ging joggen, fest entschlossen, die vergangene Woche zu vergessen.

Kapitel 19

An diesem Abend kam Tiffany erst um Mitternacht zurück, nachdem sie Rachel in Seattle abgesetzt hatte. Am Ende verpasste sie die letzte Fähre zurück nach Friday Harbor, aber Chief Hank bot ihr großzügig an, sie mit seinem Boot abzuholen und nach Hause zu bringen.

Sie musste Jades Auto auf dem Festland zurücklassen, und obwohl Jade ihr versicherte, dass es ihr nichts ausmachte, hatte Tiffany deshalb ein ziemlich schlechtes Gewissen. Sie war nur froh, als sie endlich ins Bett kam, und schlief sofort ein.

Kapitel 19

Die Ereignisse des vergangenen Abends beunruhigten sie jedoch, und sie wachte früh auf. Ihr ging alles Mögliche durch den Kopf – dass sie Jades Auto zurückgelassen hatte, dass der Chief sie hatte abholen müssen, und natürlich dass sie Sidney abgesagt und ihm nichts von Rachel erzählt hatte. Es gelang ihr, die frühe Fähre nach Anacortes zu nehmen und Jade ihr Auto zurückzubringen, woraufhin sie sich schon etwas besser fühlte.

Außerdem hatte Rachel ihr an diesem Morgen eine Nachricht geschickt, in der sie sich erneut für ihre Hilfe bedankte. Das war nett … aber Tiffany hatte das Gefühl, dass es noch eine Weile dauern würde, bis sie die Dinge wieder in Ordnung gebracht hätte.

Kapitel 19

Auf dem Rückweg in die Stadt holte sie in der Bäckerei ein paar Donuts und Gebäck, die sie zu ihrer Mutter mitnehmen wollte. Da Ronny dort wohnte, war Margies Haus während des Prozesses eine Art Hauptquartier. Morgan und Jade waren bereits dort, als Tiffany eintraf.

„Du warst ja schon ganz schön beschäftigt heute Morgen", sagte Jade.

Tiffany rieb sich das Gesicht. „Die letzten vierundzwanzig Stunden."

„Sind die für mich?", fragte Morgan und starrte auf die Schachtel aus der Bäckerei.

„Ja! Aber der Chief darf zuerst wählen, weil er mich gestern Abend gerettet hat, als ich gestrandet war."

„Endlich!" Der Chief kam herüber und schaute in die Schachtel. „Die Anerkennung, die ich verdiene."

Tiffany lachte. „Ich weiß deine Hilfe wirklich zu schätzen. Nochmals vielen Dank."

Kapitel 19

„Jederzeit. Wirklich." Seine Hand schwebte über der Schachtel, bevor er sich einen mit Gelee gefüllten Donut aussuchte. „Wenn ich dafür jedes Mal einen Donut bekomme, darfst du von mir aus gern öfter stranden."

Sie lachten alle und Tiffany stellte die Schachtel auf dem Esstisch ab.

Morgan nahm sich ein Croissant und setzte sich neben ihren Vater. „Leider muss ich mich heute mit einem Kunden treffen."

„Kannst du nicht absagen?", fragte Jade.

„Nein, das sollte ich nicht tun. Es ist keine große Sache, und vielleicht ist es gut, eine Weile an etwas anderes zu denken."

Der Chief wandte sich an Ronny. „Wenn das so ist, darf ich dich heute zum Angeln einladen?"

„Na klar", sagte Ronny. „Das klingt doch gut."

„Möchte sich noch jemand anschließen?", fragte der Chief.

Tiffany, ihre Mutter und Jade sahen sich an.

Kapitel 19

„Wir passen", sagte Jade.

Ihre Mutter packte ein Picknick für die Angler zusammen, und Tiffany und Jade setzten sich mit ihrem Kaffee auf die Couch.

„Ich habe ein schlechtes Gewissen, weil ich Sidney abgesagt habe", sagte Tiffany. „Und weil ich geholfen habe, Rachels Ausflug zu vertuschen."

Jade nickte. „Ja, Rachel hat dich in eine schwierige Lage gebracht. Kannst du ihm nicht einfach sagen, dass es ein familiärer Notfall war?"

„Das könnte ich, aber das stimmt ja eigentlich nicht. Obwohl … es war ein familiärer Notfall in **seiner** Familie?" Tiffany schüttelte den Kopf. „Nein, das geht nicht. Ich habe heute Morgen versucht, ihn anzurufen, aber er ist nicht rangegangen."

Jade biss sich auf die Lippe. „Glaubst du, er ist sauer?"

Kapitel 19

„Vielleicht. Ich meine - wahrscheinlich. Ich habe in letzter Minute abgesagt."

„Kannst du ihm eine SMS schicken und ihm sagen, wann du nächste Woche Zeit hast?"

„Ja … vielleicht können wir am Freitag ausgehen? Ich hoffe nur, dass die Geschworenen bis dahin eine Entscheidung getroffen haben."

Jade stöhnte. „Bis dahin müssen sie fertig sein. Warten ist so anstrengend."

„Ich weiß." Tiffany stellte ihren Kaffeebecher ab. „Oh! Das habe ich ja ganz vergessen – ich habe dir doch erzählt, dass Rachel mit diesem Aaron auf der Benefizveranstaltung war?"

„Ja?"

„Nun, anscheinend hat er sie erst rausgeworfen, nachdem er mit einer Senatorin gesprochen hat … ich glaube, sie hieß Shields."

Kapitel 19

Jade runzelte die Stirn. „Wer ist das? Glaubst du, sie war sauer, weil Rachel nicht hätte dabei sein dürfen oder so?"

„Ich weiß es nicht, das glaube ich eher nicht. Rachel sagte, dass sie wütend zu werden schien, als sie sie sah - und ihr einen wirklich bösen Blick zugeworfen habe."

„Seltsam. Was war ihr Problem?"

Tiffany startete eine Suche auf ihrem Smartphone und fand die Senatorin. „Hier ist sie - Senatorin Kathy Shields."

„Hm. Ich weiß nichts über sie."

„Ich bin mir nicht sicher, was ich davon halten soll", sagte Tiffany achselzuckend. „Die ganze Situation ist seltsam. Ich meine, Aaron ist ein normaler arroganter Idiot. Aber was könnte diese Senatorin wohl gesagt haben, dass er Rachel nach draußen schickt, wenn sie nicht weiß, wie sie von dort nach Hause kommen soll?"

„Das war lächerlich", sagte Jade. „Ich wünschte, ich könnte eine Beschwerde bei der Parkverwaltung einreichen.

Kapitel 19

„Ich glaube nicht, dass er Ärger bekommen würde, weil er sich bei einem Date schlecht benommen hat, egal wie schrecklich es war. Und Rachel will nicht, dass Sidney irgendetwas davon erfährt."

Jade wischte auf ihrem Telefon durch die Bilder der Senatorin und schnappte plötzlich nach Luft.

„Was ist?", fragte Tiffany.

„Sieh nur!" Jade hielt ihr Handy hoch. „Ein Foto von ihr und Jared!"

Tiffany machte große Augen. Sie schienen bei einer hochkarätigen Veranstaltung zu sein. Jareds verkniffenes, selbstgefälliges Gesicht starrte sie an, er hatte sein typisches Lächeln aufgesetzt, das nicht bis zu seinen leeren Augen reichte. Wenn Tiffany irgendjemanden auf der Welt hasste, dann diesen Kerl, der dafür verantwortlich war, dass das Haus ihrer Schwester beinahe abgebrannt und sie getötet worden wäre. „Es sieht so aus, als pflegte die Dame einen **sehr** schlechten Umgang."

Kapitel 19

Jade nickte und legte ihr Handy weg. „Ja, mir wird ein bisschen übel, wenn ich sie zusammen sehe."

„Ich weiß nicht, wer diese Frau ist, aber jetzt **weiß** ich, dass sie nichts Gutes im Schilde führt."

„Glaubst du, dass diese Senatorin etwas mit dem Super PAC zu tun haben könnte, den Sidney entdeckt hat?"

„Gute Frage. Ich kann mich nicht erinnern, ihren Namen gelesen zu haben, aber ich sehe sofort nach." Tiffany rief die Spendenliste für das Super PAC auf. „Oh, sieh mal - da sind jetzt noch mehr Sachen drin."

„Oh!" Jade beugte sich vor, um besser sehen zu können. „Ich wusste, dass sie die Spendenempfänger regelmäßig aktualisieren müssen. Vierteljährlich, oder jährlich? Ich bin mir nicht sicher."

Tiffany schnappte nach Luft. „Oh mein Gott, Jade, sieh mal! Da ist sie - Kathy Shields!"

Kapitel 19

„Und sieh nur, wie viel Geld sie in ihre Kampagne gesteckt haben!"

„Zwölf **Millionen** Dollar? Soll das ein Witz sein?"

Jade stellte ihren Kaffeebecher nun ebenfalls ab. „Das ist verrückt - viel zu verrückt, um ein Zufall zu sein."

„Ich weiß. Ich muss Sidney anrufen. Dass Rachel diesen Aaron kennt, werde ich allerdings nicht erwähnen …"

Jade nickte. „Viel Glück."

Tiffany wählte erneut Sidneys Nummer - keine Antwort. Sie runzelte die Stirn. „Ich glaube, er ignoriert mich."

„Vielleicht ist er nur beschäftigt. Antwortet er normalerweise recht schnell?"

Tiffany seufzte. „Normalerweise antwortet er sofort."

Jade verzog das Gesicht. „Na ja … das ist nicht so toll."

Kapitel 19

Tiffany stöhnte. „Oh je. Was machen wir denn jetzt? Ich weiß nicht, wie die forensische Rechnungsprüferin heißt, mit der er zusammenarbeitet."

„Hm …", sagte Jade langsam. „Du könntest Dad fragen."

Tiffany schnaubte. „Nein, danke."

„Er hat ein wirklich hartes Jahr hinter sich. Wusstest du, dass seine Firma pleite gegangen ist?"

„Und?"

„Ich will ihn nicht verteidigen - wirklich nicht. Aber ich denke, dass der Verlust des Unternehmens, das er sein ganzes Leben lang aufgebaut hat, ihn wirklich wachgerüttelt hat. Er bedauert, dass er so viel Zeit und Mühe investiert hat. Das hat er mir gesagt."

„Jade, es tut mir leid, aber ich werde kein Mitleid mit ihm haben. Das ist einfach so."

Jade nickte. „In Ordnung. Vielleicht meldet sich Sidney ja bald bei dir."

Kapitel 19

„Ja, wenn er sich meldet, können wir das klären."

Der Samstag ging in den Sonntag über, und es wurde immer deutlicher, dass Sidney sie ignorierte. War er wirklich **so** empfindlich, weil sie ihre Verabredung abgesagt hatte? Oder … hatte er herausgefunden, dass sie ihm Rachels Geschichte verheimlichte?

Tiffany schickte eine SMS an Rachel und fragte, ob Sidney wisse, was sie am Freitag gemacht hätten.

„Nein, das glaube ich nicht. Warum?"

„Er spricht nicht mit mir", schrieb Tiffany zurück. „Und ich würde gerne wissen, weshalb er sauer ist."

„Viel Glück!", schrieb Rachel. „Er kann tagelang wütend sein. Sogar wochenlang!"

Kapitel 19

Nun, das war nicht sehr hilfreich. Sie beschloss, sich direkt an die Quelle zu wenden und tippte eine Nachricht an Sidney. „Hey, es tut mir wirklich leid, dass ich am Freitag abgesagt habe. Ich wünschte, ich könnte dir sagen, was los war, aber es ist nicht mein Geheimnis, darum darf ich es nicht verraten. Ich kann nur hoffen, dass du mir nicht böse bist, wenn du es erfährst. Können wir bitte reden?"

Ein paar Minuten später schrieb er zurück. „Verstehe. Ich habe im Moment sehr viel zu tun, also mach dir keine Sorgen."

Sie stöhnte auf. Wie hatte sie es geschafft, **alles** zu vermasseln?

Kapitel 20

Am Sonntagabend fuhr Sidney zu Eric. Er brauchte wegen der neuen Projekte eine Antwort von ihm, und es schien ihm das Beste, einfach bei ihm vorbeizuschauen.

„Schade, dass du nicht früher gekommen bist", sagte Erics Frau Agatha, als sie ihm öffnete. „Du hättest mit uns zu Abend essen können - und die Kinder freuen sich immer, dich zu sehen."

Sidney lächelte. „Vielleicht beim nächsten Mal, tut mir leid, Aggie."

„Ja, das nächste Mal kommst du da nicht mehr raus!" Sie trat zur Seite, um ihn ins Haus zu lassen. „Ich muss die Kinder baden und ins Bett bringen, aber ich sage Eric, dass du da bist."

„Danke."

Kapitel 20

Einen Moment später kam Eric die Treppe herunter. „Hey Cousin! Schön, dich zu sehen."

„Ich freue mich auch, dich zu sehen. Ich nehme an, du weißt, warum ich hier bin."

„Um mir Blumen zu bringen?"

Sidney lachte. „Nein."

„Schon gut, ich weiß", sagte Eric und winkte Sidney, ihm in die Küche zu folgen. „Ich habe mir die Projekte angesehen, die du mir geschickt hast - aber keines spricht mich wirklich an."

Sidney seufzte. „Es tut mir leid, Eric, aber du musst dich für eines entscheiden. Du kannst nicht weiter darauf hoffen, dass es mit dem San-Juan-Projekt klappt."

Eric verschränkte die Arme. „Moment mal, wie war das Essen am Freitag? Hast du Tiffany nach Steves Angebot gefragt?"

„Nein. Sie hat abgesagt."

Eric runzelte die Stirn. „Oh. Ich hoffe, es ist alles in Ordnung."

Kapitel 20

„Ich denke, es ist ziemlich offensichtlich, dass sie sich für Steve entschieden haben - wenn sie sich überhaupt für jemanden entscheiden. Wir müssen uns also nach etwas anderem umsehen."

„Ich glaube nicht, dass Jade das tun würde, ohne es mir zu sagen. Ich denke, wir sollten mit ihr reden. Aber ich wollte sie nicht stören, während sie mit dem Prozess ihrer Schwester beschäftigt ist. Hast du es gesehen? Es war überall in den Nachrichten."

Sidney nickte. „Ja, aber ich glaube nicht, dass das das Problem ist. Eric, dein Vater hat klar gesagt, dass -"

Er hob eine Hand. „Um meinen Vater kümmere ich mich. Kannst du nicht einfach Tiffany fragen, was los ist?"

„Nein."

„Warum nicht?"

Kapitel 20

„Weil ich **nicht kann!**" Sidney unterbrach sich, bevor er noch mehr sagen konnte - er sollte nicht laut werden, vor allem nicht, wenn Kinder im Haus waren. „Es tut mir leid. Ich wollte nicht -"

„Es ist alles in Ordnung." Eric hob beschwichtigend die Hände. „Hey, kann ich dir etwas zu trinken bringen? Hast du Hunger?"

„Nein, alles gut." Er seufzte. „Ich weiß nicht, was wir tun sollen, und ich habe das Gefühl, den Verstand zu verlieren, weil ich der Einzige bin, der darüber nachdenkt."

„Ich denke die ganze Zeit darüber nach! Ich vertraue einfach darauf, dass es klappt."

„Die Dinge regeln sich nicht von selbst, Eric. Wir müssen sie klären, wir müssen planen, wir müssen -"

„Ich bin noch nicht bereit, unser San-Juan-Projekt aufzugeben".

„Ob du bereit bist oder nicht, es ist vorbei. Es tut mir leid, aber das ist doch offensichtlich."

Kapitel 20

Eric lehnte sich gegen die Kücheninsel. „Denkst du das wirklich? Ich kann nicht glauben, dass Jade einfach so ihre Meinung ändert und es mir nicht sagt."

„Aber Tiffany schon. Sie ist viel cleverer, als sie aussieht. Sie hat mich reingelegt."

Eric griff in den Kühlschrank und holte eine Dose Traubenlimonade heraus. „Ich habe dein Lieblingsgetränk", sang er.

Sidney lächelte und nahm sie ihm ab. „Danke."

„Setzen wir uns."

Sidney folgte seiner Aufforderung und setzte sich ihm gegenüber auf die Couch.

Eric holte tief Luft, bevor er erneut anhob. „Ich muss dich etwas fragen, aber du darfst nicht sauer werden."

Er öffnete die Limonadendose. „Gut."

„Könnte es sein, dass du wegen Tiffany **vielleicht** ein bisschen überreagierst?"

Kapitel 20

Sidney verschränkte die Arme. „Nein. Sie hat mein Vertrauen missbraucht. Daran ist nichts mehr zu ändern."

„Hm, kann sein. Du weißt ja nicht einmal genau, was da vor sich geht. Weißt du - du kannst nicht davon ausgehen, dass jede Frau, die dir gefällt, so kalt und berechnend ist wie Priscilla."

Sidney trank einen Schluck von der Traubenlimonade. Er fragte sich, ob die Kinder dieses Zeug trinken durften, oder ob Eric es für sich da hatte. Es war schrecklich – jede Menge Zucker. Aber es schmeckte nach Zuhause. „Darum geht es hier nicht."

Eric hob die Hände. „Okay! Ich meine ja nur."

„Kannst du bitte einfach versprechen, bis Ende der Woche ein Projekt auszuwählen?"

Eric zuckte mit den Schultern. „In Ordnung, mach ich."

Kapitel 20

„Danke." Sidney stand auf, trank den Rest der Limonade aus und warf die Dose in den Müll. „Ich muss heute Abend noch arbeiten, sehen wir uns morgen?"

Eric nickte. „Klar."

Zu Hause hatte Sidney Schwierigkeiten, sich auf die Arbeit zu konzentrieren. Eric täuschte sich. Priscilla hatte keinen Einfluss mehr auf ihn - das hatte er bewiesen, als er sie das letzte Mal gesehen hatte. Er war jetzt frei und unabhängig und ließ nicht zu, dass ihn der Liebeskummer von vor zehn Jahren noch durcheinanderbrachte.

Natürlich hatte ihn die Erfahrung verändert, aber im Laufe der Jahre hatte er sich sowieso verändert. Und er hatte gelernt, dass es nur sehr wenige Menschen gab, auf die er wirklich zählen konnte.

Kapitel 20

Es war töricht von ihm gewesen, zu glauben, dass Tiffany zu diesen Menschen gehören könnte, nachdem er sie erst so kurz kannte. Ihre scheinbare Ehrlichkeit war entwaffnend gewesen, ihr Witz hatte ihn bezaubert, und sie war atemberaubend schön - aber nichts davon bedeutete, dass er bei ihr unachtsam hätte werden dürfen.

Er könnte Tiffany zumindest für die Lektion danken. Diesen Fehler würde er nicht noch einmal machen.

Kapitel 21

Als ihr Wecker am Montag klingelte, war Morgan bereits seit einer Stunde wach, aber sie war überrascht, dass sie überhaupt hatte schlafen können.

Den Großteil des Wochenendes war es ihr gelungen, sich auf andere Dinge als den Prozess ihrer Mutter zu konzentrieren. Am Samstag lenkte sie die Arbeit ab, und am Sonntag bestand Luke darauf, dass sie mit ihm zum Klettern ging. Danach kochte Margie für alle ein großes Abendessen, und es war leicht, sich in Gesprächen und Lachen zu verlieren.

Aber jetzt war sie wieder das reinste Nervenbündel. Sie stieg aus dem Bett und machte sich leise fertig, bevor sie nach draußen schlich.

Kapitel 21

Es war ein wunderschöner klarer Tag, und Morgan schloss die Augen und versuchte, die morgendliche Ruhe zu genießen. Die Vögel zwitscherten fröhlich - vielleicht sollte sie einfach den ganzen Tag hier stehen und sie beobachten?

Aber nein - nach ein paar Minuten kam Luke mit seinem alten ramponierten Auto vorgefahren.

„Bist du sicher, dass wir nicht mein Auto nehmen sollten?", fragte sie, als sie einstieg, und küsste ihn auf die Wange.

„Nein! Ich habe es **extra** geputzt, um deinen Vater zu beeindrucken! Riechst du das?"

Sie runzelte die Stirn. „Ja, was ist das?"

Er zeigte auf den Lufterfrischer, den er aufgehängt hatte. „Orangen-Eis am Stiel."

„Na, in dem Fall", sagte sie lachend. „Das sollte er nicht verpassen."

Kapitel 21

Luke hatte sie in all der Zeit immer unterstützt und alles Nötige getan, oft ohne sie zu fragen. Er hatte sie herumgefahren und bekocht, und das Beste war, dass er sie zum Lachen brachte.

Sie griff nach seiner Hand, und er lächelte und drückte sie, bevor er rückwärts aus der Einfahrt setzte und zu Margie fuhr.

Unterwegs war Morgan schweigsam und in ihre Gedanken vertieft. Sie wussten immer noch nicht, wie lange die Geschworenen für ihre Beratung brauchen würden- es konnte Stunden oder Tage dauern, bis sie zu einer Entscheidung kamen.

Morgan hatte darauf bestanden, dass alle anderen zu Hause blieben und nicht den ganzen Tag im Gerichtssaal warteten. Sie hatten Jobs und ein Leben, in das sie zurückkehren mussten, und sie hatte ohnehin schon das Gefühl, dass sie zu viel getan hatten.

Als sie bei Margie eintrafen, war ihr Vater startklar und zuversichtlich.

Kapitel 21

„Denk dran, Schatz - wir nehmen jeden Tag, wie er kommt."

„Ich weiß, Dad, ich bin es nur leid, nicht zu wissen, was passieren wird."

„Ja. Aber deine Mutter hätte nicht gewollt, dass du dich so aufregst. Sieh mal, was ich gefunden habe, als ich mit Hank in der Stadt war."

Morgan beobachtete, wie er einen Satz Uno-Karten aus der Tasche zog.

„**Dad**, wir werden nicht im Gerichtssaal sitzen und Uno spielen!"

„Oh, da liegst du falsch", sagte Luke. „Denn wenn ich ein Wörtchen mitzureden habe, werden wir **definitiv** Uno spielen, und ich werde gewinnen."

Sie schüttelte lächelnd den Kopf und beschloss, nicht zu widersprechen.

Kapitel 21

Es dauerte nicht lange, bis sie das Gerichtsgebäude erreichten, und obwohl Morgan ursprünglich vorhatte, in der Nähe zu frühstücken, durchkreuzte Margie diese Pläne, indem sie ihnen frisch zubereitete Frühstückssandwiches und selbstgebackene Kekse mitgab.

Sie spielten gerade ihre dritte Partie Uno, als Morgan einen Anruf von Leo erhielt.

„Hey Morgan. Ich habe gerade Bescheid bekommen und fahre jetzt zum Gericht. Die Geschworenen haben ein Urteil gefällt."

„Oh, mein Gott! Danke - ich bin schon hier. Bis gleich."

„Großartig!"

Morgan schickte Textnachrichten an Margie, Jade und Tiffany, bevor sie in den Gerichtssaal ging und sich auf ihren Stammplatz zurückzog.

Kapitel 21

Die nächste halbe Stunde verlief wie in Zeitlupe. Der Gerichtssaal füllte sich nach und nach mit Menschen - nicht nur mit denen, die sie zu sehen hoffte, sondern auch mit Reportern und Fremden.

Brock glänzte durch Abwesenheit. Luke war der Meinung, dass er wahrscheinlich das ganze Wochenende versucht hatte, Schadensbegrenzung zu betreiben, nachdem er sich gegen Andrea gestellt hatte. Er sagte, es sei nicht gut für seine Geschäfte, weshalb er sich wahrscheinlich gesträubt hatte, sich früher gegen sie zu wenden.

Sowohl Matthew als auch der Chief hatten Dienst, aber sie schafften es trotzdem, ins Gerichtsgebäude zu kommen, und nahmen ihre Plätze ein. Als der Richter alle aufforderte, sich für den Einzug der Geschworenen zu erheben, hatte Morgan ihr gesamtes Team an ihrer Seite.

Kapitel 21

„Guten Morgen. Ich möchte Sie alle daran erinnern, dass ich in meinem Gerichtssaal Ruhe und Ordnung erwarte. Also, wer war unser Sprecher - Geschworener Nummer zwei?"

Ein Mann antwortete - Morgan hatte ihm den Spitznamen Mr Blaue Brille gegeben. Sie mochte ihn. „Ja, Euer Ehren."

„Sind die Geschworenen zu einem Urteil gekommen?"

„Ja, Euer Ehren", sagte Blaue Brille.

„Bitte erheben Sie sich und verkünden Sie dem Gericht Ihr Urteil."

Der Mann erhob sich von seinem Platz, den Blick auf das Papier gerichtet, das er vor sich liegen hatte.

Er nahm mit niemandem Blickkontakt auf. War das ein schlechtes Zeichen?

Kapitel 21

Morgan fasste mit einer kalten klammen Hand nach Lukes und mit der anderen kalten klammen Hand nach der ihres Vaters. Ihr Herz hämmerte in ihrer Brust, und sie bereute es, diese Frühstückssandwiches gegessen zu haben - ihr Magen fühlte sich mit jedem Augenblick unbehaglicher an.

„Der Staat Washington gegen Andrea Collins, Fall 803. Urteil - Anklagepunkt eins, fahrlässige Tötung. Wir, die Geschworenen, befinden die Angeklagte, Andrea Collins, für schuldig."

Aus dem hinteren Teil des Gerichtssaals ertönte ein Aufschrei. Morgan drehte sich jedoch nicht um, um zu sehen, wer es war. Ein Schauer überlief ihren Rücken, und sie drehte sich mit Tränen in den Augen zu ihrem Vater und umarmte ihn.

Kapitel 21

Der emotionale Ausbruch hinter ihnen dauerte an, bis Richter Gore von seinem Hammer Gebrauch machte. „Bitte beruhigen Sie sich, oder Sie werden aus dem Gerichtssaal entfernt."

Der Lärm verstummte, und er sprach weiter.

„Nachdem die Geschworenen ihr Urteil verkündet haben und Andrea Collins für schuldig befunden wurde, hebe ich ihre Kaution auf und überstelle sie dem Bezirksgefängnis bis zur Urteilsverkündung, die ich auf neunzig Tage ab heute festsetze. Vertagt auf neunzig Tage ab heute."

Morgan beobachtete, wie sich Andrea mit tränenüberströmtem Gesicht aus Rudys Umarmung löste. Sie stand einen Moment lang da, aber niemand kam, um sie zu trösten. Ihr wurden Handschellen angelegt, und sie wurde abgeführt.

Kapitel 21

Während sich alle angeregt unterhielten, schaute Morgan auf die andere Seite des Gerichtssaals. Es sah nicht so aus, als sei jemand von Andreas Familie zur Urteilsverlesung gekommen.

Sie sah, dass eine Frau ein Handy hochhielt und ein Videotelefonat führte; offenbar sprach sie mit Andreas Vater. Das Einzige, was Morgan von dem Gespräch mitbekam, war seine Bemerkung, Andrea sei „eine Enttäuschung".

Obwohl Morgan seiner Meinung war, konnte sie nicht umhin, Mitgefühl mit Andrea zu haben. Andrea hatte Morgan die Mutter genommen und ihre Familie auseinandergerissen - aber es schien, als hätte Andrea überhaupt keine Familie.

Kapitel 21

Morgan musste diese unerwarteten Gefühle vorerst verdrängen, denn in der nächsten Stunde blieb dafür keine Zeit. Sie sprachen mit Leo und dankten ihm für sein Engagement. Dann erklärte er ihnen, wie die nächsten Schritte in Bezug auf die Verurteilung aussahen und was sie erwarten konnten.

Als sie das Gerichtsgebäude verließen, sprachen zwei Reporter sie an. Morgan war zu verblüfft, um zu reagieren, aber glücklicherweise lotste Luke sie zum Auto und brachte sie zurück zu Margie.

Dort angekommen, genossen sie Margies wunderbare Kochkünste, und Morgan hatte endlich Gelegenheit, mit ihrem Vater allein zu sprechen.

„Ist es seltsam, dass ich … irgendwie Mitgefühl mit Andrea habe?"

Ihr Vater schüttelte den Kopf. „Nein, das ist nicht seltsam. Es bedeutet, dass du ein Mensch bist."

Kapitel 21

„Ich meine, ich will immer noch, dass sie schuldig gesprochen wird. Denn wenn sie einfach so davongekommen wäre, so wie sie bisher mit allem in ihrem Leben davongekommen ist … Ich weiß nicht. Das wäre so ungerecht."

„Ich empfinde das genauso. Und ich hoffe, dass der Richter ihr eine gerechte Strafe gibt", sagte ihr Vater. „Ich würde gerne glauben, dass sie etwas lernt. Aber ich erwarte nicht zu viel."

Morgan nickte. „Ja. Vielleicht hat sie eines Tages genauso viel Mitleid mit Mom wie mit sich selbst."

„Leider kann man Mitgefühl nur schwer lernen."

Morgan stieß einen Seufzer aus. „Da hast du wohl recht. Nun - ich bin froh, dass es vorbei ist."

„Ich auch."

Kapitel 21

Morgan setzte sich zu Jade und Tiffany an den Tisch und bedankte sich noch einmal bei ihnen dafür, dass sie sich so viel Zeit genommen hatten und für sie da gewesen waren.

„Natürlich werden wir **immer** für dich da sein, wenn du uns brauchst", sagte Jade.

„Und wir werden auch dann da sein, wenn du uns eigentlich nicht um dich haben willst", fügte Tiffany lächelnd hinzu.

Morgan lachte. „Es tut mir leid, dass ich so wenig von allem mitbekommen habe, was sonst so los war. Tiffany - wie war dein Date mit Sidney?"

Sie stöhnte. „Nicht gut. Es hat nicht stattgefunden. Ich musste Rachel den ganzen Weg nach Seattle zurückfahren, konnte ihm das aber nicht sagen."

„Oh nein!"

„Er ignoriert mich, also denke ich, dass ich morgen vielleicht in seinem Büro vorbeifahre und ihn zum Reden zwinge."

Kapitel 21

Morgan nickte nachdenklich. „Guter Plan. Konntet ihr noch etwas über die Senatorin herausfinden?"

Jade räusperte sich. „Irgendwie schon … und mein Vater hatte ein paar Ideen."

Tiffany wandte sich zu ihr um. „Jade! Was glaubst du, wie Morgan sich fühlt, wenn wir mit dem Mann zusammenarbeiten, der sie im Stich gelassen hat?"

„Ich weiß es nicht, warum fragst du sie nicht?"

Morgan lächelte. „Ja, Tiffany, warum fragst du mich nicht?"

Tiffany seufzte. „Weil ich deine Gefühle nicht verletzen will. Ich werde mich niemals auf die Seite meines Vaters stellen. Was er dir angetan hat, war …"

„Es war schlimm, ja", sagte Morgan und hob eine Hand. „Aber um die Wahrheit zu sagen … ich nehme es ihm nicht mehr übel. Den Großteil meines Lebens wusste ich nicht einmal, dass es ihn gibt. Und ich habe einen Vater. Und der ist toll."

Kapitel 21

Tiffany biss sich auf die Lippe. „Ich weiß nicht, warum, aber das bringt mich zum Weinen."

„Nicht weinen!" Morgan umarmte sie. „Es tut mir leid, dass dein Vater ein Idiot ist. Ich wünschte wirklich, du könntest damit Frieden schließen. Nimm es mir nicht übel."

Tiffany lehnte sich zurück und sah sie mit großen Augen an. „Wer **bist** du?"

„Ich meine es ernst", sagte Morgan und lachte. „Ich hatte heute sogar Mitleid mit Andrea. Ich weiß nicht, ich glaube, ich werde erwachsen oder so."

Tiffany legte eine Hand auf ihre Stirn. „Bist du sicher, dass du kein Fieber hast?"

„Ich denke, es geht ihr gut", sagte Jade. „Und ich wusste schon, dass sie so denkt, aber ich dachte, du solltest es direkt von ihr hören."

Morgan nickte. „Bitte - wenn dein Vater bei der Finanzierung dieses Projekts helfen kann, dann sprich auf jeden Fall mit ihm! Und wenn er sich mit dir versöhnen will –"

Kapitel 21

„Aber was, wenn er sich mit **dir** versöhnen will?", fragte Tiffany.

Morgan zuckte mit den Schultern. „Ich weiß es nicht. Ehrlich gesagt ist er mir ziemlich egal. Wie sagt man doch so schön über Wut? Es ist, als halte man ein Stück heiße Kohle in der Hand, das man eigentlich auf jemanden anders werfen will. Am Ende verbrennt man sich selbst."

Tiffany lachte. „So ähnlich."

„Ja, so ähnlich empfinde ich auch. Ich habe bereits öffentlich seine Geburtstagsparty ruiniert, besser kann Rache eigentlich nicht sein."

Sie lachten, und Margie kam mit einem Teller Keksen herein und fragte, was so lustig sei. Tiffany versuchte erfolglos, es ihr zu erklären, und bekam schließlich drei Kekse gereicht.

Kapitel 21

Morgan lehnte sich zurück und betrachtete die Szene vor sich. Es gab Zeiten, in denen sie dachte, dass sie nie Antworten auf den Tod ihrer Mutter bekommen würde, aber nun saß sie hier, umgeben von den Menschen, die sie am meisten liebte, und mit einem seltsamen Gefühl von Frieden im Herzen.

Es war vorbei. Endlich konnte sie mit einem guten Gefühl nach vorn schauen.

Kapitel 22

Irgendwie schaffte es Tiffany, am Dienstag ein Treffen mit Sidney zu vereinbaren. Zunächst wandte sie sich an seine Assistentin, bekam jedoch eine automatische Nachricht zurück, die besagte, dass sie nicht im Büro sei und dass sich ein anderer Mitarbeiter um ihre E-Mails kümmere.

Das war Tiffanys Eintrittskarte - diese andere Person wusste nicht einmal, wer sie war, also versicherte sie ihr, dass Sidney mit einem Treffen einverstanden sei und dass es so schnell wie möglich stattfinden müsse.

Kapitel 22

Auf der Fahrt nach Seattle ging sie im Geiste verschiedene Szenarien durch. Das Schlimmste wäre, wenn er ihren Namen in seinem Terminkalender sah und sich weigerte, sie zu sehen. Das Zweitschlimmste wäre, dass er mit ihr sprach und so tat, als sei nichts geschehen. Das erschien ihr wahrscheinlicher.

Sie erreichte das Gebäude von Burke Industries, ein beeindruckendes Hochhaus, und konnte in der Tiefgarage parken. Oben angekommen, saß sie in einem eleganten Wartebereich und bekam Espresso und Champagner angeboten.

„Nein danke", sagte sie. Seine Gastfreundlichkeit und das Imponiergehabe hatte Eric eindeutig von seinem Vater. Diese Leute versuchten, **jedem** Champagner anzudrehen.

Sie war um elf Uhr mit Sidney verabredet, und als man sie nicht gleich hereinrief, wurde sie allmählich nervös. Vielleicht wollte er sie einfach komplett ignorieren?

Kapitel 22

Doch nach fünf Minuten bekam sie ihre Chance - Sidney betrat die Lobby, sah sie und blieb wie angewurzelt stehen.

„Tiffany?", sagte er und runzelte die Stirn.

Sie stand auf. „Hey!"

„Ich bin spät dran für mein nächstes Meeting -"

Sie nickte. „Ich weiß. Ich bin dein nächster Termin."

„Ah." Er sah sie einen Moment lang unverwandt an. „Na, dann komm doch rein."

Sie folgte ihm in sein Büro und versuchte, nicht zu sehr auf die Einrichtung und die schöne Aussicht zu starren.

Kapitel 22

Er setzte sich an seinen Schreibtisch und wühlte in einem Stapel Papiere. Tiffany beobachtete ihn - er hatte eindeutig seine Rüstung wieder angelegt. Es waren nicht nur der Anzug und die Krawatte, es war auch sein neutraler und ernster Gesichtsausdruck. Morgan würde ihn wohl eher als Miesepeter bezeichnen. Er sah ganz anders aus als der Mann, der sie letzte Woche aufs Boot mitgenommen hatte.

„Was kann ich für dich tun?", fragte er schließlich und lehnte sich zurück.

Tiffany rutschte auf ihrem Stuhl nach vorn. „Zuerst möchte ich mich noch einmal dafür entschuldigen, dass ich letzte Woche abgesagt habe."

„Ist schon gut, nichts passiert."

Er sagte es so leichthin, dass sie ihm **fast** glaubte.

„Es ist offensichtlich nicht in Ordnung, denn du ignorierst mich seitdem. Komm schon, Sidney - ich gebe zu, dass ich dich enttäuscht habe."

Kapitel 22

Er verschränkte die Arme. „Okay. Kannst du mir jetzt den Grund sagen? Warum du plötzlich keine Zeit mehr hattest?"

Sie faltete die Hände in ihrem Schoß. „Nein, das kann ich nicht."

Er nickte. „Gehe ich recht in der Annahme, dass es etwas mit dem ins Stocken geratenen Projekt auf San Juan Island zu tun hat?"

Hm. Sie hoffte immer noch, dass Rachel Sidney irgendwann die Wahrheit sagen würde, also wollte sie ihn nicht anlügen. „Es hat nicht **nur** damit zu tun. Eigentlich habe ich noch etwas über die Finanzierung herausgefunden und –"

„Ich denke, dies ist ein guter Zeitpunkt, dir mitzuteilen, dass wir beschlossen haben, eine andere Richtung einzuschlagen. Eric und ich."

„Oh?" Tiffany lehnte sich zurück. „Ich meine, ich verstehe, wenn ihr nicht warten könnt, bis die Finanzierung steht, aber -"

Kapitel 22

„Ich glaube, dass es wichtig ist, zuverlässige Partner zu haben. Im Geschäft."

„Richtig." Tiffany hielt einen Moment inne und blickte ihm in die Augen, bevor sie wiederholte: „Im Geschäft."

Er stand auf, wandte den Blick ab und knöpfte sein Sakko zu. „Aber ich wünsche euch viel Glück mit dem Projekt. Ich muss jetzt gehen."

„Sidney - bitte."

Er drehte sich um. „Grüß Steve von mir."

Sie starrte ihn ausdruckslos an. „Steve?"

Aber er führte sie hinaus, und sie sah, dass eine andere Person bereits ungeduldig an der Tür wartete.

Tiffany sammelte sich, dankte ihm, dass er sich Zeit für sie genommen hatte, und ging an ihm vorbei.

„Gern", sagte er höflich, bevor er die Tür hinter ihr schloss.

Kapitel 22

Als Tiffany zu ihrem Auto zurückkam, rief sie Jade an.

„Hey! Wie ist es gelaufen?"

„Nicht gut", sagte Tiffany. „Er hält mich für unzuverlässig und sagte, dass sie sich anderen Projekten zuwenden."

„Nein! Vielleicht kann ich Eric anrufen und mit ihm reden?"

„Das kannst du, aber wovon sollen wir sie bezahlen?", fragte Tiffany. „Und kennst du jemanden, der Steve heißt?"

„Nein, warum? Ach …" Jade stöhnte. „Warte."

„Was?"

„Ja, ich glaube, ich kenne einen Steve - warum, hat Sidney etwas gesagt?"

„Er sagte, ich solle Steve grüßen, und ich hatte keine Ahnung, wovon er sprach."

„Also gut, das ist meine Schuld. Ich habe letzte Woche diesen seltsamen Anruf von einem Typen namens Steve bekommen. Er hat ein Angebot für den Park abgegeben."

Kapitel 22

„Und weiter?"

„Es war seltsam – es kam mir gar nicht vertrauenswürdig vor. Er erwähnte jede Menge ‚Sondertarife' und erschien mir dubios. Außerdem war er am Telefon ziemlich aufdringlich und hat mir irgendwie Angst gemacht. Ich habe mir nichts dabei gedacht, und wir waren so mit dem Prozess beschäftigt, dass ich vergessen habe, es euch zu sagen."

Tiffany seufzte. „Okay, das ergibt jetzt mehr Sinn."

„Glaubt er wirklich, dass wir uns mit so jemandem zusammentun würden? Und das hinter seinem Rücken?"

„Anscheinend." Tiffany dachte einen Moment lang nach. „Aber das spielt keine Rolle, denn wir können uns im Moment mit **niemandem** zusammentun."

„Ich weiß nicht, was ich machen soll", sagte Jade. „Ich weiß es wirklich nicht."

„Okay. Ich muss telefonieren."

Kapitel 22

„Telefonieren?"

„Mit Dad."

Einen Moment lang herrschte Schweigen. „Wow. In Ordnung - viel Glück."

„Danke."

Tiffany fuhr erst los und wartete noch eine Weile, bis sie schließlich ihren Vater anrief. Sie hatte überlegt, ob sie noch irgendetwas anderes unternehmen konnten, doch ihr war nichts eingefallen.

Er nahm sofort ab.

„Tiffany! Wie geht es dir?"

„Hallo."

„Wie schön, dich zu hören."

Ja, wie auch immer. „Ich wollte dich fragen, ob du mir bei etwas helfen kannst."

„Gerne."

„Hat Jade dir von unseren Schwierigkeiten mit dem Park erzählt?"

Kapitel 22

„Ja - ich habe vor ein paar Wochen mit ihr gesprochen. Habt ihr immer noch Probleme?"

„Ja." Sie stieß einen Seufzer aus und berichtete ihm von der Förderung, dem Super PAC und der merkwürdigen Spendenaktion für Senatorin Shields.

„Das ist alles sehr interessant", sagte er. „Wenn ich raten müsste, würde ich sagen, dass es sich um einen ganz normalen Fall von Veruntreuung handelt, vielleicht durch diesen Parkangestellten."

„Aaron? Aber warum?"

„Es könnte um politische Vorteile gehen, um eine Liebesaffäre oder um reine Machtgier."

„Ja, oder vielleicht alles zusammen. Und wie beweisen wir das?"

„Nun … das wird knifflig."

„Wie knifflig?"

Kapitel 22

Er seufzte. „Du kannst alle Informationen, die du hast, den Behörden übergeben und hoffen, dass sie genug Beweise haben, um Haftbefehle zu erwirken und Ermittlungen einzuleiten."

„Das klingt, als würde es ewig dauern."

„Ganz genau. Und darauf wird er bauen. Und je nachdem, welchen Einfluss diese Senatorin hat, könnte sie jede Prüfung im Handumdrehen abblasen lassen."

„Ach was, auf keinen Fall."

„Nun … sagen wir einfach, ich habe das schon erlebt."

Großartig. Ihr Vater, der Kriminelle, öffnete ihr tatsächlich die Augen. „Und was dann? Wir können nichts tun und die kommen einfach so davon?"

„Also, nein …"

Tiffany räusperte sich. „Ich vermute, dass du einige Erfahrung mit Unterschlagungen hast, Dad."

Kapitel 22

Er schwieg einen Moment lang. „Ich werde nicht sagen, dass ich auf alles, was ich in meiner Laufbahn getan habe, stolz bin."

Tiffany verdrehte die Augen. „Das ist schön. Wie kriegen wir sie?"

„Moment. Du musst etwas wissen. Hat Jade dir erzählt, dass ich die Firma verloren habe? Konkursverfahren nach Chapter 11."

„Ich habe so etwas gehört."

„All die Jahre habe ich dieses Unternehmen aufgebaut, weil ich dachte, ich könnte euch Kindern etwas hinterlassen, und jetzt ist alles weg. Einfach so. Und ich bedaure so vieles -"

„Ja, auch das habe ich gehört."

Er hielt inne. „Ich verstehe, dass du wütend bist - das wäre ich auch. Ich erwarte nicht, dass du mir irgendetwas verzeihst. Aber ich bin fast sechzig und erkenne erst jetzt, was im Leben wichtig ist. Es ging nie um die Firma - es ging um euch. Um euch Kinder und um Mom."

Kapitel 22

„Nun, ich glaube, der Zug ist abgefahren, Dad."

„Du sollst nur wissen, dass ich für dich da bin, okay? Wann immer du etwas brauchst."

„Ich brauche Beweise für den Betrug, damit Jades Träume nicht den Bach runtergehen."

„Okay. Ich denke, dabei kann ich dir helfen. Wenn du bereit bist … kreativ zu werden."

„Ich bin ganz Ohr."

Kapitel 23

Nachdem Morgan ihren Vater am Fährhafen abgesetzt hatte, fuhr sie nach Hause und war überrascht, dass Jade und Tiffany in der Küche saßen.

„Äh - warum seht ihr so ernst aus?", fragte sie.

„Weil Tiffany endlich unseren Vater angerufen hat", antwortete Jade.

Morgan setzte sich an den Küchentisch. „Und sie hat sich mit ihm versöhnt und jetzt ist alles in Ordnung?"

„Ha, nein", sagte Tiffany. „Aber er hatte eine Idee, wie wir herausfinden können, ob in der Parkverwaltung Geld veruntreut wird."

„Okay …", sagte Morgan langsam.

„Aber man **könnte** es als Intrige bezeichnen. Und es ist nicht ganz legal."

Kapitel 23

Morgan lächelte. „Oh, ich **liebe** eine gute Intrige! Es ist mir egal, was es ist - ich bin dabei."

„Ich weiß nicht, Leute", sagte Jade. „Und Morgan, du hast noch nicht einmal eine Ahnung, worum es geht!"

„Nun", sagte sie achselzuckend. „Ich habe bereits zugesagt und kann mein Wort jetzt nicht mehr zurücknehmen."

Tiffany lachte. „Es ist wirklich ein bisschen verrückt. Aber mein Dad scheint zu glauben, dass es funktionieren könnte."

„Erzähl."

Tiffany stellte ihren Kaffeebecher ab. „Na, schön. Mein Dad glaubt, dass Aaron Geld für das Super PAC zugunsten der Senatorin abzweigen könnte."

„Aber warum?"

Kapitel 23

Tiffany zuckte mit den Schultern. „Wer weiß. Er hält sich für einen Teufelskerl oder er meint, es würde ihn weiterbringen. Oder was auch immer. Und der Typ scheint nicht sehr klug zu sein. Und auch nicht besonders vorsichtig."

„Aber das bedeutet **nicht**, dass dieser Plan funktionieren wird", warf Jade ein.

Morgan verschränkte die Arme vor der Brust. „Jade, das musst **du** gerade sagen. Du hast einen Plan ausgeheckt und dafür gesorgt, dass Jared verhaftet wurde, und das, ohne uns etwas davon zu erzählen!"

„Ich weiß, aber das hier ist anders. Es scheint … riskanter zu sein."

Tiffany schüttelte den Kopf. „Eigentlich nicht. Okay, hör zu. Der einzige Grund, warum mein Vater diesen Plan überhaupt vorgeschlagen hat, ist, dass es in seiner Firma **tatsächlich** passiert ist. Dieser Typ ist aufgetaucht und - na ja, er ist einer der Hauptgründe, warum sie bankrottgegangen sind."

Kapitel 23

„Das klingt ernst", sagte Morgan.

„Das war es. Also, da ist ein Typ ins Büro gekommen und hat vorgegeben, er müsse die Drucker aktualisieren."

„Ins Büro deines Vaters?", fragte Morgan.

Tiffany nickte. „Ja, aber er hat nicht für die Firma meines Vaters gearbeitet. Er hat für niemanden gearbeitet. Aber jemand loggte ihn in das Computersystem ein und gab ihm sogar die Passwörter, die er brauchte. Sobald er drin war, war es vorbei. Er hat einen Haufen Informationen mitgenommen, und jetzt könnte mein Vater ins Gefängnis kommen."

„Das erklärt, warum er sich um Wiedergutmachung bemüht", sagte Morgan.

Jade nickte. „Ich weiß, aber ich glaube nicht, dass er im Gefängnis landen wird. Am Ende wird er nur sein ganzes Geld verlieren."

Kapitel 23

„Was für unseren Vater", fügte Tiffany hinzu und beugte sich vor, „**schlimmer** ist als der Knast. Wie auch immer - er sagte, wir könnten das Gleiche tun. Wir gehen da rein, geben vor, dass wir rechtmäßig Zugang zu den Computern bräuchten, und versuchen dann, Beweise für den Betrug zu finden."

„Das klingt doch nicht so schwer", sagte Morgan.

„Machst du Witze?" Jade ließ die Hände auf den Tisch fallen. „Wir wissen doch noch nicht einmal, wonach wir suchen!"

„Du bist die Computerfachfrau, Jade", sagte Morgan. „Kannst du nicht einfach alle Dateien und E-Mails und so kopieren? Und die sehen wir uns dann in aller Ruhe an?"

Jade seufzte. „Na ja, so ungefähr. So funktioniert das aber nicht. Und du gehst davon aus, dass alle seine Betrügereien über seinen Arbeitscomputer laufen."

Morgan sah zu Tiffany und dann wieder zu Jade. „Ich würde darauf wetten, dass er das tut."

Kapitel 23

Tiffany lächelte. „Ich auch, Morgan. Wir brauchen Jades Computerkenntnisse, und wir brauchen deinen Charme."

Sie runzelte die Stirn. „Nun, davon habe ich leider nicht viel."

„Wir müssen alle mitmachen, aber ich habe Angst, dass Aaron einen von uns von den Milky Way Awards wiedererkennen könnte", sagte Jade. „Ich kann den Computerkram machen, aber jemand muss ihn ablenken."

„Ah, du meinst mich?" Morgan klatschte in die Hände. „Ach du meine Güte - ich finde die Idee irgendwie toll."

Zu Jade gewandt sagte Tiffany: „Siehst du? Ich habe dir doch gesagt, dass sie mit an Bord ist."

Jade hob einen Finger. „Damit das klar ist: Das ist eine schlechte Idee."

Tiffany drehte Jades Laptop so, dass Morgan den Bildschirm sehen konnte. „Sieh dir diesen Brief an. Den hat Jade gerade entworfen. Er sieht doch total echt aus."

Kapitel 23

Morgan lehnte sich vor. „3D Print-o-lab? Hast du dir das gerade ausgedacht, Jade?"

Sie nickte. „Ja. Ist das glaubhaft?"

„Ja!"

„Ich dachte, das könnten wir dem Personal vorlegen und auf Aarons Computer zugreifen. Wenn wir Glück haben, ist er vielleicht gar nicht da", sagte Tiffany.

Morgan nickte. „Klar. Tiffany, was ist deine Rolle?"

„Ich warte natürlich im Auto, falls ihr schnell verschwinden müsst."

„Ja", sagte Jade nachdenklich. „Das mit dem schnellen Verschwinden gefällt mir nicht."

„Keine Sorge", erwiderte Tiffany. „Dad hat nur gesagt, wir sollen so tun, als ob wir dort hingehören. Und wenn jemand weiß, wie man mit etwas durchkommt, dann er."

Jade schlug sich die Hände vors Gesicht. „Ich kann nicht glauben, dass wir das tun."

Kapitel 23

„Glaub es, Schwester!" Tiffany stand auf. „Ich gehe los und kaufe uns passende Uniformen."

Trotz Jades Vorbehalte stiegen sie am nächsten Morgen in ihr Auto und nahmen die erste Fähre zum Festland. Der Hauptsitz der State Parks lag in Olympia, zweieinhalb Autostunden von Anacortes entfernt.

Die Fahrt dorthin war unterhaltsam, denn Morgan übte, was sie sagen wollte, und spielte mit ihrer Frisur.

„Was meint ihr, was ist besser? Pferdeschwanz oder offen?"

„Ich behalte die ganze Zeit meine Baseballkappe auf", sagte Jade. „Ich muss mein Gesicht verstecken."

„Ich habe das Gefühl, dass man mit der Kappe nicht so gut flirten kann", überlegte Morgan. „Ich habe Luke gestern nach seiner Meinung gefragt."

Kapitel 23

Tiffany lachte. „Okay, erstens hat niemand gesagt, dass du mit dem Typen flirten sollst. Und zweitens … was hat Luke gesagt?"

„Oh, er hatte **jede Menge** Ratschläge, aber keiner davon war besonders gut. Er sagte, ich solle ein schwarzes Kleid mit hohen Schuhen tragen und so tun, als hätte ich eine Autopanne und bräuchte Hilfe."

Jade lachte. „Ich meine, er bekommt Pluspunkte für den Versuch, aber der Plan ist noch schlechter als unser jetziger."

„Gut, dass er nicht eifersüchtig war oder so", fügte Tiffany hinzu.

„Ha!", sagte Morgan. „Ich **wünschte,** er wäre eifersüchtig. Die Frauen machen ihn **ständig an**, und mich hat noch **nie** ein Typ angemacht, wenn er dabei war. Oder überhaupt jemals, wenn ich so darüber nachdenke."

„Du redest zu viel", antwortete Jade. „Du verschreckst sie."

Kapitel 23

Morgan fiel die Kinnlade herunter. „Das würde ich dir wirklich übelnehmen, wenn Luke mir nicht im Grunde das Gleiche gesagt hätte."

„Auf eine nettere Art, hoffe ich?", fragte Tiffany.

Morgan nickte. „Oh ja, ich glaube, er sagte so etwas wie, dass meine Beherrschung der englischen Sprache manche Männer einschüchtert."

Jade lachte. „Eine sehr geschickte Antwort von ihm. Schade, dass wir Luke nicht dazu bringen konnten, sich an Aaron heranzumachen. Er wäre perfekt."

„Ja, oder?" Morgan seufzte. „Mach dir keine Sorgen - ich werde meinen inneren Luke heraufbeschwören. Vielleicht sollte ich so tun, als sei ich neu in der Firma? Oder eine Praktikantin?"

„Hey", protestierte Jade. „Ich sehe nicht **so** viel älter aus als du."

„Tu, was immer du tun musst", sagte Tiffany. „Gib Jade nur genug Zeit, etwas zu finden."

Kapitel 23

Sie erreichten das Gebäude und Morgan versuchte, das nervöse Kribbeln in ihrem Bauch zu ignorieren, als sie und Jade aus dem Auto stiegen.

Jade ging zum Kofferraum und holte eine Laptoptasche und einen großen Karton heraus.

„Was ist das alles?", fragte Morgan.

„Oh, nur ein paar Sachen. Mein Vater hat gesagt, wir sollen etwas mitbringen, damit wir professioneller aussehen."

Morgan hob den Karton hoch und war überrascht, wie schwer er war. „Was ist da drin?"

„Nur ein alter Drucker mit einem Plexiglaswürfel oben drauf. Den darf sich niemand genauer ansehen, sonst fliegen wir auf."

Morgan nickte. „Alles klar, Boss."

Jade seufzte und rückte den Gurt der Laptoptasche zurecht. „Also gut, gehen wir."

Kapitel 23

Sie betraten das unscheinbare Bürogebäude. Morgan war überrascht, dass es keinen Sicherheitsdienst gab; andererseits versuchten die meisten Leute auch nicht, die Parkverwaltung reinzulegen.

Sie stiegen in den Aufzug und fuhren in den fünften Stock, in dem Aarons Büro lag. Als sich die Fahrstuhltüren öffneten, stockte Morgan der Atem. Vor ihnen stand Aaron und wollte gerade in den Aufzug steigen. Das war ihre Chance, zu glänzen!

Sie räusperte sich. „Entschuldigen Sie?"

„Ja?", sagte er.

„Wir sollen einen 3D-Drucker installieren für …" Morgan griff in ihre Tasche und holte den gefälschten Auftrag heraus, den Jade entworfen hatte. „Einen Aaron Corden? Könnten Sie uns sagen, wo wir sein Büro finden?"

Sein Gesicht hellte sich auf, und er stemmte eine Hand gegen die Aufzugstür, um zu verhindern, dass sie sich schloss. „Das bin ich!"

Kapitel 23

„Oh, perfekt!", sagte Morgan. „Was für ein Glück! Ich bin Janice, und das ist … Barbie."

Jade lächelte und winkte. „Hallo!"

„Freut mich. Kommen Sie mit. Das sind ja tolle Neuigkeiten. Ich hatte keine Ahnung, dass ich einen 3D-Drucker bekomme. Hat Chris den bestellt?"

„Ich bin mir nicht sicher", sagte Morgan. „Wir führen nur unseren Auftrag aus."

„Ah, okay. Trotzdem, das ist **cool!**"

Sie folgten ihm den Flur hinunter und in sein Büro. Morgan war ganz aufgedreht, weil es so gut lief.

Sicher, sie hatte die vereinbarten Namen vergessen, und dann fiel ihr nur noch ein, Jade „Barbie" zu nennen, aber ansonsten lief es prima!

Kapitel 23

„Sie machen also in Parks, ja?" Sie wollte, dass Aaron sie weiter ansah, damit er Jade nicht erkannte, die ihr Gesicht sehr gut unter dem Schirm ihrer Kappe verbarg. „Im Moment mache ich nur ein Praktikum bei … Barbie. Aber vielleicht könnte ich nach der Schule hier einen Job bekommen?"

„Äh – interessieren Sie sich für Parks?", fragte er. „Was machen Sie für eine Ausbildung?"

„Oh, äh, Buchhaltung."

Nein! Warum**?** Warum ausgerechnet Buchhaltung?

Er lächelte. „Oh, wegen des Budgets habe ich viel mit der Buchhaltung zu tun. Ich weiß nicht, ob sie neue Mitarbeiter einstellen, aber für gute Leute gibt es immer einen Platz."

„Sie müssen sich nur in Ihren Computer einloggen, damit ich die Treiber installieren kann", meldete sich Jade zu Wort.

Kapitel 23

„Natürlich, kein Problem." Er ging zu seinem Schreibtisch und meldete sich an, blieb dann aber hinter Jade stehen, während sie sich an die Arbeit machte.

Morgan überlegte angestrengt, wie sie ihn von seinem Büro weglocken könnte.

„Ist das da draußen eine Karte mit allen State Parks?"

Er nickte. „Ja."

Verflixt. Er biss nicht an. „Cool. Tut mir leid, aber gibt es hier irgendwo eine Toilette? Würden Sie sie mir wohl zeigen?"

„Oh - natürlich. Die Damentoilette befindet sich im nächsten Stockwerk."

„Oh, Herrgott, ich bin so ein Trottel, ich verlaufe mich bestimmt."

Er zögerte einen Moment lang. „Nun, ich könnte Sie runterbringen?"

„Wenn es Ihnen nichts ausmacht." Sie hielt inne und wagte es, ihn kurz an der Schulter zu berühren. „Da wäre ich Ihnen wirklich sehr dankbar."

Kapitel 23

Er entzog sich kaum merklich ihrer Berührung und sagte: „Folgen Sie mir."

Hm. Der erste Flirtversuch war nicht gut gelaufen. Vielleicht hatte sie ihn zu früh berührt?

Als sie auf den Aufzug warteten, versuchte sie, mit ihm zu plaudern, erhielt aber kaum Antworten. Er sagte ihr, dass er vor der Toilette auf sie warten könne.

Sie bedankte sich bei ihm, aber sobald sie drin war, geriet sie in Panik: Sollte sie wirklich auf die Toilette gehen? Oder einfach die Toilette spülen und sich lange die Hände waschen?

Sie beschloss, einfach die Toilettenspülung zu betätigen und ihre Taktik zu ändern. Das Flirten funktionierte nicht.

„Es ist wirklich nett, dass Sie mir den Weg gezeigt haben. Jedes Mal, wenn ich bei Barbie etwas vermassle, gibt sie mir das Gefühl, dass ich nie einen Job finden werde."

Kapitel 23

„Wirklich? Sie macht einen sehr netten Eindruck."

„Das ist alles nur gespielt", sagte Morgan. „Eigentlich ist sie ziemlich gemein, und ich bin verzweifelt, weil ich keine anderen Optionen habe."

Aaron runzelte die Stirn. „Das nervt. Ich weiß, wie sich das anfühlt, mein Chef hier ist auch nicht gerade toll."

Bingo. „Ach wirklich? Was macht er denn?"

„Er hat mich auf dem Kieker, und er sagt, ich würde die Erwartungen nicht erfüllen, aber er sagt auch nicht klar, was seine Erwartungen sind, verstehen Sie?"

Morgan nickte, vielleicht etwas zu heftig. „Oh ja, total."

„Ich meine, ich will Ihre Träume von der Arbeit in der Parkverwaltung nicht zerstören -"

„Oh, das ist kein echter Traum. Ich muss nur, na ja, einen Job finden."

Kapitel 23

„Ja, das verstehe ich vollkommen. Darum bin ich auch hier. Ich werde nicht mein Leben lang hier bleiben und meine Karriere vergeuden."

Morgan nickte erneut. „Ja."

„Sollen wir wieder nach oben gehen?"

Ihr war klar, dass sie Jade so viel Zeit wie möglich verschaffen sollte, aber sie wusste nicht, was sie sonst sagen sollte. „Ich meine, es sei denn, wir können einen Kaffee trinken gehen oder so? Ich kann noch ein bisschen länger schwänzen."

Aaron lächelte. „Diese Einstellung gefällt mir. Kommen Sie."

Perfekt!

Sie gingen hinunter in die Lobby und bestellten sich Getränke an einem kleinen Kaffeewagen.

„Das ist so ein Beispiel", sagte er. „Fast hätte ich ein Franchise-Geschäft mit einer Café-Kette für alle State Parks und Parkgebäude abgeschlossen."

Kapitel 23

„Aber Ihr Chef hat es nicht erlaubt?"

„Nein! Er sagte, es sei ein Interessenkonflikt - aber ich denke, dass dieser Kaffee ein Interessenkonflikt ist! Er ist schrecklich!"

Morgan mied den Blick des Baristas, der sie wahrscheinlich wütend anstarrte. „Also steht er Ihnen ständig im Weg?"

Aaron nahm einen Schluck von seinem Kaffee. „Ja. Das nervt. Wie auch immer - ich freue mich auf diesen Drucker."

„Oh, ja, die sind wirklich cool."

„Ja."

Sie gingen zum Aufzug, und Morgan holte ihr Telefon heraus und schickte das vereinbarte Warnsignal an Tiffany und Jade.

Als sie ins Büro zurückkehrten, hatte Jade bereits ihren Laptop zusammengepackt und die Tasche wieder über die Schulter gehängt.

„Es tut mir wirklich leid, aber Ihr Computer ist zu alt, als dass ich die nötigen Programme installieren könnte.

Kapitel 23

Er stöhnte. „Ist das Ihr Ernst?"

„Keine Sorge, das passiert andauernd", sagte Morgan. „Wir haben einen … älteren Drucker, den wir Ihnen bringen können."

„Gut", sagte Jade. „Wir bleiben in Kontakt."

Er verschränkte die Arme. „In Ordnung, danke für den Versuch. Das ist typisch, hier funktioniert nichts."

Morgan nickte. „Ja, genau."

„Glauben Sie, dass Sie den Weg nach draußen finden?"

„Ja, danke!" rief Morgan über ihre Schulter, wobei ihre Stimme ein wenig zu hoch klang.

Diesmal verzichteten sie auf den Aufzug, rannten stattdessen die Treppe hinunter und liefen im Eiltempo zum Auto, wo Tiffany wartete.

Kapitel 24

„Steigt ein!", zischte Tiffany und riss die Beifahrertür auf.

Morgan sprang hinein, während Jade auf den Rücksitz rutschte. Sobald sie die Türen geschlossen hatten, fuhr Tiffany los.

„Wie ist es gelaufen?", fragte Tiffany.

„Okay", sagte Jade.

„Besser als okay!" Morgan schrie fast, als sie ihren Gurt anlegte. „Ich glaube, unser Plan hat perfekt funktioniert."

„Wirklich?" Sie standen an einer roten Ampel und Tiffany sah sie an. „Konntet ihr euch in seinen Computer einloggen?"

„Ja", sagte Jade von hinten. „Und er war derjenige, der mich darauf angemeldet hat."

Kapitel 24

„Unmöglich!" Tiffany warf einen Blick auf das Navi - es sah so aus, als sei nicht viel Verkehr. Das war gut - eine saubere Flucht. „Und hat Morgan ihre Chance bekommen, mit ihm zu flirten?"

Jade lachte. „Sie hat es versucht, aber er war nicht sehr empfänglich."

„Moment mal", warf Morgan ein. „Das ist nicht ganz fair! Ich meine - nein, er war nicht an meinen Annäherungsversuchen interessiert. Aber er wollte sich über seinen Chef auslassen, und da ich geschickt im Flirten bin, bin ich darauf eingegangen und habe darauf aufgebaut."

„Aha?", sagte Jade.

Morgan verschränkte die Arme. „Ja. Und du solltest mir dankbar sein. Denn während er und ich zusammen Kaffee getrunken haben, habe ich dir eine Menge Zeit verschafft. Beim Kaffeetrinken hat er mir erzählt, dass er sich ärgert, weil sein Chef ihm nicht erlaubt hat, Cafés in den State Parks zu eröffnen."

Kapitel 24

Tiffany runzelte die Stirn. „Wirklich? Ist der Typ tatsächlich **so** dumm?"

„Ich fürchte, ja", antwortete Morgan.

Tiffany warf Jade über den Rückspiegel einen Blick zu. „Hast du etwas gefunden?"

„Ich sehe gerade nach. Lasst mich ein paar Sachen durchgehen."

„Was für ein Verbrechen ist es, einen Computer zu hacken?", fragte Morgan. „Steht darauf eine Gefängnisstrafe?"

Tiffany schnaubte. „Wenn Jared nur drei Monate Hausarrest dafür bekommen hat, dass er Jades Haus hat niederbrennen lassen und sie fast umgebracht hätte, dann bezweifle ich das."

„Du würdest dich wundern", sagte Jade. „Das Rechtssystem ist kein Fan von Hackern. Es hat sogar schon Fälle gegeben, in denen Hacker Informationen an Journalisten weitergegeben haben und denen dann Gefängnis drohte, weil sie den Namen ihrer Quelle nicht preisgeben wollten."

Kapitel 24

„Moment", sagte Morgan. „Du meinst, wenn die Journalisten diejenigen sind, die hacken?"

Jade schüttelte den Kopf. „Nein, die Journalisten bekommen Ärger, nur weil sie die gehackten Dokumente **bekommen** haben. Das ist nicht gut."

„Du meinst also, wenn wir erwischt werden …", Tiffany schluckte, „… sind wir erledigt?"

„Nicht ganz …", erwiderte Jade. „Aber ich werde mich auf das konzentrieren, was wir hier haben."

„Okay." Tiffany wünschte, sie hätte gewusst, wie ernst dieses Verbrechen war**, bevor** sie es begangen hatten.

Jade saß stumm auf dem Rücksitz und sichtete die Daten, die sie kopiert hatte. Und Morgan nutzte Tiffanys Schweigen, um ihr in aller Ausführlichkeit den Besuch im Hauptquartier der Parkverwaltung zu schildern.

Kapitel 24

Tiffany genoss Morgans Erzählung, aber allmählich wurde sie nervös. Was, wenn Jade nichts fand und sie unnötig einen Computer gehackt hatten?

Oder noch schlimmer - was wäre, wenn sie zwar Beweise für ein Fehlverhalten finden würden, aber nicht Aaron, sondern **sie** bestraft würden, weil keine Senatorin hinter ihnen stand und sie sich die Beweise illegal beschafft hatten?

„Hast du irgendwelche Kameras gesehen, als du da drin warst?", fragte Tiffany.

Morgan zuckte mit den Schultern. „Mir ist nichts aufgefallen. Ich habe mich umgesehen – aber da waren keine."

„Okay, ich denke, das ist gut …" Sie fuhr weiter und wurde immer nervöser. „Vielleicht sollten wir den Laptop einfach ins Meer werfen und nie wieder darüber nachdenken."

„Ach, **jetzt** hast du Angst?", fragte Jade. „Ich habe dir von Anfang an gesagt, dass das eine schlechte Idee ist."

Kapitel 24

Tiffany biss sich auf die Lippe. „Ich glaube, du hast recht. Ich will deshalb nicht ins Gefängnis gehen!"

Jade lachte. „Wir werden dafür nicht ins Gefängnis kommen. Ich meine, wahrscheinlich nicht. Es ist eine Ordnungswidrigkeit, mehr nicht."

„Ist das gut?", fragte Morgan.

„Es ist gut, dass es keine Straftat ist", erklärte Jade. „Wir würden wahrscheinlich nur eine Geldstrafe bekommen."

„Meinst du, Leo würde meinen Fall übernehmen?", fragte Morgan mit einem Lächeln.

Tiffany ignorierte sie. „Aber wenn wir etwas finden und es einem Journalisten geben, bekommt der dann Ärger? Weil die Information gestohlen wurde?"

Kapitel 24

Jade seufzte. „Ich meine, Journalisten sollten in der Lage sein, ihre Quellen zu schützen. Normalerweise funktioniert das auch. Aber ja, das Problem ist, wenn man hinter einer einigermaßen einflussreichen Person her ist, wird diese versuchen, einen irgendwie anzugreifen, um sich zu schützen."

„Auf dieses Ausmaß an Kriminalität war ich nicht vorbereitet", sagte Tiffany. „Ich denke, dass -"

„Reg dich nicht so auf. Der Oberste Gerichtshof hat entschieden, dass Informationen, auch wenn sie gestohlen wurden, veröffentlicht werden dürfen, solange sie von öffentlichem Interesse sind."

„Oh." Tiffany dachte einen Moment lang darüber nach. „Ich würde sagen, dass dies von öffentlichem Interesse ist. Vor allem, wenn der Steuerzahler bestohlen wird."

Jade rang nach Luft. „Oh mein Gott! Hier ist es!"

Kapitel 24

„Was?", fragten Morgan und Tiffany wie aus einem Mund.

„Es steht alles hier drin, in seinen E-Mails! Im Ernst, einfach **alles**. Sind alle Kriminellen **so** dumm?", fragte Jade.

„Ich sehe mir viele Dokumentarfilme über wahre Verbrechen an", sagte Morgan, „und ich würde sagen, dass viele ziemlich dumm sind. Ich bin mir sicher, dass es auch welche gibt, die schlau genug sind, sich nicht erwischen zu lassen, und das sind die, die einem Sorgen machen sollten …"

„Was steht da?", fragte Tiffany.

„Es gibt eine Menge E-Mails zwischen ihm und Senatorin Shields. Tiffany, du hattest recht - sie hatten eine wirklich heiße Liebesbeziehung. Ich meine, einige dieser Emails sind -"

Tiffany hob eine Hand. „Bitte, erspar uns die Details."

Kapitel 24

„Klar, tut mir leid. Aber ich kann es nicht glauben – hier steht alles. Sie war wütend und eifersüchtig, dass er mit Rachel auf dieser Spendenaktion aufgetaucht ist, und er hat beteuert, er habe Rachel nur mitgenommen, um einem Freund einen Gefallen zu tun. Er hat ihr erzählt, sie sei die kleine Schwester eines Freundes."

„Sidney ist auf keinen Fall mit Aaron befreundet", sagte Tiffany entschieden.

„Nein, natürlich nicht. Aber Aaron ist mit Jared befreundet - sie haben sich gemailt. Und es sieht so aus, als hätte Aaron Senatorin Shields nach der Spendengala Blumen geschickt ...", Jade klickte weiter, „und ihr versichert, dass er nur Augen für sie habe ..."

„Puh", sagte Morgan. „Ist sie nicht ungefähr zehn Jahre älter als er?"

„Sechzehn Jahre", korrigierte Jade. „Nicht, dass ich etwas gegen eine gesunde Beziehung mit einem Altersunterschied hätte!"

Kapitel 24

Tiffany lachte. „Niemand hält dich für altenfeindlich, Jade. Aber vermutlich hat er die Beziehung zu ihr nicht angefangen, weil er sie mochte."

Jade nickte. „Ja. Das ist ziemlich offensichtlich. Er spricht von all dem Geld, das er ihr für ihre Kampagne zur Verfügung stellen wird. Er erwähnt sogar das Super PAC namentlich!"

„Wow, er ist wirklich ein Idiot", sagte Tiffany.

„Ich glaube, diese Leute sind arrogant und überheblich. Sie meinen, alle überlisten zu können, und dann verhalten sie sich so", sagte Morgan.

Tiffany zuckte mit den Schultern. „Vermutlich hast du recht. Und was können wir jetzt damit machen?"

„Überlass das mir", sagte Jade. „Ich habe eine Freundin, die Journalistin ist. Ich vertraue ihr - wenn ich ihr diese Informationen gebe, bin ich mir sicher, dass sie meine Identität schützt."

Kapitel 24

Tiffany verzog das Gesicht. „Kannst du es ihr nicht einfach anonym schicken?"

„Das könnte ich, aber dann müsste sie viel Zeit und Ressourcen aufwenden, um zu überprüfen, ob die E-Mails echt sind. Wenn ich ihr sage, dass ich sie mir selbst besorgt habe …"

Morgan kicherte. „… dann könnte deine Freundin vor Schreck tot umfallen."

„Ja, das stimmt." Jade lachte. „Aber sie wüsste, dass ich die Wahrheit sage. Und dann … könnte sie sich der Geschichte annehmen."

Als sie an der Fähre ankamen, war Jade fest entschlossen, ihren Plan durchzuziehen. Sie sagte, sie sei angewidert von Aarons Verhalten und davon, dass er das State Park Department für zukünftige Generationen ruiniere.

Kapitel 24

„Hier geht es um mehr als nur um meinen Park", sagte sie. „Dieser Dummkopf bestiehlt den Staat und uns alle! Wie konnte er das tun?"

Tiffany zuckte mit den Schultern. „Betrüger betrügen."

„Und er wäre damit durchgekommen", sagte Morgan. „Wenn wir verdammten Kids nicht gewesen wären." Sie machte einen Moment lang ein ernstes Gesicht, bevor sie in Gelächter ausbrach.

Tiffany rollte mit den Augen. „Sprechen wir über das Wichtigste - wirst du Luke erzählen, dass Aaron deine Avancen zurückgewiesen hat?"

„Oh Mann", sagte Morgan stöhnend. „Ja - ich muss reinen Tisch machen. Und dann weiß er, dass ich ihn niemals verlassen kann, weil ich einfach keinen anderen finde."

Kapitel 24

Jade klopfte ihr von hinten auf die Schulter. „Ach, komm schon, Morgan. Du weißt, dass das nicht wahr ist. Du wirst ihn nie verlassen, weil du ihn liebst und verrückt nach ihm bist."

Morgan seufzte. „Stimmt."

Tiffany lächelte, sagte aber nichts. Sie konnte nicht einmal einen Witz darüber machen. Sowohl Jade als auch Morgan hatten wunderbare Freunde. Sie freute sich für sie. Und wenn sie ehrlich war, wusste sie jetzt, dass sie das auch wollte.

So sehr sie auch versucht war, Sidney eine Nachricht mit einem Update zu schicken, sie beherrschte sich. Sie wollte keine digitale Spur hinterlassen, die sie mit dem Hacking in Verbindung brachte.

Sie würde einfach abwarten müssen, bis Jades Journalistenfreundin darüber berichtete. Vielleicht konnten sie dann ein weiteres Gespräch führen.

Kapitel 25

Für den Rest der Woche hörte er nichts mehr von Tiffany, und am Freitag wurde Sidney klar, dass er wahrscheinlich nie wieder von ihr hören würde. Eric überlegte, ob er sich mit Jade in Verbindung setzen sollte, entschied aber schließlich, dass Sidney recht hatte und dass es wahrscheinlich an der Zeit war, das Projekt aufzugeben.

Das Einzige, was Sidney nicht aus dem Kopf ging, war Tiffanys Gesichtsausdruck, als er Steve erwähnt hatte. Sie hatte völlig verwirrt ausgesehen - zuerst fragte er sich, ob sie überhaupt wusste, wer Steve war. Er zweifelte an sich selbst, entschied aber später, dass sie wahrscheinlich nur überrascht gewesen war, dass er von Steves Angebot wusste.

Kapitel 25

Sidney versuchte, sich darüber keine Gedanken zu machen; die Clifton-Schwestern durften Geschäfte machen, mit wem sie wollten. Sie hatten nie einen Vertrag unterzeichnet und waren Burke Development gegenüber zu nichts verpflichtet. Es war traurig, wie die Dinge sich entwickelt hatten, aber so war das Leben.

Am Freitagnachmittag hatte Sidney ein Treffen mit seinem Onkel, um die Fortschritte zu besprechen. Eric würde nicht dabei sein, er war bei einem potenziellen Kunden für einen anderen Auftrag ein paar Meilen südlich von Seattle.

„Wie ich höre, hast du Eric endlich davon überzeugt, sich auf etwas Neues einzulassen?", begrüßte ihn sein Onkel und schüttelte ihm die Hand.

Sidney nickte. „Ja. Es war nicht leicht, aber hoffentlich finden wir ein annehmbares Projekt, mit dem wir anfangen können."

Kapitel 25

Dan seufzte. „Setz dich, Sidney. Möchtest du etwas trinken?"

„Nein, danke." Er hatte das deutliche Gefühl, dass er gleich eine Standpauke zu hören bekommen würde. Das überraschte ihn nicht, denn er hatte Eric schon seit Wochen vor dieser Situation gewarnt. Sie konnten die Entscheidung nicht ewig hinauszögern und erwarten, dass Dan sie einfach davonkommen ließ, ohne dass sie irgendwelche Fortschritte machten.

„Ich wollte mit dir reden."

„Hör zu, Onkel Dan", sagte Sidney und hob die Hände. „Ich weiß, dass wir einen holprigen Start hingelegt haben. Wir sind immer noch dabei, die Erwartungen mit der Realität abzugleichen, aber jetzt -"

Dan winkte ab. „Ich habe dich nicht herbestellt, um dich zu schelten, Sid."

Er lehnte sich zurück. „Oh."

Kapitel 25

„Ich wollte mit dir über deine Zukunft sprechen. Du weißt, wie viel es mir bedeutet, dass du Eric hilfst. Er hat immer Unterstützung gebraucht - du weißt schon, jemanden, der seine Begeisterung in konstruktive Bahnen lenkt."

Sidney nickte. „Ja, und ich denke, wir sind ein gutes Team."

„Das seid ihr. Du hast Eric viel gegeben, und er hat es weit gebracht. Das gilt für euch beide. Aber ich denke, er ist alt genug, um auf eigenen Beinen zu stehen. Die Person, um die ich mir Sorgen mache, bist du."

„Ich?" Sidney fühlte sich, als sei er gegen eine Wand gelaufen. „Mir war nicht klar, dass ich Probleme mache, ich wollte immer -"

„Nein, nein - du machst nie Probleme, Sidney. Du bist fleißig, engagiert und klug. Du hast einen guten Geschäftssinn - das hat nicht jeder. Weißt du, ich sage das nicht oft genug, aber ich bin stolz auf dich."

Kapitel 25

Dieses Gespräch verlief ganz anders als erwartet. „Danke, Onkel Dan. Es bedeutet mir sehr viel, dass du das sagst."

„Aber was ich meine, ist - ich möchte nicht, dass du in Erics Schatten stehst. Oder ihn babysittest. Nicht, dass er einen Babysitter braucht - sag ihm nicht, dass ich das gesagt habe."

Sidney schüttelte den Kopf. „Bestimmt nicht."

„Aber ich habe das Gefühl, dass er so langsam in Fahrt kommt - auch wenn es ein bisschen dauert. Und jetzt denke ich an dich - was willst du, Sidney? Was strebst du an?"

Sidney blickte zu Boden und dann wieder zu seinem Onkel. „Ich … möchte weiter mit Eric arbeiten."

„Nein, nein - ich meine, was würdest du tun wollen, wenn du Eric nicht mitschleppen würdest?"

„Du meinst, anstatt mit ihm zu arbeiten?"

Kapitel 25

Dan nickte. „Ja. Wenn du an **deine eigenen Interessen** denkst - nicht nur daran, wie du Eric bei der Verwirklichung seiner Träume helfen kannst. Was würdest du tun?"

Sidney lehnte sich auf seinem Stuhl zurück. Er hatte immer einen Plan - er war immer ein paar Schritte voraus. Aber in letzter Zeit hatten sich alle seine Pläne um Eric gedreht. Er hatte angenommen, dass sie noch Jahre zusammenarbeiten würden.

Sicher, vielleicht würde er sich eines Tages selbständig machen. Aber es gab immer so viel zu erledigen, so viele Aufgaben, so viele Brände zu löschen - so hatte er noch nie über seine Zukunft nachgedacht. Er war es nicht gewohnt, an seine eigenen Interessen zu denken. Das würde er wahrscheinlich erst tun, sobald es bei den anderen rundlief. Wenn **-** oder besser gesagt, falls - dieser Tag jemals kommen sollte.

„Ich … weiß nicht."

Kapitel 25

„Ich sage nicht, dass du nicht weiter mit Eric zusammenarbeiten darfst. Aber ich möchte, dass du darüber nachdenkst und dich entscheidest - ist es wirklich das, was du willst?"

Sidney überlegte einen Moment lang. Er kam sich dumm vor, dass er nicht früher daran gedacht hatte, aber warum sollte er auch? „Ich möchte mich für alles revanchieren, was du für mich getan hast. Und …"

„Das verstehe ich, aber du musst dich bei mir für nichts revanchieren, mein Junge. Du hast dir deinen Platz verdient. Ich wette, dass du ein beträchtliches Vermögen angesammelt hast. Und es steht dir frei, dir damit dein eigenes Leben aufzubauen. Verdammt - ich werde dein erster Investor sein!"

„Das ist …" Sidney lachte. „Darüber sollte ich dann wohl auf jeden Fall nachdenken."

Kapitel 25

Dan klatschte in die Hände. „Gut! Ich möchte nicht, dass du irgendwann sechzig bist und mit Bedauern auf dein Leben zurückblickst."

Sidney nickte. Das wollte er auch nicht. Er glaubte nicht, dass ihm das drohte, aber andererseits …

„Also gut, wie wäre es, wenn du mir zeigst, was Eric vorhat?"

Sidney lächelte. „Klar, ich habe einige der Pläne hier."

Der Rest des Treffens verlief wie erwartet, denn Sidney zeigte Dan die möglichen Projekte, an denen sie arbeiten könnten.

Auf dem Heimweg rief Sidney Eric an, um ihm die gute Nachricht zu überbringen, dass das Treffen erfreulich verlaufen war. Eric berichtete, dass ihm eines der Projekte vielversprechend schien und dass er sich allmählich für einige Ideen begeistern könne.

Kapitel 25

Zu Hause wärmte sich Sidney das Abendessen in der Mikrowelle auf und setzte sich dann an den Computer, um seine E-Mails abzurufen. Er war überrascht, als er eine E-Mail von den Milky Way Star Awards sah. Sie bedankten sich bei ihren Sponsoren mit einem Link, der Fotos von der Veranstaltung enthielt.

Er wusste, dass er das nicht tun sollte, dennoch klickte er auf den Link und sah die Bilder durch. Wenigstens konnte er sich eingestehen, wonach er suchte - er hoffte, Bilder von Tiffany von jenem Abend zu entdecken. Soweit er sich erinnerte, hatte sie umwerfend ausgesehen. Natürlich hatte er das erst bemerkt, als sie in den Club gegangen war und Rachel herausgeholt hatte. Kurz bevor sie ihn darauf aufmerksam gemacht hatte, dass sie seine beleidigende Bemerkung durchaus gehört hatte …

Kapitel 25

Vielleicht wollte sie sich nur an ihm rächen? Sie hatte es geschafft, sein Vertrauen zu gewinnen - vielleicht war das alles nur ein Trick?

Sidney klickte sich durch die Bilder und wurde nicht enttäuscht. Es gab eine Handvoll Fotos von Tiffany - ein paar, auf denen sie im Hintergrund zu sehen war, und einige, auf denen sie mit Jade posierte. Er verweilte vielleicht zu lange bei ihnen, betrachtete ihr Lächeln und ihre großen strahlenden Augen.

Dann klickte er sich durch die restlichen Aufnahmen, um zu sehen, ob es noch mehr von ihr gab. Doch statt auf weitere Bilder von Tiffany stieß er auf Fotos, die Rachel im vertrauten Gespräch mit einem Mann zeigten, den er nicht erkannte.

Sidney konnte sich nicht daran erinnern, mit ihm gesprochen zu haben - wer war das? Er zoomte heran und las das Namensschild des Mannes - Aaron Corden.

Kapitel 25

Hm. Der Name kam ihm nicht bekannt vor. Sidney googelte ihn und fand heraus, dass er bei der Parkverwaltung arbeitete. Das schien nicht ungewöhnlich.

Von dem Kerl gab es eine Menge Bilder im Internet; er war definitiv aktiver als der durchschnittliche Parkangestellte. Sidney lachte in sich hinein - Aaron schien ein richtiger Casanova zu sein. Kein Wunder, dass Rachel mit ihm ins Gespräch gekommen war.

Und vielleicht, nur vielleicht, hatte sie etwas Nützliches über die Parkverwaltung erfahren? Es war einen Versuch wert, und er wollte sich ohnehin schon längst bei ihr gemeldet haben. Er nahm sein Telefon und rief sie an.

Überraschenderweise meldete sie sich. „Hallo?"

„Hey Rachel, ich bin's. Wie geht's dir?"

„Gut. Und dir?"

Kapitel 25

„Alles okay. Ich wollte dich etwas fragen - ich habe ein paar Bilder von den Milky Way Star Awards bekommen und gesehen, dass du einen neuen Freund gefunden hast. Aaron Corden?"

Rachel stöhnte. „Tiffany hat versprochen, dir nichts zu verraten."

„Was? Tiffany kennt ihn auch?"

„Oh, Mist." Einen Moment herrschte Stille. „Äh, nein."

„Rachel! Was hat Tiffany versprochen, mir nicht zu sagen?"

Sie stieß einen Seufzer aus. „Wenn ich es dir sage, **versprichst** du mir dann, nicht böse zu sein?"

Wie konnte er so etwas versprechen? Das war unmöglich. „Rachel …"

„Du musst es versprechen! Es ist nichts Schlimmes passiert - nicht wirklich."

Kapitel 25

Er spürte, wie sich seine Schultern verspannten und Ärger in ihm aufstieg, aber er ermahnte sich, nicht laut zu werden. Das schien bei ihr überhaupt nicht zu ziehen. „Gut. Ich verspreche es."

„Ich habe mit ihm bei den Milky Way Star Awards gesprochen und fand ihn, na ja, du weißt schon … nett. Und er hat was mit Parks zu tun, also dachte ich, ich würde etwas Nützliches lernen."

„Okay. Und hast du?"

„Äh, na ja. Dann hat er mich zu einer Benefizveranstaltung auf Orcas Island eingeladen, und ich **wusste,** du würdest wütend werden und sagen, dass ich nicht hingehen darf, also … habe ich dir nichts davon erzählt."

Sidney bemühte sich, ruhig zu bleiben. „Rachel, das ist wirklich zu weit, um mit jemandem dorthin zu fahren, den du nicht kennst."

Kapitel 25

„Ich weiß, und ich habe meine Lektion gelernt. Als wir dort ankamen, wurde er komisch und hat mich rausgeschmissen."

„Wie meinst du das, er wurde komisch? Hat er –"

„Nein, nichts dergleichen. Er hat mir nur gesagt, dass ich gehen muss, und hat mich dann draußen stehen lassen."

Sidney biss die Zähne zusammen. Ein Casanova, in der Tat. „Das ist lächerlich. Wie kann er dich einladen und dann einfach stehen lassen?"

Sie fuhr schneller fort. „Ich weiß, aber ich konnte es dir nicht sagen, also habe ich Tiffany angerufen, und sie hat mich abgeholt. Sie sagte, ich solle dir sagen, was passiert ist, aber ich hatte Angst, dass du mich anschreien würdest. Aber es ist nichts Schlimmes passiert!"

„Moment mal", sagte er. „**Tiffany** hat dich abgeholt?"

Kapitel 25

„Ja. Ich habe kein Auto, denn wie du dich sicher erinnerst, hast du es mir weggenommen, also hat er mich mit dorthin genommen, aber dann saß ich dort fest."

Sidney vergrub das Gesicht in den Händen. Was für eine Tortur.

„Hallo? Bist du noch da?" fragte Rachel.

„Ja, ich … verarbeite das gerade."

„Und auf Tiffany darfst du auch nicht wütend sein! Sie dachte, dass du es vielleicht schon weißt, weil du nicht mehr mit ihr redest. Und ich wollte es dir irgendwann sagen, ich dachte nur, dass … ich weiß nicht, du bist immer so wütend auf mich."

„Es tut mir leid, Rachel, ich wollte nicht böse auf dich sein. Ob du es glaubst oder nicht, ich versuche, dir zu helfen."

„Ja, ich weiß."

Er räusperte sich. „Ich bin froh, dass dir nichts Schlimmes passiert ist."

„Ich auch, und ich **verspreche,** dass ich so etwas nie wieder tun werde."

Kapitel 25

Nun, das glaubte er nicht ganz. Aber wenigstens sprach sie mit ihm, was eine Verbesserung war. „Gut. Wann war das - diese Benefizveranstaltung?"

„Letzte Woche. Am Freitag."

Sidney bedeckte seine Augen mit der Hand. Natürlich.

Tiffany hatte sich nicht mit Steve getroffen und sein Vertrauen missbraucht - sie hatte ihn überhaupt nicht hintergangen. Sie hatte ihm sogar einen großen Gefallen getan! Und er hatte sie abgewiesen. „Nun … ich bin froh, dass alles gut ist. Und ich denke, dass ich mich bei Tiffany entschuldigen muss."

„Du sprichst **immer noch** nicht mit ihr?"

Und jetzt wusste sogar Rachel, was für ein Idiot er war. Na, toll. Er räusperte sich. „Es ist kompliziert."

Kapitel 25

„Oh … das tut mir leid. Ich hoffe, ich habe es nicht vermasselt. Ich mag sie wirklich. Ich meine, sie hat zwar irgendwie mit mir geschimpft, als sie mich nach Hause gefahren hat, aber sie war lustig dabei. Sie scheint wirklich nett zu sein."

„Ja. Okay - dann lasse ich dich mal deinen Abend genießen. Und kommst du wie verabredet nächste Woche ins Büro?"

„Ja! Wir sehen uns am Montag."

„Bis dann."

Sidney legte auf und lehnte sich zurück. Dies war ein ziemlich ereignisreicher Tag gewesen. Sein Onkel hatte ihn darauf hingewiesen, dass er völlig vergessen hatte, an seine eigenen Ziele zu denken, er hatte entdeckt, dass Rachel zu viel Angst vor ihm hatte, um ihn um Hilfe zu bitten. **Und** zu allem Überfluss hatte er sich bei Tiffany auch noch total dumm angestellt.

Was nun?

Kapitel 26

Am Samstagmittag arbeitete Margie tief in Gedanken versunken in der Scheune, als sie hörte, wie die Hintertür aufflog.

„Mom!", rief Jade. „Die Geschichte ist raus!"

Margie schob einen Stuhl an seinen Platz. „Welche Geschichte?"

„Über die Finanzen der Parkverwaltung!"

Margie runzelte die Stirn. Jade hatte sehr geheimnisvoll getan, als sie darüber gesprochen hatte. „Heißt das, du erzählst mir endlich, was du im Schilde führst?"

Jade nickte. „Ja, jetzt kann ich dir alles sagen. Aber hier - lies das!"

Margie nahm Jades Handy und blinzelte auf den Bildschirm. „Schatz, der Text ist zu klein, den kann ich ohne meine Brille nicht lesen - kannst du es mir nicht einfach erzählen?"

Kapitel 26

„Wir gehen besser rein und machen uns einen Tee", sagte Tiffany, als sie zu den beiden in die Scheune trat. „Ich möchte, dass ihr sitzt, wenn ihr das hört."

„Oh Mann", sagte Margie. „Ich hoffe, dass keine von euch in Schwierigkeiten ist!"

„Kein bisschen!" sagte Jade. „Es sind alles gute Nachrichten, versprochen."

Sie gingen zurück zum Haus, und Margie setzte Teewasser auf. Morgan war bereits in der Küche und holte Kekse aus dem Schrank.

„Oh, das ist ja ein richtiges **Ereignis**", bemerkte Margie. „Ich habe das Gefühl, ihr drei wollt mir etwas verkaufen."

Jade lachte. „Ich möchte nur, dass du unvoreingenommen bleibst."

Kapitel 26

Die Spannung war zu groß - Margie wünschte sich, das Wasser würde schneller kochen. Sie wusste jedoch, dass es gute Nachrichten waren - sie hatte Jade seit Wochen nicht mehr so lächeln sehen. Als sie endlich Platz nehmen konnte, setzten sich die drei ihr gegenüber an den Tisch, während Jade den Artikel laut vorlas.

Margie war schockiert über das, was sie hörte. Jades Freundin, die Reporterin Marnie, berichtete über den Skandal der fehlenden Fördermittel.

Kapitel 26

Ein Angestellter, Aaron, hatte seine Position als stellvertretender Leiter der Parkverwaltung ausgenutzt, um Geld an angebliche Auftragnehmer und verschiedene Scheinfirmen zu leiten. Er hatte vorgegeben, Unternehmen mit der Erweiterung oder Instandhaltung der Parks zu beauftragen, aber in Wirklichkeit hatten er und seine Freunde sich an dem Geld bereichert. Als er jedoch zu dreist wurde, nahm er mehrere Millionen aus dem Budget, was nicht unbemerkt blieb.

„Das ist ja unglaublich!", sagte Margie. „Und das haben sie alles durch seine E-Mails herausgefunden?"

Jade nickte. „So fing es an. Von da an hat Marnie mit dem FBI zusammengearbeitet, um weitere Details aufzudecken. Es scheint, als sei das FBI bereits misstrauisch geworden und an dem Fall dran gewesen - die E-Mails haben ihnen nur geholfen, alles zusammenzufügen."

Kapitel 26

„Werden sie das Geld zurückbekommen?", fragte Margie.

„Einiges davon", sagte Tiffany. „Sie haben alle Konten eingefroren, das ist schon mal gut."

„Hast du nicht gesagt, dass ein Teil des Geldes für politische Gruppierungen gedacht war?", fragte Margie.

„Das ist etwas schwierig …", sagte Jade. „Anscheinend konnte Marnie in ihrer Geschichte nichts davon erwähnen. Sie sagte, sie habe nicht genug, um mit dem Finger auf die beteiligte Senatorin zu zeigen. Nicht einmal das FBI wollte sich damit befassen – jedenfalls noch nicht."

Margie setzte ihre Teetasse ab. „Warum habe ich das Gefühl, dass ihr drei darin verwickelt seid?"

Morgan lächelte breit. „Weil wir uns ein Beispiel an **dir** genommen und beschlossen haben, selbst ein paar Nachforschungen anzustellen, Margie."

Kapitel 26

Sie sah zwischen den dreien hin und her. Tiffany saß ruhig da, Jade wich ihrem Blick aus, und Morgan strahlte. „Und muss ich damit rechnen, dass jeden Moment FBI-Agenten im Haus auftauchen?"

Jade sah auf. „Nein, nichts dergleichen. Wir sind eigentlich Tiffanys Vermutung nachgegangen und …"

„Jade hat die E-Mails gestohlen", platzte Morgan heraus. „Es war fantastisch. Tiffany hat den Fluchtwagen gefahren, und ich habe Aaron mit meinen neu entdeckten schauspielerischen Fähigkeiten abgelenkt."

Margie hob die Hand, um sie zu unterbrechen. „Moment mal - was? Jade, hast du wirklich etwas **gestohlen**?"

„Stehlen", sagte Morgan, räusperte sich und setzte ihren besten Luke-Akzent auf, „ist so ein **hässliches** Wort."

Margie schlug die Hände über dem Kopf zusammen. „Ich weiß nicht, ob ich diese Geschichte hören will."

Kapitel 26

Jade kaute einen Keks zu Ende, bevor sie in aller Ruhe erzählte, was passiert war – davon, wie Tiffany Rachel gerettet hatte, von Jeffs Vorschlag, nach Hinweisen für einem Betrug zu suchen, und schließlich von dem erfolgreichen Versuch, Marnie Beweise zu liefern.

Als sie fertig war, starrte Jade sie mit ernstem und blassem Gesicht an. „Bist du böse auf uns, Mom?"

„Böse?" Margie lehnte sich zurück und verschränkte die Arme. „Nein, ich bin nicht böse. Aber ihr habt euch in Gefahr gebracht! Und ich war völlig ahnungslos!"

Die drei brachen in Gelächter aus, auch Margie musste lachen. Es war eine Sache, dass die Mädchen in Schwierigkeiten gerieten - aber eine ganz andere, es vor ihr zu verbergen!

„Seien wir ehrlich, Margie." Morgan beugte sich vor. „Hättest du das wirklich **wissen** wollen?"

Sie verschränkte die Arme. „Vielleicht!"

Kapitel 26

„Und hättest du versucht, es uns auszureden?", fragte Tiffany.

„Natürlich!"

Jade lachte und griff über den Tisch nach Margies Hand. „Zum Glück ist Marnie die Einzige, die weiß, was wir getan haben, und sie wird es niemandem erzählen. Außerdem hat sie gesagt, dass das FBI nicht einmal gefragt hat, wie sie an die E-Mails gekommen ist. Sie waren mehr daran interessiert, herauszufinden, wohin das ganze Geld geflossen ist."

„Da bin ich aber froh", sagte Margie. „Ehrlich gesagt, weiß ich nicht, woher ihr Mädels diese Ideen habt."

Tiffany lachte. „Stimmt Mom - wo haben wir nur gelernt, die Dinge selbst in die Hand zu nehmen?"

Kapitel 26

Margie konnte nicht länger ein ernstes Gesicht machen - sie lachte ebenfalls. „Schon gut. Ich bin froh, dass ihr euch wenigstens gegenseitig habt. Aber was bedeutet das alles? Für das State Park Department?"

„Nun, das wird noch geklärt", sagte Jade. „Aber es sieht so aus, als hätten sie bereits mehrere Millionen Dollar zurückerhalten. Es besteht die Chance, dass meine Förderung noch finanziert wird."

„Das sind ja wunderbare Neuigkeiten!", sagte Margie und klatschte in die Hände.

Jade nickte. „Allerdings. Es bedeutet auch, dass die Parkverwaltung nicht bankrott ist."

„Und so", fügte Tiffany hinzu, „haben wir einen Dreckskerl davon abgehalten, unsere schönen State Parks zu ruinieren!"

„Seit wann interessierst du sich so sehr für die Parks?", fragte Morgan sie. „Warst du überhaupt schon mal draußen, seit du hierhergezogen bist?"

Kapitel 26

Tiffany zuckte mit den Schultern. „Es geht nicht so sehr darum, dass man Parks mag, sondern eher darum, dass man Dreckskerle **nicht** mag."

„Klingt wie eine echte Karrierefrau, die die Finanzwelt angewidert verlassen hat", sagte Morgan mit einem Lächeln.

So sehr es Margie auch widerstrebte, dass die drei sich in eine solche Situation begeben hatten, war sie doch stolz auf sie. Sie sahen, dass etwas in der Welt nicht richtig lief und unternahmen etwas, um das zu ändern.

Das Überraschendste an der ganzen Sache war, dass Tiffany **tatsächlich** mit ihrem Vater gesprochen hatte. Margie hatte befürchtet, dass sie ihm nie verzeihen oder nie wieder mit ihm sprechen würde, aber anscheinend war ihr die Aufklärung des Betrugs so wichtig, dass sie sich einen Ruck gegeben und ihn angerufen hatte.

Kapitel 26

Margie selbst hatte es als enorm erleichternd empfunden, als sie aufgehört hatte, Jeffs Fehler zu decken. Natürlich war sie über vieles wütend, was er getan hatte, aber sie war in der Lage, einen Großteil dieser Wut loszulassen und ihr Leben zu leben.

Aber Tiffanys Wut schwelte schon so lange. Sie hatte sich geweigert, darüber zu sprechen, und Margie war hilflos und konnte sie nicht von den Gefühlen befreien, die sich zu Hass gesteigert hatten. Vielleicht würde Tiffany nie ein gutes Verhältnis zu ihrem Vater haben, aber zumindest schien sie jetzt mehr mit sich im Reinen zu sein.

Jetzt saß Tiffany hier, lachte und schmiedete zweifelhafte Pläne mit ihren Schwestern. Ihre Mauern waren gefallen, und Margie hoffte, dass das so bleiben würde. Endlich, so schien es, hatte Tiffany gelernt, dass sie nicht alles allein machen konnte - und dass sie das auch nicht musste.

Kapitel 26

Margie entschuldigte sich und ging in die Küche, um etwas für das Mittagessen zuzubereiten. Tiffany folgte ihr.

„Ich bin stolz auf dich, Süße", sagte Margie und umarmte sie. „Hast du Hunger? Ich koche etwas."

„Danke, Mom. Aber … ich gehe vielleicht Mittag essen."

„Ach? Mit wem?"

„Sidney. Er hat mich gerade angerufen."

Margie unterbrach ihre Arbeit. „Ich dachte, er würde sich weigern, mit dir zu sprechen?"

„Das dachte ich auch. Aber er sagte, er wolle sich mit mir treffen."

„Vielleicht hat er von der Geschichte in den Nachrichten gehört?"

Tiffany schüttelte den Kopf. „Das dachte ich zuerst auch, aber als ich ihm davon erzählt habe, war er überrascht."

Kapitel 26

„Oh", sagte Margie. Sie musterte ihre Tochter einen Moment lang – sie hatte die Arme verschränkt und den Blick auf einen unbestimmten Punkt in der Ferne gerichtet. „Dann triffst du dich also mit ihm?"

„Nun, wenn du ein Mittagessen für uns alle geplant hast, kann ich ihm absagen -"

„Nein, bitte sag bloß nicht meinetwegen ab."

Tiffany schwieg.

Für Margie war es kein Geheimnis, was mit ihrer Tochter los war, auch wenn Tiffany sich weigerte, darüber zu sprechen. Auch dieses Thema mied sie sorgsam, aber Margie war nicht dumm.

Schließlich ergriff Margie erneut das Wort. „Du magst diesen Kerl, stimmt's?"

Tiffany verschränkte die Arme. „Schon, aber …"

„Aber was?"

Sie seufzte. „Er kommt extra auf die Insel und will **reden**."

Kapitel 26

Margie nickte. „Und das ist schlecht, weil …?"

„Weil ich nicht weiß, was ich ihm sagen soll. Ich meine, vielleicht kennt er die Geschichte mit Rachel inzwischen und ich kann mich dafür entschuldigen, aber … was soll ich denn sonst sagen? Ich weiß nicht, was er über mich denkt, ich weiß nicht, wie er fühlt …"

„Natürlich kann man diese Dinge nicht wissen - nicht ohne ein Risiko einzugehen." Margie lächelte. „Mein Schatz, du weißt doch, dass sich zu verlieben nur den Mutigen vorbehalten ist, oder?"

Tiffany schwieg einen Moment lang. „Mut **ist** ein wichtiger Wert."

Margie wusste nicht, was sie damit meinte, aber sie stimmte ihr zu. „Ja. Und es ist viel einfacher, zynisch zu sein, Ausreden zu erfinden und niemanden an sich heranzulassen."

Kapitel 26

„Das ist wohl wahr", sagte Tiffany mit einem schwachen Lächeln. „Das habe ich jahrelang gemacht."

Margie lachte. „Das stimmt nicht! Aber die Liebe ist ein Risiko, das wir alle eingehen müssen, weil wir sonst riskieren, dass unsere Herzen verkümmern."

„Ist das nicht etwas dramatisch?", fragte Tiffany und lächelte endlich richtig.

Margie liebte Tiffanys Lächeln - und sie freute sich, dass sie es in letzter Zeit immer öfter sah. „Vielleicht. Vielleicht aber auch nicht. Es liegt an dir, zu entscheiden, für wen es sich lohnt, dein Herz aufs Spiel zu setzen. Und es liegt an dir, mutig zu sein."

Tiffany gab ihrer Mutter einen Kuss auf die Wange. „Danke, Mom. Dann werde ich wohl später wiederkommen …"

„Gut. Ich wünsch dir viel Spaß!"

Kapitel 27

Nachdem er sein Auto auf der Fähre geparkt hatte, suchte sich Sidney einen bequemen Fensterplatz und zückte sein Handy. Er fand den Artikel, von dem Tiffany ihm am Telefon erzählt hatte, und überflog ihn.

Als er das Ende erreicht hatte, las er ihn noch einmal. Es war verblüffend. Doch für jede Frage, die der Artikel beantwortete, kamen ihm zwei neue in den Sinn. War Rachel in die Sache verwickelt? Woher stammten diese E-Mails? Und wie konnte das FBI das so schnell herausfinden? Vor allem aber: Warum hatte er das Gefühl, dass Tiffany irgendwie darin verwickelt war?

Als er die Fähre endlich verlassen konnte, fuhr er direkt zum Deli, in dem Tiffany sich mit ihm verabredet hatte. Als er eintrat, war sie bereits da. Wieder einmal war sie ihm zuvorgekommen.

Kapitel 27

„Hallo, Tiffany", sagte er, als sich ihre Blicke trafen.

Sie lächelte. „Sidney, schön, dich zu sehen. Ich bin froh, dass du es geschafft hast."

Er nahm ihr gegenüber Platz. „Ich bin heute Morgen eigentlich ziemlich früh losgefahren, aber es gab einen Unfall, und wir standen fast zwei Stunden im Stau."

„Oh, das ist unangenehm. Nun - was führt dich her?"

Er räusperte sich. „Ich bin hier, weil ich dich sehen wollte. Zuerst einmal, um mich zu entschuldigen."

Sie hob eine Augenbraue. „Oh."

Er fuhr fort. „Ich habe in meinem Leben viele Fehler gemacht, nicht zuletzt den, an dir zu zweifeln. Es tut mir aufrichtig leid, wie ich mich verhalten habe und wie ich dich bei deinem Besuch in meinem Büro diese Woche behandelt habe. Ich war mehr als unhöflich - ich war ein Idiot."

Kapitel 27

Tiffany lächelte. „Ich scheine diese Wirkung auf Männer zu haben."

„Ist das so?"

„Ja. Nun - die Leute halten mich manchmal für skrupelloser, als ich es eigentlich bin." Sie lachte. „Ich glaube, das liegt an meinem Gesicht."

Er mochte ihr Gesicht sehr, aber das konnte er ihr jetzt nicht sagen. „Nun, wie auch immer, es tut mir leid. Dafür gibt es keine Entschuldigung. Ich hatte den Eindruck, dass du mir abgesagt hast, weil du mit einem Bekannten von uns - Steve Wilmington - zusammenarbeitest."

Tiffany nickte. „Das habe ich irgendwann herausgefunden. Jade hat sein Angebot bekommen, aber er hat sie so durcheinandergebracht, dass sie es mir gegenüber nicht einmal erwähnt hat. Ich hatte keine Ahnung."

Kapitel 27

„Das ist mir jetzt auch klar. Aber erst nachdem Rachel mir von ihrem Missgeschick auf Orcas Island erzählt hat, habe ich verstanden, was wirklich passiert ist. Und ich habe begriffen, was für ein Idiot ich gewesen bin."

Tiffany hatte die Hände auf dem Tisch gefaltet und sah ihn mit ihren großen Augen an. Sie lächelte leicht, und ihr Blick war fest.

Er fuhr fort: „Ich muss mich bei dir bedanken, dass du Rachel geholfen hast."

„Gern geschehen. Sie ist ein tolles Mädchen. Sie ist nur jung und … wütend. Ich verstehe das", sagte Tiffany und lachte. „Ich meine, ich bin dreißig, und mir ist gerade klargeworden, dass mich die Wut schon fast mein ganzes Leben lang antreibt."

Sidney lächelte. „Und jetzt?"

Kapitel 27

„Und jetzt …", sie trommelte mit den Fingern auf den Tisch, „versuche ich, Entscheidungen über mein Leben bewusster zu treffen. Ich bin froh, dass du hier bist."

„Ach?"

„Ich wollte dir etwas über diesen Artikel erzählen."

Er räusperte sich. „Natürlich. Ich habe ihn auf der Fähre gelesen - das ist unfassbar. Ich meine, es ist furchtbar, was Aaron getan hat, aber wunderbar, dass er gefasst wurde."

Tiffany sah sich um, bevor sie ihren Blick wieder auf ihn richtete. „Da ist noch mehr an dieser Geschichte dran. Kann ich dir vertrauen, dass du es niemandem erzählst?"

Sidney dachte, dass er kein Recht auf ihr Vertrauen hatte, fühlte sich aber geehrt, dass sie ihn überhaupt in Betracht zog. „Auf jeden Fall."

Kapitel 27

„Eigentlich hat alles mit Rachel angefangen. Sie sagte, dass Aaron sie von der Benefizveranstaltung weggeschickt habe, als er sich mit einer Senatorin - Senatorin Kathy Shields - gestritten habe. Kennst du sie?"

Sidney runzelte die Stirn. „Ich glaube nicht."

„Nun, da wir nicht zusammengearbeitet haben, musste ich mir das selbst zusammenreimen. Leider musste ich mit meinem Vater sprechen, der mich auf ein paar Ideen gebracht hat. Und dann … mussten wir kreativ werden."

Sidneys Augen verengten sich. „Was genau soll das bedeuten?"

Tiffany schaute wieder über ihre Schulter. Es war niemand in der Nähe. „Also - wollen wir uns vielleicht etwas zum Mittagessen mitnehmen?"

Kapitel 27

Sie gingen zur Theke und suchten sich beide ein Sandwich aus. Sidney hatte keine Ahnung, was ihn erwartete, aber das war ihm auch egal. Er hätte ihr den ganzen Tag lang beim Reden zuhören können. Er liebte den Schalk in ihren Augen und wie sie beim Sprechen gestikulierte.

Sie gingen die Straße hinunter, bis sie eine einsame Bank mit Blick auf das Wasser erreichten. Dort packten sie ihre Sandwiches aus und Tiffany erzählte ihm die erstaunliche Geschichte, wie sie und ihre Schwestern in Aarons Computer eingedrungen waren und die E-Mails gestohlen hatten, die ihn mit dem Betrug in Zusammenhang brachten.

Sidney war fassungslos und wusste nicht, wie er reagieren sollte. Sie war sogar noch bemerkenswerter, als er gedacht hatte.

Und er hatte alles vermasselt.

Kapitel 27

Sie aß einen Bissen von ihrem Sandwich. „Jetzt kennst du die ganze Geschichte. Wenn du also das nächste Mal wütend wirst und es mir heimzahlen willst, kannst du mich einfach der Polizei übergeben."

Sidney lachte. „Das würde ich nie tun. Aber was bedeutet das für Jades Park?"

„Wir hoffen, dass sie das Geld bekommt, das ihr im Rahmen der Förderung zugesagt wurde. Es könnte allerdings einige Zeit dauern, bis es klappt - das FBI muss die Mittel erst freigeben. Aber wir sind zuversichtlich."

„Ich hätte Verständnis dafür, wenn du keine Geschäfte mehr mit mir machen willst, aber bitte lass das nicht an Eric aus. Ihn trifft keine Schuld." Sidney seufzte. „Mir ist klar, dass ich eine Bürde bin. Du musst also nicht mehr mit mir arbeiten, sondern kannst direkt mit Eric sprechen. Ich denke, er wird einen Mitarbeiter mit meinen Aufgaben betrauen."

„Und was machst du?", fragte Tiffany mit zusammengezogenen Augenbrauen.

Kapitel 27

„Das weiß ich noch nicht. Ich glaube, ich muss mir etwas Eigenes aufbauen. Und ich muss mich … einigen unbequemen Wahrheiten über mich selbst stellen."

„Aber warum?" Tiffany legte ihre Hand auf seine. „Warum musst du gehen?"

Sidney stockte für einen Moment der Atem. Ihre Berührung war so sanft und unerwartet, dass ihm ein Schauer über den Rücken lief. Er brauchte etwas Zeit, um angemessen zu reagieren. „Ich kann dir gegenüber unmöglich objektiv sein, Tiffany. Und ich möchte dich nicht aufhalten."

„Warum solltest du objektiv bleiben müssen?"

Er war fasziniert von ihrem Blick und ihrer sanften Berührung. Nachdem er sie einen Moment lang angesehen hatte, nahm er ihre Hand in seine. „Weil ich denke, dass du brillant, schön und faszinierend bist. Und offenbar bin ich ein Trampel, verhalte mich unprofessionell und ziehe voreilige Schlüsse über deine Absichten."

Kapitel 27

Tiffany nahm ihre andere Hand und strich ihm vorsichtig eine Haarsträhne aus dem Gesicht, die ihm der Wind in die Stirn wehte. „Welche Absichten meinst du genau?"

Er konnte es nicht länger ertragen – sie verwirrte ihn vollkommen. Er wich etwas zurück, sodass sie sein Gesicht nicht länger berührte.

„Ich bin mir nie ganz sicher, ob du mit mir spielst, Tiffany."

Sie verdrehte die Augen. „Sidney Burke, ich habe mir die größte Mühe gegeben, immer nett zu dir zu sein, dich zu beeindrucken und, seien wir ehrlich, bei unseren Verabredungen vor dir am Treffpunkt aufzutauchen - und anscheinend sind alle meine Versuche, mit dir zu flirten, gescheitert. Offenbar kann ich noch weniger flirten als Morgan. Aber lass mich eins klarstellen - ich habe nie versucht, mit dir zu spielen."

Kapitel 27

Er hatte es sich also nicht nur eingebildet, sie hatte es auch gespürt. Obwohl er sie zu Beginn ihrer Beziehung beleidigt hatte, nahm sie ihm das nicht übel. Auch wenn er voreilige Schlüsse zog und das Schlimmste von ihr annahm, gab sie nicht auf, ihm das Gegenteil zu beweisen.

Und er lag ständig falsch - denn Tiffany **war** so wunderbar, wie sie schien. Er hätte auf sie zählen sollen, doch stattdessen hatte er sich von seiner Unsicherheit beeinflussen lassen.

Er schaute ihr immer noch in die Augen, als sie sich zu ihm beugte und ihre Stirn an seine legte. Sie lächelten sich einen Moment lang an, dann konnte er sich nicht länger zurückhalten - er zog sie an sich und küsste sie leidenschaftlich.

Kapitel 27

Sie ließ sich gegen ihn sinken und legte einen Arm um seinen Nacken. Nach einem Moment löste Sidney die Umarmung und rückte leicht von ihr ab, um erneut ihr Gesicht zu betrachten. Er konnte die Gänsehaut auf seinem Rücken spüren, als sie sanft mit den Fingern durch sein Haar strich.

„Darauf habe ich schon sehr lange gewartet", sagte er.

„Ich bin froh, dass wir es endlich geschafft haben", antwortete sie, schloss die Augen und beugte sich vor, um ihn zärtlich auf die Wange zu küssen.

„Wenn du also die Wahl hättest, ob ich gehen soll, würdest du sagen -"

„Dass du mich besser nicht mit diesem Alptraum von einem Park alleinlässt."

Er lächelte und beugte sich vor, um sie erneut zu küssen. „Wenn du darauf bestehst."

Kapitel 28

Es dauerte ein paar Monate, aber Tiffany hatte ein gutes Gefühl, in welchem Zustand sie Jades Parkprojekt zurückließ.

„Ohne dich wird es nicht dasselbe sein", sagte Morgan seufzend. „Was ist, wenn ich dich brauche, um wieder den Fluchtwagen für mich zu fahren?"

Tiffany war auf all diese Fragen vorbereitet. „Nun, ich bin sicher, dass meine Mom sehr froh ist, wenn sie helfen kann. Sie besteht darauf, dass sie eine Bereicherung für uns gewesen wäre."

„Ich kann nicht glauben, dass du gehst", sagte Jade, wobei sich ihre Unterlippe fast zu einem Schmollmund vorschob.

„Keine Sorge, Schwesterherz - **so** weit weg ist es nicht. Nach Olympia ist es keine lange Fahrt."

Kapitel 28

„Es ist gar nicht weit, wenn Sidney dich hinfliegt", sagte Morgan mit einem Lächeln.

„Ich habe dir doch gesagt, dass er jetzt, wo er sein eigenes Unternehmen gründet, keinen Zugang mehr zu dem Privatjet seines Onkels hat."

Morgan zuckte mit den Schultern. „Ich wette, dass Eric euch sehr gern seinen Hubschrauber zur Verfügung stellt. Und sein Flugzeug. Und sein Boot. Sie gehören immer noch der Familie!"

„Wie dem auch sei", sagte Tiffany, während sie einen Karton mit Büchern und Gegenständen aus ihrem Schreibtisch zuklebte, „mit dem Auto ist die Entfernung kein Problem."

Tiffany blickte zu Jade, die immer noch mit verschränkten Armen dastand und traurig aussah. „Ich habe die Zeit hier mit euch sehr genossen, ganz ehrlich", sagte Tiffany zu ihr. „Ihr beide habt mir so viel beigebracht. Aber … ich muss jetzt meine Flügel ausbreiten und fliegen!"

Kapitel 28

Jade lachte über ihren kitschigen Spruch. „Ich weiß. Ich wünschte nur, es könnte ewig so weitergehen."

„Wer weiß", sagte Tiffany achselzuckend. „Wenn Sidneys und mein Unternehmen erfolgreich ist, kaufen wir uns vielleicht eine kleine Hütte auf San Juan Island und verbringen die Wochenenden hier."

Jades Augen leuchteten auf. „Ist das dein Ernst?"

„Natürlich!"

„Was meinst du mit **wir**?", fragte Morgan. „Planen du und Sidney schon alles als Paar?"

„Also, nein." Tiffany nickte. „Aber wir reden viel über unsere Zukunft."

Morgan seufzte. „Er ist fast vierzig und vermutlich ein bisschen reifer als Luke."

„Ja, das kann man so sagen." Tiffany lächelte. „Aber er ist nicht **fast** vierzig! Er ist sechsunddreißig, fast siebenunddreißig …"

Kapitel 28

„Aufgerundet macht das vierzig", konterte Morgan.

Sidney war sicherlich ernster als Luke. Er hatte keine Zeit verschwendet und sich rasch überlegt, was er tun wollte, nachdem er sich entschlossen hatte, Burke Development zu verlassen.

Und er machte keinen Hehl daraus, dass er Tiffany an seiner Seite haben wollte - sowohl in der Liebe als auch im Beruf.

Seit sie sich versöhnt hatten, waren sie kaum mehr als ein paar Tage voneinander getrennt gewesen. Sidney kam ständig vorbei, ob mit dem Auto, dem Hubschrauber oder dem Flugzeug. Eines Tages nahm er sogar alle auf die Yacht mit, und Tiffany war hocherfreut, ihn mit ihrer Familie zu sehen. Er passte zu Matthew und Luke, und sogar der Chief mochte ihn.

Ihre Mutter überschüttete ihn natürlich mit Aufmerksamkeit und Lob, was er dankend annahm, sobald er seine Verlegenheit überwunden hatte.

Kapitel 28

Er war ehrlich gesagt besser als alles, was sie sich hätte erträumen können. Er war unendlich freundlich, und sie konnte sich stundenlang mit ihm unterhalten - oder ihn anstarren. Am liebsten sah sie, wie seine schönen, dunklen Gesichtszüge von einem Lächeln erhellt wurden. Das kam jetzt viel häufiger vor, obwohl er immer noch viel zu oft mit einem finsteren Blick herumlief, tief in Gedanken versunken.

Eines Abends, nachdem sie etwa einen Monat lang zusammen waren, sagte er ihr, er habe nicht gewusst, dass man so glücklich sein könne.

„Ich denke die ganze Zeit an dich, und wenn ich nicht bei dir bin, kann allein der Gedanke an dich meinen Tag heller und freundlicher machen. Allein das Wissen, dass es dich gibt, macht die Welt zu einem wertvollen Ort", hatte er gesagt.

Kapitel 28

„Genau so geht es mir auch", hatte Tiffany geantwortet. „Ich bin hin- und hergerissen zwischen der Angst, dass alles zusammenbricht, und der Überzeugung, dass ich den Verstand verliere."

„Da stimme ich dir zu", sagte er. Er nahm ihre Hand und drückte einen Kuss darauf. „Aber ich war noch nie so glücklich, meinen Verstand zu verlieren."

„Äh, Tiffany? Bist du noch bei uns?", fragte Morgan.

Tiffany wurde aus ihren Gedanken gerissen. Sie war noch nie eine Tagträumerin gewesen, also war dies eine neue Herausforderung für sie. „Ja - tut mir leid."

„Wir sollten uns auf den Weg machen, wenn du noch rechtzeitig zum Sonntagsessen kommen willst", sagte Jade. „Bist du bereit?"

Tiffany nickte. „Ja - ich kann später zu Ende packen."

Kapitel 28

Sie stiegen in Jades Auto und fuhren los. Tiffany war ganz aufgekratzt - Sidney kam zum Abendessen, und sie konnte es kaum erwarten, ihn wiederzusehen. Sie liebte es, ihn im Kreise ihrer Familie und ihrer Freunden zu erleben. Wenn sie daran zweifelte, dass er wirklich so charmant war, wie sie es in Erinnerung hatte, brauchte sie nur zu hören, wie Luke sich über ihn lustig machte, und ihre Sorge löste sich in Luft auf.

Ihr Plan für die Zukunft war etwas gewagt, weshalb sie ihre Mutter, ihrer Schwestern und sogar Chief Hank nach ihrer Meinung gefragt hatte. Sie wusste, dass sie darauf vertrauen konnte, dass sie ihr die Wahrheit sagten.

Kapitel 28

Zum Glück war niemand der Meinung, dass sie voreilig handelte, und alle waren sich einig, dass Sidney ein solider Geschäftspartner war. Er wollte ein neues Unternehmen gründen, das sich auf Entwicklung und Bau kommunaler Einrichtungen konzentrieren sollte. Nicht nur Parks, sondern alles, was die Menschen brauchten – von Seniorenresidenzen über Rehaeinrichtungen bis hin zu bezahlbaren Wohnungen. Er wollte die Gemeinden, mit denen er zu tun hatte, verbessern, und Tiffany freute sich, dabei mitmachen zu können.

Sie machte jedoch nicht einfach nur „mit". Er hatte sie gebeten, mit ihm zusammenzuarbeiten, um Kontakte zu knüpfen, die Finanzierung zu sichern und sich mit Kunden und Auftragnehmern zu treffen. Die einzige Erfahrung, die sie hatte, war die Arbeit an Jades Park, aber die Herausforderung gefiel ihr. Sie war nicht schwer zu überzeugen gewesen.

Kapitel 28

Er hatte sich schon vor Wochen eine Wohnung in Olympia besorgt, wollte aber erst umziehen, wenn auch Tiffany in ihre Wohnung ziehen konnte. Sie war etwas altmodisch und wollte ihre eigene Wohnung haben - auch wenn sie nur eine halbe Meile von seiner entfernt war.

Sie musste sich abgrenzen, denn sie hatte sich noch nie so sehr auf eine Liebe eingelassen, und hatte Angst, den Kopf zu verlieren.

Als sie bei Margie ankamen, musste sie enttäuscht feststellen, dass sein Auto nicht da war. Vielleicht war er von der Arbeit aufgehalten worden?

Aber sobald sie hereinkam, sah sie, dass er lachend mit den anderen Männern zusammenstand und in seinem hellblauen Button-up-Hemd sehr gut aussah. Sie fand es toll, ihn ohne Krawatte zu sehen - er sah einfach entspannter aus.

„Du bist da!", sagte sie und gab ihm einen Kuss.

Kapitel 28

„Das hast du mir zu verdanken", sagte Luke. „Ich habe auf dem Weg hierher diesen Jetsetter am Flughafen aufgegabelt. Man könnte meinen, er hätte seinen Hubschrauber auf dem Scheunendach landen können, aber nein! Anscheinend läuft das so nicht."

Sidney lachte. „Nein."

Während alle anderen sich begrüßten, beugte sich Sidney zu ihr herunter und flüsterte ihr ins Ohr: „Ich habe dich vermisst."

Sie lachte. „Wir haben uns erst vor zwei Tagen in Seattle gesehen."

„Das sind zwei Tage zu lang."

Sie verdrehte die Augen und wollte sich gerade umdrehen, um ihre Mutter zu begrüßen, als sie etwas am Ellbogen zog. Sie drehte sich um und sah, dass Sidney auf ein Knie gesunken war.

Sie schnappte nach Luft. „Was ist los?"

Kapitel 28

„Ich kann nicht länger warten", sagte er. „Ich habe diesen Ring einen Monat nach unserem ersten Date gekauft."

Er öffnete das rote Samtkästchen und enthüllte einen wunderschönen Ring mit einer aufwendigen Fassung.

Tiffany starrte ihn sprachlos an. Der ganze Raum war jetzt still.

„Ich wusste nicht, dass ich mein ganzes Leben darauf gewartet habe, dich zu treffen, aber jetzt muss ich die verlorene Zeit aufholen. Ich habe das Gefühl, mit dir in einem Traum zu leben, und habe Angst, ich könnte jeden Moment aufwachen. Willst du mich heiraten?"

Tiffany blinzelte mehrmals und war nicht in der Lage zu sprechen.

„Um Himmels willen, wenn du ihn nicht heiratest, dann tue ich es", sagte Luke.

„Ja", sagte Tiffany schließlich. „Hundertmal ja!"

Kapitel 28

Ein Lächeln breitete sich auf Sidneys Gesicht aus, er steckte ihr den Ring an den Finger, stand auf und küsste sie. Daraufhin brach der Raum in Jubel und Gelächter aus.

„Oh gut!", sagte ihre Mutter. „Ich hatte gehofft, dass du Ja sagen würdest."

„Du wusstest Bescheid?", fragte Tiffany ungläubig.

„Natürlich", sagte sie achselzuckend. „Sidney hat mich um Erlaubnis gebeten."

Das brachte Tiffany zum Lachen - als ob ihre Mutter ihn jemals abweisen würde. „Und ich nehme an, du hast Ja gesagt?"

Auf dem Gesicht ihrer Mutter erschien ein Lächeln. „Aber natürlich! Warte mal kurz."

Sie huschte in die Küche und kam mit einem Kuchen wieder heraus. Tiffany beugte sich vor, um zu sehen, was darauf stand: „Das wurde aber auch Zeit!"

Beide lachten.

„Ich dachte mir, dass dir das gefällt", sagte sie lächelnd.

Kapitel 28

„Das ist ein guter Witz, Mom", sagte Tiffany. Sie konnte nicht aufhören zu lächeln und sah zu Sidney hoch. Wie hatte er das geschafft, ohne dass sie etwas geahnt hatte?

Die Einzelheiten würde sie später erfahren. Jade und Morgan beschäftigten sich mit dem Ring, und Luke bat darum, vor dem Abendessen Kuchen essen zu dürfen.

Obwohl es etwas schwierig angefangen hatte, schien es, als würde dreißig doch ein gutes Jahr für sie. Sie gab Sidney noch einen Kuss, bevor sie sich umdrehte, um den Kuchen anzuschneiden.

Epilog

Nachdem Connor von seiner fünftägigen Rucksacktour in den Bergen zurückgekommen war, beschloss er, sofort auszupacken. In der Vergangenheit gab es Zeiten, in denen er seinen Rucksack auf den Boden geworfen und ihn eine ganze Woche (oder länger) gemieden hatte.

Aber dieses Mal wollte er verantwortungsbewusst sein. Er war etwa zur Hälfte fertig, als er auf sein Handy stieß.

Ach ja, es war schon seit Tagen nicht mehr aufgeladen. Seine Mutter hatte ihm ein solarbetriebenes Handy-Ladegerät gekauft, aber leider war es am ersten Tag des Campings in einen Bach gefallen und funktionierte nicht mehr.

Epilog

Nicht, dass er es vermisst hätte. Er fand es ganz schön, mal eine Handypause zu machen. Das gefiel ihm mit am besten, wenn er in der Natur unterwegs war - sei es beim Zelten, beim Kajakfahren oder sogar bei seiner Arbeit als Reiseleiter. Noch besser war es, wenn er die Leute, die er auf Touren mitnahm, dazu bringen konnte, das Handy ebenfalls abzuschalten.

Aber es war an der Zeit, in die Realität zurückzukehren, wenn auch nur für eine Weile. Er nahm das Telefon in die Hand und stellte es in das Aufladegerät. Er wusste, dass er einen Haufen E-Mails wegen seines nächsten Saisonjobs zu bearbeiten hatte. Für den Sommer hatte er sich auf einige Stellen beworben - auf einer Ranch in Colorado, bei einem Kajakunternehmen in Jackson Hole und bei einem Anbieter von Fahrradtouren in Montana.

Epilog

Einige seiner Freunde wollten nach Mexiko ziehen, um Tauchlehrer zu werden, und drängten ihn, mitzukommen. Vor Jahren hätte er die Gelegenheit beim Schopf ergriffen, aber mittlerweile wechselte er schon das vierte Jahr von einem Saisonjob zum nächsten. Es war nicht mehr so aufregend wie früher, und es fiel ihm schwer, sich zu entscheiden, wohin er als Nächstes gehen wollte.

Er packte den Rucksack weiter aus und wollte sich gerade etwas zu essen machen, als er an seinem Telefon vorbeiging und feststellte, dass er eine ganze Reihe verpasster Anrufe und Textnachrichten hatte.

Ein paar stammten von seinen Schwestern, vor allem von Tiffany. Als sie noch in Chicago lebte, hatte sie ihm kaum noch SMS geschrieben. Aber seit sie nach Washington gezogen war, hatte sie sich immer wieder bei ihm gemeldet und ihm Bilder von Mom und dem Haus geschickt.

Epilog

Es war eine seltsame Veränderung, die da bei Tiffany vor sich ging, aber es gefiel ihm. Das Einzige, was ihm nicht gefiel, war, dass er jetzt als Einziger in der Familie weit weg wohnte. Manchmal fühlte er sich ausgeschlossen.

Mit einem Apfel in der einen und seinem Telefon in der anderen Hand rief er Tiffany zurück.

„Gott sei Dank, es geht dir gut!", sagte Tiffany als Erstes.

Er lachte. „Tut mir leid, Schwesterherz. Ich war campen, und mein Handy war tot. Dann habe ich das Solarladegerät geschrottet. Und eigentlich hatte ich wahrscheinlich sowieso keinen Empfang …"

„Aber es geht dir gut?"

„Ja, es geht mir gut, mach dir nicht so viele Sorgen."

„Nun, Mom geht es nicht gut. Sie hatte einen Unfall."

Epilog

Ihm rutschte das Herz bis in die Kniekehlen. „Was? Was ist passiert?"

„Nun, jetzt geht es ihr gut – so halbwegs. Sie ist mit dem Chief Mofa gefahren. Sie hatten sie gemietet. Jedenfalls fuhren sie gerade über die Insel, als ein Van sie gestreift hat."

„Ach, du meine Güte."

„Der Chief hat sich das Bein gebrochen, Mom den Ellbogen, die Hüfte und ein paar Rippen."

Connor setzte sich. Das war nicht das, was er bei seinem Anruf zu hören erwartet hatte. „Ich fasse es nicht. Werden sie wieder gesund?"

„Ja, aber vor allem Mom hat ein paar harte Wochen vor sich."

„Das ist ja schrecklich."

Epilog

Tiffany seufzte. „Und dann habe ich mir wirklich Sorgen um dich gemacht, weil du nicht an dein Telefon gegangen bist! Du kannst doch nicht einfach so von der Bildfläche verschwinden."

Connor räusperte sich. „Ich weiß. Es tut mir wirklich leid. Wann ist das passiert?"

„Am Sonntag."

Er zählte in seinem Kopf zurück. „Moment, das war vor vier Tagen?"

„Ja, kleiner Bruder! Wir konnten dich nicht erreichen. Aber egal, ich bin froh, dass ich dich endlich erwischt habe."

„Ja, ich auch. Ich buche sofort einen Flug - ich bin bald da. Ich gebe dir Bescheid, wann ich lande, okay?"

„Okay, klingt gut."

„Bist du jetzt bei Mom? Kann ich mit ihr sprechen?"

„Nein, ich bin im Haus."

Connor stand auf und suchte seinen Laptop. „Wo ist Mom?"

Epilog

„Sie ist im Krankenhaus - in Bellingham."

Connor schloss die Augen. Wie hatte er das nur verpassen können? Was, wenn etwas Schlimmeres passiert wäre? „Ich rufe sie an, danke Tiffany."

„Klar."

Er rief auf dem Handy seiner Mutter an, aber sie ging nicht ran. Vielleicht schlief sie? Er begann, die Verletzungen zu googeln, die sie hatte. Es hörte sich ziemlich ernst an - vor allem der gebrochene Ellbogen dürfte eine langwierige Angelegenheit sein. Und die gebrochenen Rippen auch! Er hatte keine Ahnung gehabt, wie schlimm gebrochene Rippen waren.

Connor lief in seinem Zimmer auf und ab. Er konnte hören, wie seine Mitbewohner sich lautstark unterhielten und lachten – anscheinend sahen sie einen Film.

Epilog

Nachdem er erneut versucht hatte, seine Mutter anzurufen, sie aber immer noch nicht abnahm, suchte er nach Flügen nach Seattle und wählte einen aus. Aber für wann sollte er die Rückreise buchen? Er konnte sich nicht entscheiden, und irgendetwas stimmte einfach nicht. Er konnte es nicht genau sagen.

In dieser Nacht konnte er nicht schlafen. Immer wieder ging ihm die Tatsache durch den Kopf, dass seine Mutter hätte sterben können und er Hunderte von Kilometern weit weg und unerreichbar gewesen war. Was für ein Sohn war er? Wie konnte sich irgendjemand in der Familie auf ihn verlassen, wenn es so schwierig war, ihn im Notfall zu erreichen?

Am nächsten Morgen rief ihn seine Mutter endlich zurück. „Hallo, Schatz! Wie schön, von dir zu hören!"

„Hey, Mom, es tut mir so leid, dass ich mich nicht gemeldet habe. Ich war mit den Jungs auf Rucksacktour und –"

Epilog

„Ach, schon okay! Keine Sorge, mir geht's gut. Ich hatte nur einen kleinen Unfall." Sie lachte. „Und Hank auch. Aber wir sind auf dem Weg der Besserung. Ich bin zweimal operiert worden, jetzt muss ich mich nur noch erholen."

Connor verzog das Gesicht. **Zwei** Operationen? Was für ein Alptraum. „Kannst du laufen? Ich meine - wie lange wirst du im Krankenhaus bleiben?"

„Oh, nicht lange, da bin ich mir sicher. Und nein, ich kann nicht wirklich laufen … sie wollen mich für eine Weile in die Reha schicken. Und dann … dann weiß ich nicht. Es wird schwer werden, und Hank hat ein gebrochenes Bein, also ist er keine große Hilfe! Aber ich bin mir sicher, dass wir eine Lösung finden. Jade und Morgan sind ja in der Nähe."

Epilog

Connor wurde bange ums Herz. Er kam sich vor wie das Letzte. Wollte er wirklich zulassen, dass seine Schwestern die volle Verantwortung für ihre verletzte Mutter übernahmen? Während er in den Bergen herumwanderte und Kajak fuhr?

Nein.

„Mom, ich komme zurück."

„Ich würde dich gerne sehen!"

„Nein - ich meine, ich ziehe zurück. Ich werde da sein, wenn du nach Hause kommst, und dir bei allem helfen."

„Ach, Schatz, das ist doch nicht nötig. Ich weiß, du bist sehr glücklich in Colorado und -"

„Nein, Mom, ich meine es ernst. Ich war lange genug hier. Wann kommst du wieder nach Hause?"

„Oh, das weiß ich nicht. Sie sagten, dass ich noch eine Woche oder so hier sein werde. Dann wahrscheinlich etwa zwei Wochen in der Reha …"

Epilog

Autsch. Das waren schwere Verletzungen. „Und ich wette, du darfst nicht nach Hause, wenn niemand da ist, der dir hilft?"

„Keine Sorge, mein Schatz! Ich bin mir sicher, dass ich eine Lösung finde."

„Mom - ich werde in zwei Wochen da sein und alles vorbereiten. Okay? Es tut mir so leid. Und ich bin froh, dass es dir gut geht. Ich hab dich lieb."

Sie schniefte leise. „Ich liebe dich auch, Herzchen."

„Wir sprechen uns bald."

Connor spürte, wie ihm eine Last von den Schultern fiel. Kein Wunder, dass er sich schwertat, einen Job für die nächste Saison zu finden - er hatte seine Zeit als Nomade überzogen.

Klar, er hatte viel Spaß gehabt und hatte eine Menge toller Leute kennengelernt. Aber wie lange wollte er noch so weitermachen?

Seine Familie brauchte ihn - seine Mutter brauchte ihn.

Epilog

Es war Zeit, erwachsen zu werden. Und es war an der Zeit, sich dem Rest des Clifton-Clans auf San Juan Island anzuschließen.

Vorschau auf Gefahr in Saltwater Bay

Licht, Kamera … Romantik!

Jetzt, wo Connor auf San Juan Island wohnt, ist es für ihn an der Zeit, seinen sorglosen Lebensstil aufzugeben und Wurzeln zu schlagen. Doch dann lernt er eine Schönheit aus Hollywood kennen und stellt alles infrage …

Teresa hat nur ein Ziel: Sie will sich als Location Scout für ihren ersten großen Film beweisen. Sich in den umwerfend gut aussehenden Connor zu verlieben, stand nicht auf ihrer Agenda.

Vorschau auf Gefahr in Saltwater Bay

Dann kommen beunruhigende Geheimnisse ans Licht, die den Film - und Teresas Karriere - ruinieren könnten. Wird Connor das Richtige tun, auch wenn er dabei die Liebe seines Lebens aufs Spiel setzt? Und, was noch wichtiger ist: Wenn er es tut, kann Teresa ihr Herz so weit öffnen, dass sie ihm vertraut?

Gefahr in Saltwater Bay, Buch 5 der Reihe „Inselglück und Liebe", ist ein charmanter Frauenroman mit einem Hauch von Gefahr, einem garantierten Happy End und der Art von wahrer Liebe, die man auf San Juan Island immer wieder finden kann. Holen Sie sich noch heute Ihr Exemplar von **Gefahr in Saltwater Bay** – Sie werden das Buch nicht mehr aus der Hand legen können!

Anmerkung der Autorin

Besonderer Dank gilt Andy Howard, Esq., meinem guten Freund und einem der besten Anwälte Pittsburghs, der mir großzügig seine Rechtsauffassung und sein Fachwissen für den Fall von Andrea zur Verfügung gestellt hat.

Vielen Dank fürs Lesen! Ich würde gerne wissen, wie es Ihnen gefallen hat, und Leserrezensionen haben am meisten Einfluss darauf, ob jemand einem Buch eine Chance gibt. Wenn Ihnen dieses Buch also gefallen hat, würden Sie es bitte rezensieren?

Lesergruppe

Möchten Sie in Amelias Leser-E-Mail-Liste aufgenommen werden? Melden Sie sich hier an: http://bit.ly/AmeliaDE

Über die Autorin

Amelia Addler schreibt herzerfrischende, bewegende und anrührende Liebesromane. Sie ist der festen Überzeugung, dass jeder einen Menschen verdient hat, mit dem er bis in alle Ewigkeit glücklich sein kann.

Ihr Seelenverwandter hat sie einmal fünf Wochen lang jeden Morgen um vier Uhr zur Arbeit gefahren, weil ihr Auto kaputt war (ohne sich auch nur ein einziges Mal zu beschweren). Sie hat das Glück, mit diesem Mann verheiratet zu sein, und lebt mit ihm und ihrem kleinen gelben Hund in Pittsburgh.

Besuchen Sie ihre Website unter AmeliaAddler.com oder schicken Sie eine E-Mail an amelia@AmeliaAddler.com.

Printed in Poland
by Amazon Fulfillment
Poland Sp. z o.o., Wrocław